Windspiel
Verlag
Scharbeutz

www.windspiel-verlag.de

Seitdem der pensionierte Kriminalbeamte Harald Helmer seiner Nichte Tina Menges von einem länger zurückliegenden Mordfall erzählt hat, lässt der ehrgeizigen Reporterin dieses Verbrechen keine Ruhe mehr:
Die Edelnutte Maja, ein ehemaliger Lockvogel der Stasi, wurde vor einigen Jahren tot aus der Trave gefischt – ihr Mörder nie gefasst.
Tinas Recherchen führen sie zu einer Rockerbande, den „Donnervögeln", die seit einiger Zeit Travemünde unsicher machen. Einige Mitglieder sind Ex-DDR-Funktionäre, die die mit allen Mitteln verhindern wollen, dass die junge Frau zu viele Fragen stellt.
Vergebens, denn als Tina bewusst wird, wie dicht sie dem Mörder auf den Fersen ist, packt sie der Jagdeifer: Sie gerät in einen Strudel aus Geheimnissen, aus dem es kein Entrinnen gibt. Ein Wettlauf um Leben und Tod beginnt.

Dieter Symma wurde in Gleiwitz geboren und wuchs in Neustadt/Holstein auf. Nach dem Abitur in Eutin studierte er Englisch und Sport und betrieb während der Schul- und Studienzeit Wettkampfsport auf nationaler Ebene. Seine berufliche Karriere beendete er als Schulleiter eines Gymnasiums. Als Englischlehrer veröffentlichte er umfangreiche szenische Unterrichtsmaterialien. Die Lust am Schreiben ließ ihn auch nach seiner Pensionierung nicht los, und so entstand dieser Travemünde-Krimi. Der Autor ist verheiratet, Vater, Großvater und lebt mit seiner Frau in Südholstein.

Im Schatten der Passat

Dieter Symma

Ein Travemünde-Krimi

IMPRESSUM

Lektorat/Korrektorat
Christine Weber, Dresden

Umschlaggestaltung
Deborah Peitzner, Lübeck

Fotografie Cover
Karl Erhard Vögele, Travemünde

Satz und Technik
Martin Kreber, Scharbeutz

Druck
CPI Clausen & Bosse, Leck

ISBN 978-3-944399-14-0

2. Auflage 05-2014

*

Angestrengt starrt sie in die Dunkelheit.

Starrt, bis vor Anstrengung Tausende helle Flecken vor den Augen flimmern, doch der Raum bleibt schwarz. Kein Lichtspalt von irgendwoher. Ist es Tag? Oder Nacht?

Der einzige Eindruck von außen, der in ihr Verlies dringt, ist das Dröhnen der Schiffshörner. Sicher Skandinavienfähren, sie muss also noch in Travemünde sein.

Die Welt da draußen funktioniert weiter, einfach so. Über das Drinnen hat sie nur wenig herausfinden können. Die Kette, die mit einem Schloss an ihrem linken Knöchel befestigt ist, misst wohl um die zwei Meter und führt zu einem dicken eisernen Ring, der in die raue Wand eingelassen ist. Neben der dünnen Matratze auf dem Zementfußboden stehen ein Pappkarton mit acht alten Brötchen und drei großen Mineralwasserflaschen aus Plastik, ein Stück weiter ein halb mit Wasser gefüllter Plastikeimer, daneben liegt eine Rolle Toilettenpapier. All das hat sie zwar ertasten können, bislang aber noch keinen Gebrauch davon gemacht. Offenbar will er sie hier eine Weile gefangen halten.

Ein Schauer rieselt über ihren Rücken.

Keine Ahnung, wie sie hierhergekommen ist. Dieses Rascheln im Gestrüpp, als sie gerade von dem Bänkchen am Priwall zum Fischereihafen hinüberschaute, ist das Einzige, woran sie sich erinnert.

Danach kommt sie, die Schwärze.

Tina Menges und ihr Patenonkel saßen in einem ruhigen Eckchen des großen Restaurants der Travemünder Seniorenresidenz Rosenhof. Es war ein milder Frühsommer-Nachmittag.

Sie besuchte ihn dort recht gern, doch dieses Mal war sie aus beruflichen Gründen hier. Der Chefredakteur beim *Lübecker Morgen* hatte sie mit einer Interview-Serie beauftragt. Sie sollte Senioren befragen, Leute mit den unterschiedlichsten Lebenshintergründen. Schließlich wären das ja die treuesten Leser, die größte Zielgruppe – und überhaupt brächten sie wirtschaftlich gesehen das meiste ein. Was bewies, dass der Chef die Zeichen der Zeit erkannt hatte, wie man es von einem Mann in seiner Position eigentlich auch erwarten konnte.

Tina hätte Harald Helmer sicher ihren Lieblingsonkel genannt, wenn sie noch einen anderen gehabt hätte. Er war der Bruder ihrer verstorbenen Mutter – früh verwitwet und kinderlos, hatte er nicht wieder geheiratet. Als Kripo-Beamter bei der Polizeidirektion Lübeck war er mit sechzig in Pension gegangen und lebte seit zwei Jahren im Rosenhof auf dem Priwall, dieser Beinahe-Insel am rechten Ufer der Trave-Mündung. Unter seinen Mitbewohnern war er der Jüngste, hatte sich aber dennoch entschieden, den wirklich guten Service dieser Residenz möglichst frühzeitig in Anspruch zu nehmen und den Rest seines Lebens nicht mit den lästigen Dingen des Alltags zu vergeuden. Für Tinas Interviews schien er der ideale erste Partner zu sein.

Von hier aus konnte man auf die Trave-Fähre bis zur Altstadt am anderen Ufer blicken. Onkel Harald nippte gut gelaunt an seinem zweiten kleinen Hellen, Tina trank wie gewöhnlich Himbeertee. Die meisten ihrer sorgfältig vorbereiteten Fragen hatte sie ihm schon gestellt.

Als sie zum Abschluss wissen wollte, was er als größten Misserfolg in seinem Leben ansah, verschwand das leicht mokante Lächeln schlagartig aus den Mundwinkeln des Kriminalhauptkommissars a. D. Seine Pupillen weiteten sich, und er zog die Brauen nach oben, bis sie wie kleine Dreiecke aussahen. Tina war erstaunt, wie prompt die Antwort kam.

„Der Fall Maja. Gar nicht so lange her, war in meinem letzten Dienstjahr."

Sie erinnerte sich vage. Im Schilf der Pötenitzer Wiek war damals eine Frauenleiche entdeckt worden, nahe der schmalsten Stelle der Halbinsel Priwall, gar nicht weit von der Seefahrtschule entfernt. Die Kripo hatte den Fall nicht lösen können, und die Zeitungen stellten bald auch die Berichterstattung darüber ein.

„Sie konnte schnell identifiziert werden", grummelte Onkel Harald. „Hannelore Rieger hieß sie. ‚Maja' war ihr Künstlername." Er malte mit beiden Zeigefingern Anführungsstriche in die Luft. „Travemündes Edelnutte. Hatte ihr Studio dort drüben hinter dem Restaurant ‚Zur Sonne'." Mit dem Kinn deutete er zum anderen Ufer hinüber.

Maja alias Hannelore Rieger war selbstständig gewesen, sie hatte offenbar keinen Luden oder Zuhälter gehabt. Ihre Freier waren meist ziemlich betuchte Gäste der großen Hotels, denen die großen teuren Motorjachten gehörten.

„Aber auch hier im Haus hatte sie Kunden." Harald

Helmer griente. Ob die Tote auch in den anderen Ostseebädern der Lübecker Bucht dieser „Beschäftigung" nachgegangen war, wusste er nicht zu sagen. Wenn Maja damals in ihrem Cabrio durch Travemünde fuhr, winkten ihr nicht wenige zu, hatte er in Erfahrung gebracht. Doch wusste sie offenbar zwischen Beruf und Privatleben klar zu trennen.

Sie war Mitglied des Lübeck-Travemünder Golfklubs am Brodtener Ufer im Norden der Stadt gewesen, doch keiner der zahlreichen Interessenten hatte je die Chance gehabt, ihr näherzukommen. Alle befragten Mitglieder sagten aus, dass sie dort lediglich als die etwas spröde und fanatische Golfspielerin bekannt war. Als ziemlich gute Cellistin hatte sie in der Camerata Holsatia, einem Amateurorchester, gegolten.

„Sie ist kurz vor der Wende hier aufgetaucht", fuhr er fort, „kam aus Warnemünde. Macko, einer in meiner Kommission, stammte auch aus der Gegend und hat dort im Milieu recherchiert. Er meinte, ein ehemaliger Lude könnte der Täter gewesen sein, aber der Typ schien sich in Luft aufgelöst zu haben – wie das eben so war nach der Wende. Andere Spuren ergaben sich nicht." Resigniert zuckte er mit den Schultern.

„Macko? Bin ich dem mal begegnet?"

„Hm, wahrscheinlich bei meiner Verabschiedung."

Kriminalhauptmeister Horst Mackensen, den alle nur „Macko" nannten, war nicht mehr im schleswig-holsteinischen Dienst. Er hatte sich vor Jahren nach Lüneburg versetzen lassen.

„Warum er damals ging, weiß ich nicht", meinte Harald,

„er tat ziemlich geheimnisvoll. Sicher waren die Aufstiegschancen dort besser.“

Tina erinnerte sich an den stämmigen, etwa eins achtzig großen Typen mit dem kurz geschorenen schwarzen Haar, dessen eng stehende, stechend schwarze Augen in seltsamem Kontrast zu dem weichen Mund und runden Kinn standen. Er hatte sich irgendwie tapsig bewegt, fast wie ein großer Teddy.

Bei Haralds Abschiedsfeier war der Alkohol in Strömen geflossen, und Tina hatte einen gepflegten Schwips gehabt. Mackos eindeutige Avancen hatten sie an dem Abend amüsiert, aber sie konnte ihn mühelos auf Distanz halten. Normalerweise hätte sie harscher reagiert, doch sie war sicher, dass sein Macho-Gehabe nur dazu diente, vor seinen Kollegen zu vertuschen, dass er eigentlich schwul war.

Sie klappte den Block zu und schaute auf die Uhr. Wenn sie sich zu Hause gleich dransetzte, könnte sie schon morgen auf der Redaktionssitzung das erste Interview vorlegen.

„Was meinst du“, wandte sie sich an Harald, „kann ich die Sache mit dem Misserfolg so mit reinschreiben?“

Er nickte. „Klar, warum nicht? Stimmt doch so – und ist ja ohnehin kein Geheimnis.“

Tina Menges tänzelte fast die Beckergrube zur Trave hinunter. Dass sie sich so leicht und beschwingt fühlte, lag nicht nur an der warmen Frühsommer-Sonne, sondern hatte noch einen anderen Grund. Ihr Chefredakteur geizte sonst eher mit Lob, doch ihr erstes Senioren-Interview hatte ihn völlig überzeugt. Ein „Weiter so", wie es ihm heute entwichen war, galt bei ihm als überschwänglicher Beifall. In jeder Sonntagsausgabe sollte eines der von ihr geführten Interviews abgedruckt werden. Er war sogar von der Idee angetan gewesen, den Erfahrungsschatz der Rosenhof-Bewohner anzuzapfen. „Da wohnen einige sehr interessante Leute", hatte er gesagt.

Tina überquerte die Untertrave auf der Fußgängerbrücke. Vor der MUK, der Musik- und Kongresshalle, bog sie nach links zum Senator-Hotel. Von der Café-Terrasse winkte Ole ihr schon erwartungsvoll zu. Ihr weiter Rock schwang mit ihren federnden Schritten mit, das schulterlange, leicht gewellte braune Haar wehte in der leichten Brise, und sie warf es mit anmutigem Schwung zurück.

Liebevoller Stolz ergriff ihn. Kurz darauf nahm er sie in die Arme und drückte sie zärtlich an sich. „Glückwunsch", flüsterte er ihr ins Ohr.

„Wofür?", fragte sie mit gespielter Verwunderung und löste sich aus seiner Umarmung.

„Schon als du so glücklich über die Brücke geschwebt bist, wusste ich, dass dein Artikel gut angekommen ist."

„Stimmt", erwiderte sie lakonisch, reckte ihre eins achtundsechzig zu seinen eins neunzig empor, küsste ihn und setzte sich dann gut gelaunt an den Tisch. Mit Ole Marquardt war sie seit anderthalb Jahren zusammen. Sie wohnten zwar noch getrennt, unternahmen aber beinahe alles gemeinsam. Er war vierunddreißig – fast acht Jahre älter als sie – und zu DDR-Zeiten in Wismar zur Schule gegangen. Inzwischen war er als anerkannter Lübecker Import-Export-Kaufmann so erfolgreich, dass seine Firma ihn im Herbst für ein Jahr zu einem Partner-Unternehmen in London schicken wollte. Gemeinsam hatten sie beschlossen, dass das ihre Beziehung nicht trüben sollte. Schließlich bot eine gute Fluglinie preiswerte Flüge zwischen Lübeck-Blankensee und Stansted an.

Zur Feier des Tages stießen sie heute mit Prosecco an.

Eine wohlige Trägheit nahm von ihr Besitz, nachdem Tina von der Redaktionssitzung berichtet hatte. Zum Glück war es kein Problem für sie beide, sich auch einmal anzuschweigen. Ole schaute ein paar Mal zur Uhr, lehnte sich aber entspannt im Stuhl zurück. Eine halbe Stunde Zeit hatte er noch. Seine Firma war ja direkt gegenüber an der Untertrave.

Drüben, an der Uferpromenade, zog gerade die frühe Nachmittagssonne über die hellen Fassaden der historischen Handelshäuser. Mehrere Rundfahrt-Schiffe warben um die wenigen Touristen, die sich am Steg eingefunden hatten, Freizeit-Skipper werkelten auf den Museumsschiffen. Da passte das schnittige offene Speedboot nicht hinein, das auf- und abschaukelte und auf die nächste Öffnung der Drehbrücke flussabwärts wartete. Im Skippersessel saß ein muskulöser Typ mit schwarzem Vollbart und gebräuntem, bloßem Oberkörper, der offenbar sehen, aber auch gesehen werden wollte.

Unter der weißen Baseballkappe trug er eine große

Sonnenbrille. Als er bereits zum zweiten Mal mit dem Boot seine Runde drehte, griff er zum Fernglas vor sich und richtete es direkt auf Ole und Tina.

Was bildete der Kerl sich ein? Tina tat, als hätte sie nicht bemerkt, wie der Fremde zu ihnen herüberstarrte. Sie fand das zu aufdringlich und legte die Handkante über die Augen, als sei sie geblendet.

Der Kerl setzte das Fernglas ab und winkte ihr zu.

„Na, gefällt er dir?“, spöttelte Ole.

„Vielleicht“, erwiderte sie keck, „du musst schon zugeben, er ist ein Prachtexemplar. Aber sei beruhigt, ich mag solche Typen nicht.“

„Das ist ja tröstlich. Sag schon, kennst du ihn?“

„Nee, keine Ahnung, wer das ist.“

Das Boot drehte an der Holstentorbrücke um und schipperte noch einmal vorbei. Auf ihrer Höhe ließ der Muskelprotz die überdimensionierte Maschine kurz aufröhren und tuckerte weiter zur Drehbrücke, die sich gerade öffnete.

Tina sah ihm nach. Er war aufgestanden, wohl, um die enge Passage vor sich besser einschätzen zu können. Einerseits war sie sicher, ihn nicht zu kennen, andererseits erinnerte seine Körpersprache sie an irgendjemanden. Aber an wen? Den Namen der Yacht und den Heimathafen konnte sie auf diese Entfernung beim besten Willen nicht mehr entziffern.

„Donar – Travemünde“, murmelte Ole, als könne er Gedanken lesen.

„Kennst du ihn?“ Tina sah ihn erstaunt an.

„Das kann man so nicht sagen, aber ich hab ihn schon

ein paar Mal im Passathafen gesehen."

Ole segelte hin und wieder mit einem Freund, der sein Boot im größten Travemünder Yachthafen auf dem Priwall nahe der ‚Passat' liegen hatte. Das war eines der wenigen Dinge, die Tina und er nicht gemeinsam unternahmen. Das Herumsitzen in einem Boot und die schaukelnden Wellen der Ostsee waren nicht nach Tinas Geschmack, und ihr Magen spielte da auch nicht mit.

„Im Yachthafen liegen noch ein paar von diesen übermotorisierten Monstern mit ähnlichen Namen", fuhr Ole fort und massierte sich kurz die Stirn.

„Was für Namen?"

„Na, zum Beispiel „Freia", „Odin" – und eben dieser hier, „Donar"."

Tina dachte einen Moment nach. „Germanische Götter. Warum sollte man sein Boot auch nicht so nennen?"

„Eben, warum nicht?" Doch etwas in Oles Ton ließ Tina stutzen.

„Du meinst – du meinst, das ist so eine Clique mit ... rechtsgerichtetem Hintergrund?"

„Vielleicht, vielleicht auch nicht." Damit schien das Thema für ihn erledigt.

*

Sie stöbert blind in der großen Handtasche direkt neben sich, einem Geschenk ihres Freundes. Das Handy ist fort, aber sonst scheint noch alles da zu sein. Wäre sie Raucherin, könnte sie mit dem Feuerzeug ein wenig leuchten, aber der blöde Lippenstift nützt in dieser Situation überhaupt nicht.

Mit der Nagelfeile versucht sie dann, das Schloss am Knöchel zu knacken, muss aber schnell einsehen, dass es aussichtslos ist. Das Schlüsselloch hat eine Art Dorn, sodass auch der Hausschlüssel nicht weiterhilft. Da kommt ihr die Idee, ein Kettenglied durchzufeilen. Doch diese gibt sie ebenfalls bald auf, da sie mit dem Fingernagel nicht einmal die klitzekleinste Kerbe ertastet.

Auch der Wohnungsschlüssel kann der Verankerung des Eisenringes in der Wand nichts anhaben. Wahrscheinlich könnte sie damit jetzt nicht einmal mehr ihre Wohnungstür aufschließen. Falls sie jemals wieder davorstehen würde ...

Sie erschrickt über sich selbst.

So etwas sollte sie nicht einmal denken!

Wenn sie überleben will, und das will sie unbedingt, muss sie solche Gedanken verdrängen.

Mit ihrem Onkel spazierte Tina Menges am Traveufer entlang. Er hatte den Weg am Passathafen vorbei zum Ostseestrand vorgeschlagen, doch sie hatte lieber in die andere Richtung gehen wollen, dort war es ruhiger.

Tatsächlich begegneten sie nur noch wenigen Spaziergängern, als sie die Stammstrecke der Gehwagenbenutzer hinter sich gelassen hatten. Drüben am Skandinavienkai wurden gerade drei Fähren mit Lastern und Sattelzug-Auflegern beladen. Eine vierte, die aus Helsinki, schien gerade angekommen zu sein, drehte an der breitesten Stelle um hundertachtzig Grad und würde gleich rückwärts anlegen. Links des Wanderweges war das Gebüsch fast undurchdringlich dicht, mit viel Sanddorn, dessen erste Beeren sich schon verfärbten.

„Deine Interviews haben unsere Alten ganz schön neugierig gemacht", meinte Onkel Harald. „Alle naslang kommt jemand und fragt mich, ob du ihn nicht auch interviewen kannst."

Tina hatte bislang drei Interviews im Rosenhof durchgeführt, nach Onkel Harald auch mit einem Ex-Botschafter und mit der ehemaligen Protokollchefin des Bundeskanzleramts. Zwei weitere lagen noch vor ihr, sie sollten möglichst noch diese Woche über die Bühne gehen, um einen Vorrat zur Veröffentlichung anzulegen. Eine pensionierte Verkehrspilotin und ein Ex-Entertainer hatten bereits zugesagt.

Sie erreichten die südliche Spitze des Priwalls, nahmen aber nicht den Weg durch das Gehölz, sondern schlenderten den Trampelpfad am Wasser entlang. Hohes Schilf und Erlengestrüpp behinderten größtenteils die Sicht auf die Travebreite und die Pötenitzer Wiek.

„Hier haben wir damals fast jeden Quadratmeter durchgekämmt“, brummelte Harald Helmer, „aber ohne Erfolg. Die Leiche muss von einem Boot aus ins Wasser geworfen worden sein.“

„Die Leiche – sie ist also nicht ertrunken?“

„Auf keinen Fall. Sie ist vorher erwürgt worden, mit einer Schnur. Das Boot kann keinen großen Tiefgang gehabt haben, hier ist es teilweise sehr flach. Oder sie ist von weiter hinten angetrieben.“ Er wies gen Süden. „Siehst du die Reihe der Leuchtfeuer auf den Dalben? Das ist die Fahrrinne für die Schiffe aus Lübeck; die Strömung der Trave zieht dort entlang, wo wir eben vorbeigegangen sind. Wie auch immer, es wird ein Rätsel bleiben. Na ja, Schnee von gestern. Ist nicht mehr mein Bier.“

Tina folgte ihm schweigend, und eine ganze Welle gingen sie gedankenverloren nebeneinander her. Schließlich meinte sie: „Das muss eine interessante Person gewesen sein – ich meine, diese Maja. Einerseits Prostituierte, also sozusagen eine Frau außerhalb der Gesellschaft, andererseits Mitglied in einem mehr oder weniger exklusiven Golf-Klub, sogar in einem Kammerorchester war sie. Nicht gerade typisch für eine Nutte, meinst du nicht?“

Harald Helmer ging eine Weile schweigend weiter, ehe er stehen blieb. Seine Augen wirkten starr unter dem Dreieck der Brauen. „Was ich dir noch nicht erzählt habe: Sie war damals in der DDR keine gewöhnliche Nutte, sondern so ein Lockvogel der Stasi im Hotel „Neptun“ in Warnemünde. Dort wurden ganz besondere Gäste aus dem Ausland untergebracht, Wirtschaftsdelegationen, auch Politiker, die sie aushorchen musste. Sie stammte aus einer hoch angesehenen Dresdner Familie und hatte sich aus irgendeinem Grund, den wir nie herausgefunden haben, dazu überreden lassen. Und ihr Lude, den ich erwähnte, war kein gewöhnlicher Zuhälter, sondern ihr Führungsoffizier, der wie gesagt um die Wende herum spurlos verschwand. Sie selbst hatte sich ja schon vor neunundachtzig hierher abgesetzt."

Sie gingen weiter. Als vor ihnen ein weißer Flaggenmast sichtbar wurde, hielt Harald Helmer wieder an. „Das da bei dem Mast ist die Seefahrtschule. Und hier", er deutete ins Schilf, „ist die Leiche angetrieben worden."

„Besteht da ein Zusammenhang zwischen der Schule und dem Fall Maja?"

Er schüttelte den Kopf. „Nee, den Gedanken haben wir zwar auch verfolgt – Fehlanzeige. Außer dass ein Kursteilnehmer die Leiche entdeckte."

Sie verließen jetzt den Uferpfad und traten bald auf den Fahrweg, der an einem Reitstall vorbei am Waldrand entlang nach Westen zurück zur Trave führte. Jetzt konnten sie wieder nebeneinanderher gehen, aber beide hingen ihren Gedanken nach.

Schließlich merkte Tina, dass ihre Schultern völlig verspannt waren. Sie hatte die Arme beim Laufen vor der Brust verschränkt, und ihre Finger verkrampften sich um die Ellenbogen. Verschämt ließ sie die Hände sinken und versuchte, die Schultern ein wenig zu lockern. Ein Psychologe hatte ihr erzählt, das sei eine verräterische Schutzhaltung, so eine Art Rühr-mich-nicht-an-Pose. Seitdem hatte sie sich über die vielen Frauen und Mädchen amüsiert, die so umherliefen. Jetzt hatte sie sich selbst dabei ertappt. Was für einen Schutzpanzer brauchte sie denn?

Ihr Onkel hatte die Bewegung offenbar bemerkt. „Ist was, Tina?"

„Eigentlich nicht. Das heißt – weißt du, die Sache mit dieser Maja alias Hannelore Rieger bietet bestes Material für ein Feature. DDR-Geschichte, Republikflucht, Wendezeit, gewürzt mit Halbwelt und Spionage zum Prickeln, so was wollen die Menschen lesen. Ich frage mich, ob ich mich da nicht mal reinknien sollte, wenn ich die Interviewserie hinter mir habe."

„Hm", war alles, was ihr Onkel dazu von sich gab.

„Wer weiß", fuhr sie lachend fort, „vielleicht entwickle ich mich noch zur investigativen Journalistin und kläre euren Fall auf."

Abrupt blieb Harald Helmer stehen, zog die Augenbrauen hoch und schaute sie eindringlich an. „Bloß nicht, Tina! Tu mir den Gefallen und lass es. Das ist nichts für dich. Du darfst nicht vergessen, ihr Mörder läuft noch frei herum und ... Na ja, er könnte sich bedroht fühlen, wenn du da auf einmal zu schnüffeln anfängst."

„Schon gut", beruhigte sie ihn, „war 'ne Schnapsidee."

*

Bislang hat sie keine anderen Laute als das Tuten der Fähren und manchmal das Nebelhorn gehört. Daraus schließt sie, dass sie in einem unterirdischen Raum sein muss, den nur diese tiefen Frequenzen erreichen. Jetzt aber erklingt ein dumpfes Poltern über ihr, dann hört sie ein Schleifen und nimmt einzelne dunkle Schläge wahr. So geht das eine Weile, danach herrscht Stille. Der Raum muss extrem dicke Wände haben, durch die nur die tiefen Töne dringen. Ein Bunker? Bestimmt gibt es in Travemünde noch militärische Gebäude aus dem Zweiten Weltkrieg.

Sie hat versucht, den Raum wenigstens akustisch zu untersuchen, durch Rufen. Die Hoffnung, dass sie draußen gehört würde, hat sie aufgegeben. Zweifellos befindet sie sich in einem unterirdischen Keller, der wahrscheinlich leer und auch nicht sonderlich hoch ist.

Der Hunger nagt an ihr. Obwohl sie die Zahl genau kennt, tastet sie nach den sechs Brötchen, die immer lederner werden. Da sie mittlerweile kein Zeitgefühl mehr hat, unterteilt sie ihr Dasein in Essensintervalle. Wenn sie es gar nicht mehr aushalten kann, isst sie ein halbes Brötchen und trinkt einen Schluck Wasser. Ob diese Intervalle gleich lang sind, kann sie nicht sagen.

Das Zählen gehört zur Routine. Derartige Rituale, so hat sie gelesen, brauchen verschüttete Bergleute oder Gefangene in Dunkelhaft zum Durchhalten. Auch eine andere Methode, sich selbst zu motivieren, hat sie für sich entdeckt. Im Geiste spielt sie Szenen ihrer Befreiung in immer neuen Variationen durch.

Zum Albtraum hingegen werden ihre Fantasien, wenn sie sich vorstellt, dass ihr Entführer ins Verlies kommt. Diese Vorstellung erschlägt sie jedes Mal. Hilflos zittert sie dann so sehr, dass sie Atemnot hat. Sie braucht lange, bis sie das befreiende Weinen zulässt und ihre Verkrampfung sich löst.

Dann nimmt sie sich vor, sich Abwehrmaßnahmen gegen ihn auszudenken, aber es will ihr nicht gelingen.

Den Rentner traf Tina Menges, als er gerade beim Angeln auf der Mündungsmole war. Er schien nur zu gern bereit, von seiner Zeit als Seemann zu berichten. Ihr Chefredakteur hatte gefordert, dass sie nicht nur Interviews mit „Großkopfeten“ machen sollte. Willy Münt war der ideale „einfache“ Mann, der dennoch Interessantes zu erzählen wusste. Nach der Volksschule hatte er mit fünfzehn als Schiffsjunge auf einem Küstenmotorschiff angefangen, dann aber auf einem anderen Boot angeheuert und war ein paar Jahre auf großer Fahrt gewesen.

„Awer denn hev ik heirat.“ Er war wieder umgestiegen, wieder auf ein Küstenmotorschiff, um hin und wieder zu Hause sein zu können. „War fast nur inne Ostsee, höchstens mol nach England.“ Seine Frau Line hatte ein Häuschen in der Jahrmarktstraße geerbt. „Dor woahnt wi jümmers noch.“

Ein Fisch hatte angebissen, und der Redefluss des Mannes war unterbrochen. Tina dachte nach. Jahrmarktstraße? Das war doch bei der Kirche in der Altstadt. Dort hatte Maja ihr „Studio“ gehabt, wie Onkel Harald es nannte.

„Dann kannten Sie sicher auch die Maja, nicht wahr?“ Diese Frage konnte sie sich einfach nicht verkneifen.

Der Ex-Seemann Willy Münt hielt im Kurbeln inne, zupfte an seinem linken Ohrläppchen und schaute sie an. Klar kannte man die. „Nich so, as Se woll denken“, er grinste. Aber sie seien ja fast Nachbarn gewesen.

Er drehte weiter an seiner Kurbel. „Eintlich 'ne ganz patente Deern, hatte ehrn Kopp anne richtige Stell.“ Eine gute Nachbarin sei sie gewesen, ruhig und hilfsbereit.

Und ihr Gewerbe habe niemanden gestört.

Der kleine Fisch, der an der Angel zappelte, wurde abgehakt und wieder in sein Element geworfen. „De kann ers mol wassen", meinte der Rentner.

„Hat der nun gelernt, dass er sich vor Angelschnüren vorsehen muss?", wollte Tina wissen und lachte.

Ihr Interviewpartner zuckte mit den Schultern.

„Die Maja wurde ja wohl auch ins Wasser geworfen, oder?", ermunterte sie ihn, weiterzusprechen.

Ertrunken wäre sie sicher nicht, sagte er, dafür sei sie zu gut geschwommen. Die Polizei habe die Sache ja nicht lösen können, aber er frage sich manchmal, ob die Donnervögel dahintersteckten.

Tina horchte auf. „Donnervögel? Was für Donnervögel?"

Er druckste eine Weile herum und beschäftigte sich mit seiner Ausrüstung. Erst als sie ihre Frage wiederholte, äußerte er sich nach ausgiebigem Schniefen, Räuspern und Ohrläppchenziehen. „Ick weet nich recht", knurrte er, „ick meen ja bloß, wat mokt de Deern denn mit diese Makers rum?"

Als „Donnervögel" bezeichnete er die Männer, die mit ihren Motorrädern angedonnert kamen, dann im Passathafen in ihre Rennboote stiegen und mit Getöse die Lübecker Bucht unsicher machten, so dass die Wasserschutzpolizei sie schon mehrfach ermahnen musste. Und Maja habe er ein paar Mal mitfahren sehen.

„War einer von denen vielleicht ihr Zuhälter?"

Nein, sie habe keinen Luden gehabt, sei aber wohl mit einem von ihnen befreundet gewesen. „So 'n Swatten mit

’n swatten Vollbart.“

Tina fiel sofort der Speedbootfahrer im Museumshafen an der Lübecker Untertrave ein. „Ist das der mit der „Donar“?“, hakte sie nach. „Ich meine das Rennboot „Donar“.“

Willy Münt antwortete nicht. Er zog die Schultern fast bis zu den Ohren hoch. Eine typische Abwehrhaltung, vermutete sie. Doch sie wollte nicht lockerlassen. „Den hab ich hier schon auf der Trave langdonnern gesehen, das muss er sein, schwarzer Vollbart. Das ist er doch, oder?“

Aber der Angler ließ sich auf weitere Fragen zu diesem Thema nicht mehr ein. Er befürchtete offenbar, die Leute in Travemünde würden denken, er sei mit Maja intim gewesen. „Und min Line kann dat partout nich aff.“

Tina versprach, Maja in dem Interview nicht zu erwähnen.

*

Ihr eigener Schrei hat sie geweckt.

Sie ist versucht, sich der Einzelheiten ihres Albtraums zu erinnern, aber fasst sich noch rechtzeitig. Dem darf sie sich nicht hingeben! Verdrängen und intensiv an etwas anderes denken, an etwas Schönes – das muss sie, wenn sie nicht den Verstand verlieren will. Woran dachte sie, bevor sie einschlief? Es fällt ihr nicht ein. Sie lebt nur noch in einer Gedankenwelt, denn zu mehr ist sie ja hier in diesem Bunker nicht in der Lage.

Immerhin hat sie sich eine Art Fitnesstraining verschrieben, Dehn-, Spannungs- und Lockerungsübungen, die sie immer wieder durchführt. Und die Verteidigungstricks, die sie von einer Freundin gelernt hat – die geht sie unentwegt durch.

Wenn der Entführer kommt, und irgendwann muss er hier auftauchen, will sie ihm auf keinen Fall wehrlos ausgeliefert sein.

Sie waren nach Warnemünde gefahren. Nach einem ausgedehnten Strandtag saßen sie am Spätnachmittag auf der Terrasse des Hotels „Neptun".

„Manchmal muss ich mich kneifen", sagte Ole und kniff sich tatsächlich den Arm, „als Junge waren Ausflüge hierher das Größte, aber das „Neptun" lag jenseits unsrer Möglichkeiten. Heute sitzen wir hier wie selbstverständlich. Hörst du mir überhaupt zu?"

Tina bekam einen roten Kopf. „Ja, schon, aber – entschuldige, Ole, bloß guck dir mal die Tussi da an, die mit dem pinken Minirock."

Ole blickte zu der nicht mehr jungen, aber auffälligen Blondine, die vor den Scheiben, welche die Terrassengäste gegen den Seewind schützen sollten, auf hohen Hacken auf- und abstolzierte. Eher patrouillierte, denn sie musterte vor allem die Männer mit Raubvogelblick. „Nutte?"

Tina nickte. „Glaub schon. Was meinst du, ob die Maja kannte?" Sie hatte Ole erzählt, dass sie eine Reportage, vielleicht sogar ein Buch, über die ermordete Prostituierte erwog.

„Frag sie doch", schlug er mit einem ironischen Unterton vor, denn er nahm ihren Plan nicht ganz ernst. Umso erstaunter war er, dass Tina aufstand und zu der Blondine hinüberging.

Diese schien zunächst abzuwehren, aber Tina ließ sich nicht abschütteln und redete auf die Frau ein, bis sie schließlich zusammen mit ihr zu Ole an den Tisch zurückkehrte. Eine Flasche Sekt, die sie bestellten und sich teilten, half der Dame, die letzten Bedenken über

Bord zu werfen, zumal Tina hoch und heilig versprach, Gloria – wahrscheinlich der ‚Künstlername' – nirgends zu erwähnen.

„Wir warn Kolleginnen", sie ließ den Blick zum Hotelgelände schweifen, „wurden hier auf Gäste angesetzt. Lief bequem damals, nicht so stressig wie heute." Gierig zog sie an ihrer überlangen Zigarette. „War schon 'ne besondere Nummer, unsre Maja, kriegte immer die interessantesten Kunden. Aber auch 'ne dufte Kollegin – half auch schon mal, wenn man Probleme hatte, nicht so wie die anderen. Als sie 'rübermachte mit ihrem Schokoladenfritzen ha'm unsre Stasi-Heinis ganz schön blöd geguckt."

Schokoladenfritzen? Tina und Ole sahen sich an. „Schwartau?", fragte Tina nach.

Gloria zuckte mit den Schultern. „Weiß nicht, kann sein. Soll so 'ne Fabrik gehabt haben, aber saß auch im Bundestag, hieß es. Oder war es 'n Landtag?"

Sie geriet ins Plaudern und erzählte, dass der Typ Maja damals im Kofferraum seines Audis mit Hamburger Nummernschild herausgeschmuggelt hatte. Als die Stasi-Leute Verdacht schöpften, waren die Geflohenen längst bei Schlutup über die Grenze gefahren. „Das Witzige war", Gloria verzog den Mund zu einem abschätzigen Lächeln, „dass nach der Wende auch die meisten Staatssicherer in den goldenen Westen verschwanden."

„Sagen Sie", ergriff Ole das Wort, „war da unter den Stasi-Leuten, wie Sie sagen, nicht auch so ein Schwarzhaariger, ein ziemlich kräftig gebauter Kerl?"

Tina sah ihn stirnrunzelnd an.

„Mann", Gloria blies eine Rauchwolke aus dem Mundwinkel nach oben, „frag mich 'was Leichteres."

Kräftig seien die Führungsoffiziere alle gewesen, an Haarfarben könne sie sich jedoch nicht erinnern.

„Und der Schokoladenfritze, wie Sie ihn nennen", wollte Tina wissen, „war der groß, klein, dick, dünn? Allein oder in Begleitung?"

„Du meine Güte, Sie ha'm Nerven." Gloria schüttelte heftig den Kopf. „Das is' Jahre her." Sie lehnte sich zurück und schloss die Augen.

Tina und Ole warteten gespannt, was als Nächstes kommen würde.

„Nee, tut mir leid", erneutes Kopfschütteln folgte, „ich könnt nich mal genau sagen, ob der Abgeordnete und der Schokoladenfritze eine oder zwei Personen waren. Wie gesagt, das waren Majas Kunden, und wir hatten strenge Anweisung, untereinander nicht über unsere Freier zu sprechen. Nicht, dass wir uns immer dran hielten, aber in dem Fall schon."

Tina merkte, dass sie von Gloria nichts mehr erfahren konnte, was ihr weiterhalf, und sie verabschiedeten sich von der Blondine, die mit dem restlichen Rotkäppchen-Sekt auf dem Tisch zurückblieb.

Auf der A 20 nach Lübeck hingen Tina und Ole ihren Gedanken nach, bis sie von ihrem Freund wissen wollte, warum er nach dem Schwarzhaarigen gefragt hatte. „Du meintest doch sicher den Typen auf dem Motorboot mit dem germanischen Götternamen, stimmt's?"

Ole nickte und strich sich wie so oft über die Stirn, sagte aber nichts.

„Weißt du, wie mein Rentner-Seemann die Leute mit den göttlichen Booten nennt? – Donnervögel.“

Ole musste lachen. „Passender Name, viel Lärm um nichts. Trotzdem frag ich mich, was das für ein Macho-Verein ist. Wenn die auf ihren Motorrädern angerast kommen, ist das immer eine Show. Die haben alle das gleiche Emblem auf den Jacken – nee, nicht wie die Hells Angels, sondern so ’ne Art Faustkeil mit einem Blitz. Auch keine wilden Tätowierungen ... So ’n Mist! Guck mal da!“ Er deutete nach vorn.

Sie fuhren auf einen Stau zu. Ein wenig später kam der Hinweis auf die Abfahrt Grevesmühlen. Sie taten es anderen Autofahrern gleich und verließen die Autobahn, um zur B 105 zu gelangen.

„Wieso hast du sie nach dem Motorboot-Typen gefragt?“ Tina kam noch einmal auf den Schwarzhaarigen zurück.

„War so ’ne spontane Idee“, meinte Ole, „ein Schuss ins Blaue sozusagen.“

Er schaute auf die Uhr, halb sieben; es würde noch lange hell bleiben. „Weißt du was? Lass uns doch mal zum Priwall fahren. Die Donnervögel sind heut bestimmt dort.“

Von Dassow war es nicht weit zum Priwall. Sie parkten in dem Wäldchen hinter dem Campingplatz an der Mecklenburger Landstraße und gingen zum Passathafen.

Dort herrschte zu Lande und zu Wasser reger Verkehr. Manche waren auf dem Weg zur Personen- oder zur Autofähre; die Seeleute steuerten ihre Liegeplätze an. Segler hatten schon auf der Trave Tuch runtergeholt und tuckerten langsam durchs Gedränge.

„Was hab ich gesagt? Da ist er!", rief Ole plötzlich.

Tatsächlich kurvte das Boot mit dem Schwarzbärtigen gerade in die Marina. Stehend steuerte der Unbekannte im Slalom um die Langsameren herum, von denen ihn nicht wenige lautstark beschimpften. Wie im Lübecker Museumshafen trug er die weiße Baseballkappe und eine große Sonnenbrille. Nur war diesmal sein Oberkörper mit einem weißen Blouson bedeckt. Auf der Sitzbank hinter dem Bootsführer rekelte sich eine langbeinige Blondine in roten Shorts und prall gefülltem, hellblauem Shirt neben einem gut Vierzigjährigen. Beide tranken aus Bierdosen.

„Komm, lass uns zur ‚Passat' gehen", schlug Ole vor, „da kannst du die germanische Götterwelt bewundern."

Sie mischten sich in das Gedränge am Besucherzugang zum pensionierten Großsegler, dem Wahrzeichen Travemündes. Unbemerkt konnten sie unten in der Marina fünf nebeneinander festgemachte Speedboote und die zugehörigen Crews beobachten, die sich lautstark von Boot zu Boot unterhielten. Es ging vor allem um Heldentaten, die sie draußen vor der Bucht mit ihren Krachmachern vollbracht hatten. Mit grölendem Gelächter wurde gerade eine Geschichte bedacht, in der es darum ging, dass drei ihrer Boote ein Segelboot mit einer Frauencrew fast zum Kentern brachten, indem sie es mit hohem Tempo mehrfach umkreist hatten.

„Wär 'nen Artikel im LM wert", meinte Tina.

„Lass man", brummte Ole, „bringt nur Ärger."

„Aber hallo!"

Tina stieß ihn leicht mit einem Ellenbogen an. „Seit

wann bist du denn der Bedenkenträger vom Dienst?“

Er antwortete nicht. Stattdessen bearbeitete er wie so oft seine Stirn und studierte die Machos unten in den Booten. „Der Typ, der da mit der Blonden Bier trinkt – ich glaube, das ist der neue Boss.“ Er wandte sich abrupt ab. „Komm, wir bummeln noch mal zum Strand.“

Bis zur Sand-World-Ausstellung sprachen sie kein Wort. Ole blieb nicht verborgen, dass Tina ihn mehrmals von der Seite fragend ansah.

Als sie die Sandspitze des Priwalls gegenüber der Kurpromenade erreicht hatten, hielt sie es nicht länger aus. „Sag mal, ich glaub, du weißt mehr über diese Typen, als du mir erzählst. Stimmt's?“ Er wollte ausweichend antworten, doch sie legte nach. „Du redest vom neuen Boss, dann musst du also den alten oder einen vorherigen gekannt haben?“

„Na ja, ‚gekannt‘ ist zu viel gesagt. Aber wenn ich mit Lennart hier zum Segeln war, hab ich schon mitgekriegt, dass bis vor Kurzem der Meißner bei denen das Sagen hatte.“

„Meißner? Einer aus Meißen, oder heißt der so?“

„Hieß“, korrigierte er sie. „Er ist vor ein paar Wochen tödlich verunglückt, auf der A 1, kurz vor der Abfahrt Bad Schwartau.“

„Woher weißt du das denn?“

„Aus deiner Zeitung, dem LM.“

„Da stand aber nicht der Name mit drin, machen wir nie bei Unfällen. Komm, Ole, raus mit der Sprache!“

*

Sie versucht immer wieder, sich an Details ihrer Gefangennahme zu erinnern, kommt aber nicht über den Moment hinaus, als sie die Bewegung im Gestrüpp wahrnahm. An dieser Stelle reißt der Film. Sie konnte sich nicht einmal mehr umdrehen, da ist sie sich sicher. Mit einem Schlag war sie nicht betäubt worden, dann hätte sie beim Aufwachen Schmerzen gespürt. Ja, ihr war leicht übel. Und im Nacken juckte es sie. Aber das war alles.

Sie hat einen Strandspaziergang gemacht, da sie die Ruhe des herbstlich leeren Strandes liebt, um sich herum nur das leise Rauschen der Wellen. Die Sonne ging schon früh hinter dem Kirchturm unter. Sie lief vom Passathafen in Richtung Rosenhof. Bootseigner waren geschäftig dabei, ihre Boote an Land zu bringen und winterfest zu verpacken oder in der Halle ins Winterlager zu schaffen. Sie hatte noch keine Lust gehabt, überzusetzen und entschloss sich kurzerhand, den Uferweg gegenüber dem Skandinavienkai entlangzubummeln. Von einer Bank aus betrachtete sie das geschäftige Treiben drüben an den Fähranlegern, deren Lichter auf der leicht bewegten Trave tanzten. Hier war es wunderbar still.

Es wurde schnell dunkel. Hinter den großen Bäumen oberhalb der Anleger loderte das letzte Abendlicht in den Farben, die nur der Herbst malen kann.

Ein Rauschen hinter ihr. Und dann ...

Tina Menges hatte keine Zeit, über das nachzudenken, was Ole ihr gestern über den tödlich verunglückten Herrn Meißner erzählt hatte. In der Redaktion war wieder einmal der Teufel los. Und wie immer verfielen die jüngeren Redaktionsmitglieder in Hektik, während die älteren den Stürmen trotzten, wie sie es gewohnt waren.

Die morgige Ausgabe war schon zum Druck freigegeben, als Tina zum ersten Mal Zeit fand, ein wenig Luft zu holen und im Archiv den Artikel über den Unfall herunterzuladen. Herr Ulrich M. (stand das „M" für Meißner?) war von Travemünde kommend auf seiner Harley mit überhöhter Geschwindigkeit von der A 226 auf die A 1 gefahren, als er stark abbremsen musste und auf einen vor ihm haltenden Laster prallte. Die Details waren ziemlich unappetitlich. Der Körper des Harleyfahrers hatte zwanzig Meter von der Aufprallstelle entfernt gelegen. Sowohl die A 1 als auch die A 226 mussten in Richtung Lübeck für zwei Stunden gesperrt werden.

Im LM der darauffolgenden Woche fand Tina eine kurzen Bericht über den Unfall, dass die Hinterradbremse des Motorrads nicht funktioniert habe. Ob der Bremszug erst durch den Aufprall oder schon vorher gebrochen war, konnte bei der Untersuchung der stark verformten Trümmer nicht mehr festgestellt werden.

Ole hatte diesen Bericht übersehen und wurde sehr nachdenklich, als Tina ihm abends davon erzählte.

Sie erriet seine Gedanken. „Sabotage?", unterbrach sie sein Schweigen.

Er zog die Schultern hoch, schob die Unterlippe vor und runzelte die Stirn. „Schwer zu sagen", meinte er dann, „der Meißner hat – äh, hatte – zwei Lokale in der Clemensstraße. Ich weiß nicht, ob er sie wirklich ihm gehörten oder er nur der Geschäftsführer war. Die Clemensstraße ist eine alte Bordellstraße zwei Ecken von unserer Firma entfernt, da kriegen wir so einiges mit von den Veränderungen, denn –"

Tina winkte ab. „Geschenkt, Ole. Du vergisst, dass ich eine alte Lübeckerin bin, und obendrein Journalistin. Sogar das Hamburger Abendblatt hat bei uns angefragt und dann berichtet, dass ein Puff nach dem anderen dort wegen der Konkurrenz der Eros-Center in anderen Stadtteilen schließt. Und so wird die Clemens, wie wir Lübecker sie seit ewigen Zeiten nennen, allmählich respektabel."

„Unser Chef kauft dort jetzt auch eine Immobilie", meinte Ole, „da haben wir von den Rangeleien der Makler einiges mitbekommen. Und Meißners Rolle in dem Ganzen ist höchst undurchsichtig."

„Falls der Unfall kein Unfall war, dann waren daran nicht die Donnervögel schuld, sondern die Konkurrenten in der Clemens haben die Finger im Spiel?" Tina sah Ole erwartungsvoll an, aber der zuckte nur mit den Schultern und schob die Unterlippe vor. Manchmal konnte er Tina damit zur Weißglut treiben. Sie äffte ihn genervt nach, er ließ sich davon jedoch nicht beeindrucken.

„Das eine muss das andere ja nicht ausschließen", stellte er schließlich fest.

*

Von den Geräuschen über sich ist sie aufgewacht. Dumpfes Poltern, Schleifen, Schlagen. Sie erinnert sich an den letzten Spaziergang. Am Passathafen wurden Boote mit dem Kran und an der Slip-Anlage aus dem Wasser geholt und dann teilweise in der Halle aufgebockt. Befindet sie sich unter solch einer Halle?

Diesmal dauert der Lärm mehrere Stunden, ist sie sich sicher – viel länger als beim ersten Mal. Doch ihre Hoffnung, dass jemand den Weg in ihr Verlies fände, ist wieder vergeblich. Als die Geräusche verstummen, gibt ihr das wenigstens eine ungefähre zeitliche Orientierung. Es muss Abend geworden sein. Früher Abend? Egal. Sie weiß, dass sie ihren Zeitsinn sowieso bald wieder verlieren wird. Vermutlich schläft sie ohnehin immer nur in kurzen Intervallen, und auch unterschiedlich lange. Doch ihr ist klar, dass das nicht im Widerspruch zu ihren sehr realistischen, detaillierten Träumen steht, denn binnen weniger Sekunden kann man eine ganze Lebensgeschichte träumen. Die Aktivitäten über ihr haben Bilder in ihr geweckt, die sie zu verdrängen sucht. Irgendwann wird der Entführer auftauchen. Oder sind es mehrere?

Sie wiegt zwar nur vierundfünfzig Kilo, aber sie vom Wanderweg gegenüber dem Skandinavienkai bis zum Passathafen zu schleppen – hier, schätzt sie, befindet sich das Verlies – ist nicht gerade leicht. Wahrscheinlich hat man sie am Ende der Sackgasse hinter dem Rosenhof in ein Auto geladen.

Müßige Gedankengänge, sagt sie sich.

Um sich abzulenken, geht sie das Fitnessprogramm durch, bis sie völlig aus der Puste ist. Kreislauftraining, sie darf sich nicht nur auf Muskelübungen beschränken. Doch Joggen auf der Stelle mit einer Kette am linken Knöchel? – Sie versucht es. Der Lärm stört niemanden, aber den Schmerz kann sie nicht lang ertragen. Ausdauerübungen im Liegen scheinen eine gute Alternative.

Hunger und Durst geben keine Ruhe, also tastet sie nach dem Proviant. Noch vier Lederbrötchen zählt sie. Ein halbes reißt sie mit Mühe ab. Brechen kann man diese Dinger nicht mehr.

Mit optimistischen Gedanken will sie sich in den Schlaf mogeln, doch kaum hat sie sich innerlich beruhigt, wird der Wall ihrer Fantasien von albtraumartigen Visionen durchbrochen.

Ein paar Tage später saßen sie wieder im Straßencafé von Niederegger in der Travemünder Vorderreihe und tranken Kaffee, als Ole unvermittelt noch einmal auf den Motorradunfall zu sprechen kam. „Du hast mir doch erzählt, dass der Bremszug an Meißners Motorrad gebrochen war, erinnerst du dich? Ob vorher oder nachher, wusste man nicht."

Tina nickte. Wie kam er jetzt darauf?

„Hm, du weißt doch, dass Lennart auch Motorrad fährt", begann Ole. „Er hat mir etwas erzählt, was dich sicher interessieren wird."

Gespannt sah Tina ihn an und erfuhr, dass Oles Segelpartner Lennart bei seiner Motorradfirma ein Gespräch zwischen dem Meister und einem Gesellen gehört hatte, in dem es um genau diese Frage gegangen war. Offenbar waren sie als Gutachter in dem Fall hinzugezogen worden; der Meister hatte seinen vagen Verdacht, dass der Bremszug schon vor dem Aufprall gerissen war, nicht in seinem Bericht erwähnt, da sie das Ganze nicht beweisen konnten.

„Und das ist nicht weiter verfolgt worden?" Tina war fassungslos.

„Nein. Der Meister und der Kfz-Experte der Kripo waren sich in der Beurteilung einig. Wenigstens schloss Lennart das aus dem Gespräch zwischen dem Meister und dem Gesellen."

Auch Tina hatte Neuigkeiten. In der „Clemens" hatte sie ein wenig geschnüffelt und sich sogar mit zwei etwas älteren Nutten unterhalten. In ein Eros-Center wollten sie nicht mehr umziehen, hatten die beiden erklärt. Wenn ihr „Haus“ irgendwann dicht gemacht werden würde, wollten sie aufhören. Schließlich hätten sie sich ihre Rente hart erarbeitet.

Tina war erstaunt. Die zwei sprachen von ihrer Rente wie andere Arbeitnehmerinnen auch, die das Ende des Arbeitslebens herbeisehnten. Über die Besitzverhältnisse in der „Clemens“ schienen sie nur wenig zu wissen, obwohl sie beide nun schon über zehn Jahre dort tätig waren. Sie zahlten pünktlich ihre Miete, das war die Hauptsache, dann bekam man keinen Ärger. Die Besitzer hatten ziemlich häufig gewechselt, die meisten hielten es nie für nötig, sich sehen zu lassen.

Tina konnte es sich nicht verkneifen, nach Maja aus Travemünde zu fragen. Nee, gekannt hatten sie die nicht, aber natürlich von dem Mord gehört. Danach wurden die zwei sehr einsilbig, und Tina verabschiedete sich bald. Während des Gesprächs waren keine Freier zu sehen, aber der Barkeeper starrte die ganze Zeit missbilligend zu ihnen herüber.

In der Redaktion hatte sie den Ressortchef Lokales auf den Wandel der „Clemens“ angesprochen, er hatte den Eindruck, dass sich die Bordellbesitzer nicht grün seien. Aber dass sie den Meißner auf dem Gewissen hätten, hielt er für unwahrscheinlich, obwohl der dort sowohl als Verkäufer als auch als Käufer tätig gewesen war. Für wen oder ob auf eigene Rechnung konnte ihr Kollege nicht sagen. Auf jeden Fall schienen die Vorgänge in der „Clemens“ einigermaßen undurchsichtig.

Das sei bei Immobiliengeschäften nicht ungewöhnlich, meinte Ole. Er kratzte sich am Haaransatz. Aber da wäre noch etwas. „Ich wollte dich nicht unnötig beunruhigen, Tina, aber es ist wohl besser, wenn du es erfährst."

Ein Typ, den er an der Untertrave oft habe herumlungern gesehen, so zwischen Holstenstraße und Beckergrube, habe ihn neulich angesprochen.

„Wo haste denn deine Puppe?", habe der wissen wollen. Und als Ole ihn nicht beachtete und weiterging, hätte der Kerl ihm nachgerufen: „Pass gut auf sie auf, sonst ist sie futsch."

Tina tat das als Gequatsche eines Blödmanns ab, doch Ole sah das ganz anders und beschrieb ihr den Mann: Auffällig dünn und hohlwangig, etwa eins siebzig groß sei er gewesen, hätte schulterlanges, unten leicht lockiges dunkelblondes Haar gehabt und irgendwie ungepflegt gewirkt – sicherlich ein Junkie, immer in dieser braunen Lederhose. „Weißt du, so eine mit seitlicher Schnürung."

„Wer weiß, wen und was der gemeint hat", wiegelte Tina ab. Damit war das Thema beendet.

Sie hatte die Unterhaltung mit Ole längst vergessen, bis sie kurz darauf in der Breiten Straße einen Mann in eben solch einer Lederhose sah, auf den diese Beschreibung genau zutraf. Er ging vor ihr in Richtung Beckergrube, in Begleitung eines Mannes, den sie klar erkannte – dem neuen Boss der Donnervögel.

In sicherem Abstand folgte sie ihnen, in der Beckergrube zur Trave hin sah sie die beiden nach links abbiegen. Als Tina die Siebente Querstraße erreichte, waren die zwei verschwunden. Nachdenklich schlenderte sie zur Breiten Straße zurück, als ihr Handy klingelte.

„Hey, Puppe! Da staunste, wa? Hättst wohl gern gewusst, wo wir abgeblieben sind, wa? Aber da musste früher uffstehn. Aber hör ma, wir können doch –“

Tina hatte sofort aufgelegt. Wie erstarrt stand sie an der Ecke des Telekom-Glaskastens. Die beiden hatten also bemerkt, dass sie ihnen gefolgt war! Das ärgerte sie, doch Magengrummeln bescherte ihr eine ganz andere Sache: Wie zum Henker waren die Kerle an ihre Nummer gekommen?

Die Antwort bekam sie im Verlagshaus: Die Mitarbeiterin in der Telefonzentrale hatte Tinas Nummer an einen Anrufer weitergegeben.

„Der sagte, er ist mit Ihnen für ein Interview verabredet, und da dachte ich, da kann ich ...“ Der Rest des Satzes verlor sich in einem schuldbewussten Murmeln.

Tina war versucht, der leichtgläubigen Dame den Kalauer mit dem Denken und den Pferden an den Kopf zu werfen, besann sich dann aber. Der Schaden war schließlich nicht mehr rückgängig zu machen. Eine neue Nummer zu besorgen, war viel zu aufwendig. Die Zahl der Leute, die benachrichtigt werden müssten – beruflich wie privat – erschien ihr einfach zu groß. Vielleicht war das Ganze ja ein Einzelfall gewesen, und die Typen würden sie in Zukunft nicht weiter belästigen. Aber wie waren die überhaupt auf sie gekommen? Dass die Lederhose sie mit Ole zusammen gesehen hatte, fand sie eigentlich nicht ungewöhnlich. Doch woher hatten die Kerle gewusst, dass sie beim LM arbeitete? Ob der Barkeeper in der „Clemens“ damit zu tun hatte?

*

Schweißgebadet und wild um sich schlagend schreckt sie hoch. Ihr Kopf dröhnt. Die Augenlider sind verklebt. Die ersten Anzeichen einer Grippe? Das fehlte noch! Sie kann sich gar nicht mehr erinnern, wann es sie das letzte Mal erwischt hat.

Die Temperatur hier drinnen scheint sich nicht verändert zu haben. Ihr karges Lager hat keine Decke, aber der wollene Hosenanzug hat sie bisher immer ganz gut warm gehalten, wenn sie sich beim Schlafen wie eine Kugel zusammenrollt.

Sie atmet tief durch. Seltsam, die Nase ist frei. Sie räuspert sich. Einen Hustenreiz verspürt sie auch nicht. Die ganze Zeit hier unten hat sie höchstens einmal einen Brötchenkrümel aus der oberen Luftröhre abgehustet.

Mit klopfendem Herzen setzt sie sich auf und reibt sich den Schlaf aus den Augen. Allmählich lässt auch das Dröhnen im Kopf nach. Langsam steht sie auf und reckt sich, damit die Schmerzen in Muskeln und Gelenken abebben.

Vor weiteren Anrufen war Tina Menges glücklicherweise verschont geblieben. Mit den Erkundigungen über Maja und die Donnervögel war sie nicht wesentlich weitergekommen, sodass sie ernsthaft erwog, in der Sache nicht mehr zu recherchieren und Oles wiederholter Bitte nachzukommen. Der Redakteur der Polizeiberichte hatte ihr über den Fall Maja nicht mehr erzählen können, als sie von Onkel Harald erfahren hatte. Von den Donnervögeln wusste er nichts. Der Fall führte in eine Sackgasse, und über einen Mangel an Arbeit konnte sie sich auch nicht beklagen. Ole würde sich freuen, wenn er hörte, dass sie nicht mehr nachforschen wollte.

Am Montag nach ihrem Niederegger-Besuch mit Ole hatte Tina in Travemünde zu tun, sie wollte noch einmal mit Münt, dem Ex-Seemann, sprechen. In der Vorderreihe befand sich die LM-Annahmestelle im Hapag-Lloyd-Reisebüro. Schon wollte sie auf dem Weg zur Mole daran vorübergehen, als ihre Freundin Michelle sie erblickte und sie zu sich hereinwinkte.

„Lust auf einen Kaffee? Hier läuft gerade nichts. Ich hab 'ne Story für dich."

Das waren gleich zwei Dinge, denen Tina sich nicht verschließen konnte. Lebhaft erzählte Michelle, dass sich vorhin drüben im Passathafen ein Unfall ereignet habe, eine Kollision zwischen einem Speedboot und der Segeljacht eines Textilmillionärs aus dem Rheinland.

„Den Knall hab ich bis hierher gehört", schloss Michelle.

Ein Blick aus dem Fenster genügte Tina. Es gab einen Menschenauflauf drüben bei der Hafenmeisterei, und sie entschied, erst später nach dem angelnden Ex-Seemann Willy Münt Ausschau zu halten. Zunächst wollte sie etwas über den Zusammenstoß herausfinden.

Nach einer herzlichen Verabschiedung von der Freundin nahm Tina die Personenfähre zum Priwall, um in den Passathafen zu gelangen. Schon von Weitem konnte sie sehen, dass der Hafenmeister Mühe hatte, vor seinem Büro eine Schlägerei zu verhindern. Drei der Donnervögel und drei Segler schrien sich an. Zwei der Segler trugen eine Art Crew-Uniform mit dem Logo der Textilfirma. Den Millionär erkannte sie am weißen Pullover und der weißen Schiffseignermütze. Seine Beiträge zur Redeschlacht waren jedoch nicht weniger obszön als die der anderen. In sicherem Abstand beobachteten mehrere Leute neugierig die Szene, wollten sich jedoch nichts entgehen lassen.

Die Kontrahenten beruhigten sich erst, als die Wasserschutzpolizei eintraf, obwohl auch dann noch jede Äußerung der Gegenseite mit heftigem Protest begleitet wurde. Das Speedboot hatte die Segeljacht in der Hafeneinfahrt hinterm Bug an Backbord gerammt und ein Loch in die Außenwand gerissen. Die Donnervögel behaupteten, die Jacht habe plötzlich den Kurs geändert und sei links ausgeschert; die Segler bestritten das.

Mehrere Augenzeugen unter den Umstehenden ergriffen für die Segeljacht Partei, was ihnen Drohungen von den Donnervögeln einbrachte. Tina sah, wie eine Frau ihren Mann beiseitezog und ihn zurechtwies, er solle doch den Mund halten. Einer der Beteiligten hatte Tina entdeckt, stieß seine Kumpel an und deutete auf sie.

Beunruhigt ging sie zügig zur Anlegestelle der Personenfähre zurück, konnte die Blicke der Männer aber noch deutlich im Rücken spüren. Wie kam es, dass alle Donnervögel sie zu kennen schienen? Fühlten diese Typen sich wirklich von ihr bedroht? Warum?

Auf der Festlandseite hielt sie sich nach rechts. Ganz am Ende der Mole stand Willy Münt, er sah sie offenbar schon von Weitem kommen, denn er rief ihr entgegen: „Na, mol wedder op de Piste?" Er griente ihr entgegen, die Linke am Ohrläppchen.

„Haben Sie schon von dem Bootunfall gehört?", wollte sie wissen, als sie ihn erreicht hatte, und als er den Kopf schüttelte und erwiderte, dass er erst vor ein paar Minuten gekommen sei, erzählte sie ihm davon.

„Dat duert nich mehr lang un de kricht Hoafenverbot", war sein Kommentar, „das is 'ne üble Trupp."

Über den Wechsel an der Spitze der Donnervögel war er selbstverständlich auch im Bilde. Ebenso hatte er die verschiedenen Berichte über den Motorradunfall verfolgt, und seine Meinung war deutlich. „Kloarer Fall: Sabotahsch."

Beweise hatte er natürlich nicht, auch keinen konkreten Hinweis. Allerdings wollte er erfahren haben, dass die Hackordnung bei den Donnervögeln mächtig durcheinandergeraten sei. „Weet ick vun'n Hoafenmeester, de is min Noaber." Von seinem Nachbarn wusste er auch, dass der neue Boss der Donnervögel Bernhard „Bernie" Hasten hieß und Grundstücksmakler in Lübeck war. Unter diesem Namen waren alle fünf Liegeplätze der Rennboote gemietet worden.

Da er so gut informiert war, fragte Tina ihn nach Macko Mackensen, wurde aber enttäuscht, denn diesen Namen hatte der Angler noch nie gehört. Sie wollte sich schon verabschieden, doch der Ex-Seemann sah aus, als habe er noch etwas auf dem Herzen. Abwartend blieb sie stehen.

Der Angler bedankte sich für „dat scheune Interfjuh" und zog dabei wieder verlegen an seinem Ohrläppchen. Richtig populär sei er in Travemünde geworden. „Min Line is ohrnlich 'n beten stolz op mi." Die Sache habe aber auch einen Haken. Unter den Leuten, die ihn neuerdings auf der Straße ansprächen, sei auch einer der Donnervögel gewesen. Und der habe ihn gewarnt, er solle der Journalistin nichts über ihn und seine Kumpel erzählen. „Hev ick min Line noch goar nich vertellt. Se is so 'n Bangbüx."

Tina war entsetzt, bemühte sich aber, sich nichts anmerken zu lassen.

„Dann sollten wir uns besser nicht mehr treffen", schlug sie entsetzt vor. „Ich will Sie ja nicht in Gefahr bringen!" Nur zu deutlich kamen ihr die bösen Blicke der Donnervögel wieder in Erinnerung.

„Nu mok Se mol halflang, allens half so schlimm. De künnt mi mol." Da sei aber noch etwas, brummelte Münt – und dann rückte er damit heraus, dass zumindest einer der Donnervögel unter die Sporttaucher gegangen sei. Seit voriger Woche sei ein paar Mal so einer in einem Flitzer mitgefahren, mit Neoprenanzug und Taucherausrüstung.

„In welche Richtung?", hakte Tina gespannt nach.

Sowohl nach draußen auf die Lübecker Bucht als auch

flussaufwärts in Richtung Skandinavienkai, gab Münt bereitwillig Auskunft.

„Und was wollten Sie bei den Fähranlegern?"

Aber das konnte er beim besten Willen nicht sagen. Doch in Sichtweite seines Angelplatzes auf der Mole hatten sich diese Kerle irgendwie merkwürdig verhalten. Mehrmals hätten sie genau an der Stelle, wo die Mole den Strand verließ, den Motor abgestellt und sich seewärts treiben lassen.

„Mit der Strömung der Trave?"

Der Angler nickte. Vielleicht wollten sie wissen, wie die Strömung hier an der Mündung verlief, meinte er. Zweimal hätten sie auch ein schwimmendes Paket oder so was Ähnliches am Molenanfang ins Wasser gesetzt und seien langsam hinterhergetuckert.

Tina und Willy Münt waren sich einig, dass dieses sonderbare Tun keinen Sinn machte und so gar nicht zur üblichen Raserei auf dem Wasser passte.

Sie hatte für heute genug von den Donnervögeln und verabschiedete sich von dem alten Seebären. Nachdenklich und beunruhigt ging sie zurück zum Wagen. Ihren braunen Mini Cooper hatte sie am Mühlenberg neben dem Friedhof geparkt.

Die Donnervögel hatten sie eindeutig im Visier. Zähneknirschend gestand sie sich ein, dass ihr das mehr als unheimlich war. Sie fühlte sich plötzlich beengt, beinahe schon bedroht.

In der Vorderreihe betrat sie noch einmal die LM-Annahmestelle. Michelle hatte einen Kunden, der gerade eine Anzeige aufgab. Als der gegangen war, berichtete

Tina ihrer Freundin von der Bootskollision und dem Verhalten der Donnervögel.

„Kevin meint, die gehören verboten, das ist ja die reinste Mafia“, entrüstete sich Michelle.

Tina wollte wissen, ob sie ihn mal interviewen könne, Kevin war bei der Wasserschutzpolizei und konnte ihr sicher einiges erzählen.

„Frag ihn doch, er ist jetzt auf der Wache. Und grüß ihn von mir. Er soll nicht vergessen, dass wir heute Abend in der MUK sind.“

Kurz darauf ging Tina zur Station der Wasserschutzpolizei zurück. Das Wachboot legte gerade wieder ab, Kevin war allein, er hatte heute Telefondienst an Land. Michelles Auftrag war ein willkommener Anknüpfungspunkt für Tina, denn sie kannte Kevin bisher nur flüchtig.

Zuerst war er recht einsilbig und ein wenig zurückhaltend, aber als sie auf den Bootsunfall zu sprechen kam und das Verhalten der Speedbootfahrer erwähnte, hielt er sich nicht mehr zurück.

„Hoffentlich kriegen sie für die Kollision ordentlich eins aufgebrummt. Zweimal sind die schon mit Bußgeld davongekommen! Aber das kostet die nur ein müdes Lächeln. Das zahlen die aus der Portokasse. Arrogante Mafiosi!“

Den Sinn des Strömungsmanövers, von dem der Angler erzählt hatte, konnte Kevin sich auch nicht erklären. Dass da neuerdings ein Sporttaucher an Bord war, hatte er aber auch schon bemerkt. „Ist ja nicht verboten, solange niemand in der Fahrrinne taucht. Aber bei den Typen weiß man das ja nie.“

Mit Tina klönte er noch eine Weile. Er freute sich auf das Rockkonzert am Abend in der Lübecker Musik- und Kongresshalle, der MUK. Schließlich kam er noch einmal auf die Speedbootfahrer zurück. „Gestern war ich im Hotel „Maritim". Und da stand einer von den Rockern im Foyer und steckte eigenhändig einen Brief ins Postfach eines der Appartement-Besitzer. Ich möcht mal wissen, was für Nachrichten die verteilen. Sicher nichts Sauberes."

„Vielleicht Prospekte", überlegte Tina laut. „Der Herr Hasten, der neue Boss von denen, ist Immobilienmakler."

„Sag ich doch", war Kevins Reaktion.

Sie verabschiedete sich und schlenderte über die Kurgartenstraße zurück. Als sie nach rechts in die Rose einbog, meinte sie, unten an der Vorderreihe den Macho mit der weißen Baseballkappe und der großen Sonnenbrille zu erkennen. Sicher war sie jedoch nicht, denn auf hundert Meter und bei dem Gedränge dort konnte man sich schon irren. Außerdem liefen in Travemünde nicht wenige in diesem Outfit herum.

Fast hätte sie beim Einsteigen in ihr Auto übersehen, dass sie hinten links einen Platten hatte. Verdammt! Zwar hatte sie gelernt, ein Rad zu wechseln, aber zu ihren Lieblingsbeschäftigungen zählte das nun nicht gerade. Jetzt würde sie zum Rendezvous mit Ole zu spät kommen!

Doch es kam noch schlimmer, denn aus dem rechten Hinterreifen zischte ebenfalls die letzte Luft. Nun halfen ihre Radwechselkünste auch nicht mehr. Panik ergriff sie. Stand der Täter, der hierfür verantwortlich war, womöglich noch hinter einem der Büsche hinter dem Friedhofszaun? Sie biss die Zähne zusammen, um ihre Nerven in den Griff zu kriegen. Tief atmete sie durch und blickte sich um.

Aus einem offenen Fenster des gegenüberliegenden Hauses lehnte sich ein älterer Herr.

„Entschuldigen Sie, haben Sie zufällig gesehen, wie sich jemand an meinem Auto zu schaffen machte?“, rief sie ihm zu.

„Tut mir leid, junge Frau, ich bin eben erst ans Fenster gekommen. Aber vorhin, als ich einmal kurz rausguckte, da war dort ein Kerl mit so einer weißen Kappe und mit Sonnenbrille. Ich dachte, das ist sein Auto.“

Wütend rief sie Ole an. Gingen die Donnervögel zum Angriff über? Ihre Nackenhaare sträubten sich. Tina, reiß dich zusammen, ermahnte sie sich selbst. Das bildest du dir alles nur ein.

In dem Moment ahnte sie nicht, wie unrecht sie hatte.

Herwig Stollner reckte sich auf seiner Liege in der Loggia des zweiunddreißigsten Stocks, mit sich und der Welt zufrieden. Mit sich selbst, weil er die letzten zwanzig Jahre nichts falsch gemacht hatte. Mit der Welt, weil sie sich so entwickelt hatte, dass er sein Schnäppchen aus dem SED-Vermögen so eindrucksvoll hatte vervielfältigen können. Schnäppchen? – Na ja. Seine Kapitalisten-Freunde gebrauchten immer den Schnack, dass die erste Million die schwierigste sei. Er stimmte stets zu und verschwieg, dass die Wende ihm diese Schwierigkeit erspart hatte. Sein Startkapital war nicht unbeträchtlich gewesen. Gewissensbisse leistete er sich deswegen nicht. Warum auch? Wenn der eine die Gnade der begüterten

Geburt genoss, erfreute sich der andere eben der Huld der Historie.

Er war nicht nur im richtigen Moment der Geschichte an der richtigen Stelle gewesen, sondern hatte auch das Richtige daraus gemacht. Er war kein Wende-Verlierer. Dieses Appartement hier war nur ein kleines Zeichen seines Erfolges. Er warf einen Blick auf seine Rolex, eine echte, nicht eine der berühmten Fälschungen. Corinna kam sicher gleich zurück. Ihr war es zu langweilig geworden, und sie machte wieder einmal einen Bummel durch die Boutiquen. War eben noch ein junges Ding, wollte sehen und gesehen werden. Ihm hingegen wurde der Blick von hier oben nie öde. Von der vierthöchsten Etage des „Maritim" konnte er weit über Holstein und Mecklenburg blicken. Er stand auf und griff zum Fernglas. Da war die Klützer Mühle, dahinter das Ostseebad Boltenhagen. Das Ortszentrum und die neuen Wohngebiete erstrahlten fast in der hellen Sonne. Alles dort hatte sich stark verändert, seit er FDJler gewesen war. Nun, er selbst hatte sich ja auch gewandelt. Von drinnen hörte er die Flurtür, das Klackern von Corinnas Absätzen: erst im Flur, dann gedämpft über den Teppichen.

„Hier, Schatz, ick hab dir deine Post mit hochgebracht."

Sie sah zum Anbeißen aus in ihrem himmelblauen Leinenanzug und dem vollen, zum Pferdeschwanz gebundenen kastanienbraunen Haar.

„Du, da neben der Schwimmhalle hab ick 'nen Fummel jesehen, da drehste ab. Ideal für heute Abend. Kommste nachher mit und koofst'n mir? Sexy, sach ick dir, echt sexy."

„Mal sehen", murmelte er und schnappte sich die Post. Nichts Besonderes dabei. Oder? Neugierig betrachtete er einen unfrankierten Umschlag. *An Wiggo Stollner*, las er.

„Iswat?", fragte Corinna.

Seine gepflegte Bräune war plötzlich einem fahlen Grau gewichen. „Wie? – N-nein." Er fing sich schnell und setzte ein breites Grinsen auf. „Nichts. Nur der Schreck, dass du schon wieder ein Kleid brauchst", scherzte er gekünstelt. „Aber keine Sorge, du kriegst es. Fahr schon mal runter und warte im Pub auf mich."

Als sie gegangen war, setzte er sich wieder auf die Liege. Er schaute ungläubig auf den Umschlag, den er wie mechanisch in den Händen drehte. Wiggo! So hatte ihn über zwanzig Jahre lang keiner mehr genannt. Sein Magen rumorte. Mit einem Ruck riss er den Umschlag auf. Computerausdruck, kein Briefkopf.

Hallo Wiggo, alter Knabe,

da staunst Du, nicht wahr? Dein Griff in die Parteischatulle hat sich ja offensichtlich gelohnt. Es wäre doch äußerst schade, wenn Du das „Gerettete" an die Bundesstelle für Altlasten der DDR zurückgeben müsstest. Mit Zinsen natürlich, ganz zu schweigen davon, was der Staatsanwaltschaft so alles einfallen könnte. Da ist eine Spende für bedürftige Genossen vernünftiger, meinst Du nicht? Eine Million, und Du wirst es nicht bereuen. In Hundertern, in einer Woche. Modalitäten erfährst Du noch.

Mit sozialistischem Blabla.

Herwig Stollner kam erst spät in den Hotel-Pub. Er hatte erst eine Magentablette nehmen und sich fassen müssen. Dass der Brief nicht frankiert war, beunruhigte ihn am meisten. Der Absender kam also aus Travemünde. Oder er war zumindest ganz in der Nähe. Hatte der Briefschreiber ihn schon eine Weile beobachtet, gar verfolgt?

Vorsichtig und möglichst unauffällig sah Stollner sich um. Wer mochte es sein? Wie würde er aus diesem Schlamassel herauskommen? Die Polizei einzuschalten, kam jedenfalls nicht in Frage.

Corinna saß, mit einem Campari Orange vor sich, am Fenster zur Promenade. Das Glas war voll, es war also nicht das erste. Sie guckte ihn erstaunt an, als er statt des üblichen Campari Soda einen Magenbitter bestellte.

„Is dir nich jut?"

Er schüttelte den Kopf und schaute aus dem Fenster.

Sie plauderte drauflos, um ihn abzulenken, aber sie merkte, dass er ihr nicht zuhörte. „Isses wegen dem Brief?"

Sein Blick wurde kalt und hart. „Erstens heißt das ‚wegen des Briefs', und zweitens geht dich das nichts an; frag also nicht."

Sie zog einen Flunsch, schwieg aber. Ihre Grenzen kannte sie. Nervös ließ er den Blick über die Flaneure auf der Promenade schweifen, selbst im Pub sah er sich mehrmals um. Wenn er wenigstens den Erpresser erkennen könnte! Wie man kämpfte, wusste er. Aber dazu brauchte er einen Gegner. Diese Ungewissheit machte ihn hilflos, so hilflos, wie er noch nie im Leben gewesen war.

Doch Trübsal zu blasen, war auch nicht sein Stil.

Herwig ergriff Corinnas Hand. „Komm, Schätzchen, wir holen uns deinen Fummel."

Tina Menges bummelte durch die Vorderreihe und Am Leuchtenfeld entlang, der alte Leuchtturm war endlich restauriert worden. Sie schaute zu Uhr. Viertel vor fünf. Um fünf wollte sie sich beim Travemünder Niederegger mit Ole treffen.

Auf der Kaiseite der Vorderreihe fand sie unter einem großen Sonnenschirm einen schattigen Tisch. Das Gedränge der Spaziergänger auf der Hausseite konnte sie noch nie ausstehen, heute weniger als jemals zuvor. Sie liebte Straßencafés, aber nicht, wenn sich Menschenmassen hautnah an ihr vorbeischoben.

Das Paar am Nebentisch schien das auch so zu empfinden. „Guck mal, Schatz, is dat nich furchtbar da drüben?", hörte sie die auffällig attraktive, junge Frau zu ihrem deutlich älteren, aber sehr gepflegten Partner sagen. „Dat is ja wie inner U-Bahn, wa!"

Der Mann nickte, betrachtete die Menge drüben mit unruhiger Aufmerksamkeit. Selbst hinter seiner großen Sonnenbrille war erkennbar, dass sein Blick fahrig wirkte. Tina fragte sich, ob die beiden aus Berlin kamen, denn der Akzent der jungen Frau war deutlich gewesen. Sie kümmerte sich aber nicht weiter um die zwei, denn Ole kam ungewöhnlich pünktlich. Während er kurz darauf auf sein bestelltes Stück Marzipantorte mit Kaffee und sie auf ihren Eisbecher wartete, schilderte sie ihm ihre Tageserlebnisse. Die Bestellung kam gerade, als am Nebentisch ein Fahrradkurier hielt.

„Herr Wiggo Stollner?“

Bevor der gepflegte Herr antworten konnte, reichte der Bote ihm auch schon ein Päckchen. „Woher wissen Sie denn, dass ich –“, wollte der wissen, doch der junge Auslieferer war schon wieder losgeradelt. Verstört sah Herr Stollner, wie er angeredet wurde, ihm nach, bevor er die unerwartete Post in Augenschein nahm.

„Sach ma, Schatz“, hörte Tina die junge Frau, „seit wann wirst du denn ‚Wiggo‘ jenannt? Erst der Brief ohne Briefmarken vorige Woche und jetzt dieset – dieset Ding hier!“

Tina horchte auf. Ihr fiel sofort Kevins Beobachtung im „Maritim“ ein.

Die Frau langte nach dem Päckchen, bevor ihr Partner es sich schnappen konnte. „Is da überhaupt wat drin? Is ja janz leicht!“ Sie legte es wieder vor sich auf den Tisch. „Und – muss der nich von dir ’ne Unterschrift kriegen, so als Empfangsbestät’jung?“

Herr Stollner war aufgestanden. „Halt endlich den Mund!“, herrschte er sie an. Er zog ein Bündel Geldscheine aus der Hosentasche, blätterte kurz darin, zog einen Zwanziger heraus, knallte ihn auf den Tisch und griff nach der offensichtlich unwillkommenen Sendung. „Komm schon!“

Ohne auf seine Holde zu warten, stapfte er los.

„Männer!“, murmelte die hübsche Dame sehr vernehmlich und trippelte hinter ihrem Partner her.

Tina und Ole sahen ihr nach, er amüsiert, sie eher nachdenklich. Intuitiv verband sie das eben Gehörte mit dem, was Michelles Freund Kevin ihr vorige Woche von dem

Brief erzählt hatte, den einer der Speedbootfahrer im „Maritim“ eingeworfen hatte.

„Ole, warte hier auf mich. Bin gleich wieder da.“ Ehe er protestieren konnte, war sie fort, dem Paar hinterher.

Im Gedränge entdeckte sie diesen Stollner und seine Partnerin an der Ecke Vorderreihe und Trelleborgallee. Sie bogen aber nicht links ab, sondern gingen geradeaus. Tina folgte ihnen gegenüber auf dem Fußweg, vergessen war ihre Angst, jetzt war sie nur noch eine Journalistin auf dem Weg zu einer großen Story.

Wie erwartet, schlenderten die zwei die ansteigende Zufahrtstraße zum „Maritim“ hoch. Tina brauchte sich nicht mehr zu beeilen, im Foyer des Hotels herrschte emsiger Betrieb, aber Stollner und die Dame waren nicht zu sehen. Sie ging zu den in die Wand eingelassenen Postfächern hinüber, der Name „Stollner“ prangte an einem, wie sie sofort erkannte. Am Empfangstresen war nur eine der Damen gerade frei.

„Ist das Ehepaar Stollner schon zurück?“, fragte Tina wie nach alten Bekannten.

„Gerade gekommen“, antwortete die Rezeptionistin, wies mit einer Hand zu den Fahrstühlen und griff mit der anderen zu einem klingelnden Telefon.

Tina sah ihre Vermutung bestätigt. Mehr konnte sie im Moment nicht erfahren, und so eilte sie zu Ole zurück.

„Dein Eis ist nur noch Soße“, empfing er sie.

„Macht nichts, ich bestell mir ein neues.“ Sie erklärte ihm, warum sie es so eilig gehabt und die beiden eben verfolgt hatte.

„Hm, vielleicht hast du recht, dass die Donnervögel

dahinterstecken.“ Er goss sich den Rest aus dem Kaffeekännchen ein. Mit den Fingerspitzen rieb er sich dann nachdenklich die Stirn. „Es kann ja Zufall sein, aber als du die beiden verfolgt hast, fuhr eines der Götterboote ungewöhnlich langsam auf der Trave lang, praktisch neben dir her. Der Bootsführer – nein, nicht der Typ mit der weißen Baseballkappe, sondern ein anderer – beobachtete euch die ganze Zeit durch ein Fernglas.“

Tina nickte langsam. „Ich hab das Boot nicht gesehen, weil ich die zwei die ganze Zeit im Auge behalten wollte. Aber das passt alles zusammen. Bloß warum? Was wollen die von diesem Stollner?“

Ole beugte sich vor und sah Tina eindringlich an. „Dieser Typ ist mir so was von egal!“, zischte er. „Ich mache mir Sorgen um *dich*, Tina, ernsthafte Sorgen! Die zerstochenen Reifen waren doch wohl ein deutlicher Warnschuss, oder?“

Tina schüttelte energisch den Kopf und ignorierte ihre hochsteigenden Ängste. So schnell würde sie sich nicht von ihrer journalistischen Spur abbringen lassen! „Ole, mal ehrlich, was weiß ich denn schon? – Nichts! Sind doch alles nur Vermutungen.“

Ole ergriff ihre Hand. „Stimmt, Tina, stimmt. Ich hoffe aber echt, die glauben nicht, dass du ihnen gefährlich werden kannst.“

*

Sie starrt ins Dunkel.

Die Übungen hat sie hinter sich. Nun versucht sie, den immer noch schnellen Atem unter Kontrolle zu kriegen. Sie hat den Umgang mit ihren Träumen, besonders den Albträumen, geändert. Vorher noch hat sie versucht, alles zu verdrängen, um bloß nicht in Panik zu geraten. Jetzt sagt sie sich: So, wie man Probleme löst, indem man darüber spricht, kann man sich auch von schlechten Träumen befreien. Sie hat beschlossen, immer in Ruhe darüber nachzudenken, wenn sie wach ist.

Wenn sie es schafft, zu ergründen, was zu einem solchen Traum führt, die Ursache dafür findet, dann kann er sie im Nachhinein nicht mehr quälen.

So ganz will es noch nicht klappen. Aber immerhin ist sie dank der neuen Methode schon etwas ruhiger geworden.

Herwig Stollner drehte und wendete das Päckchen in seinen Händen. Es wog fast gar nichts; verschnürt oder verklebt hatte der Absender es auch nicht. Das Material war keine normale Pappe, sondern merkwürdig elastisch. Er wollte es vorsichtig untersuchen. Man konnte ja nie wissen ... Corinna störte ihn sicher nicht dabei, denn sie würde das Badezimmer so schnell nicht verlassen. Das Make-up fürs Dinner erforderte schließlich angemessene Sorgfalt.

Behutsam öffnete er den Deckel, ganz wohl war ihm nicht dabei. Dann entspannten sich seine Nackenmuskeln. Ein gefalteter Zettel und eine kleine Rolle Klebefolie, sonst nichts. Er schlug die Notiz auf. Wieder kein Briefkopf, derselbe Druck wie beim letzten Mal.

Es geht los, Wiggo.

Eine Million Euro in Hundertern passen genau hier hinein. Mit der Folie verklebst Du die Deckelkanten. Dann ist alles wasserdicht. Morgen, genau um 23 Uhr, wirfst Du das Päckchen vom Anfang der Mole aus in die Trave. Zu deiner eigenen Sicherheit gehst Du sofort zurück. Dann hast Du Deine (höhö) sozialistische Pflicht erfüllt.
Mit ... na, weißt schon ...

In der Redaktion hatte sich nichts verändert. Noch nicht. Doch die neuen Mehrheitseigner drangen auf eine Kooperation des LM mit der Rostocker Ostsee-Postille. „Synergie-Effekte“ lautete das Zauberwort. „Gemeinsamer Zeitungsmantel.“

„Euphemismus für Stellenabbau", hatte der Chef geknurrt. Für Tina hieß das, dass sie hin und wieder nach Rostock in die Richard-Wagner-Straße musste. Das erste Mal hatte sie sich ordentlich verfahren. Als sie das Schild „Albert-Lortzing-Straße" erblickte, kurz darauf auch das der Tschaikowsky-Straße, wähnte sie sich fast am Ziel und irrte durch das Komponistenviertel. Erst als sie ihren Stolz herunterschluckte und nach der Richard-Wagner-Straße fragte, erfuhr sie, dass das Verlagshaus der Ostsee-Postille am anderen Ende der Stadt lag. Sollte sie sich vielleicht doch ein Navigationsgerät anschaffen?

Die Zusammenarbeit mit den Rostocker Kollegen gestaltete sich recht angenehm, als die erst einmal erkannt hatten, dass Tina weder ein Besser-Wessi noch eine Bedrohung für ihre Arbeitsplätze war. Mit Ulf Sattler, ihrem direkten Gegenüber, aß sie mittags manchmal bei „Fischers Fritze". Ulf war ein gemütlicher End-Fünfziger, vierfacher stolzer Großvater. Er wohnte in Warnemünde, in „der schönsten Fischersiedlung der Ostsee", wie er zu sagen pflegte. Als hätte er als Journalist nicht genug zu schreiben, ging er einer Nebentätigkeit als Kinderbuchautor nach.

Tina gestand ihm, dass auch sie vorhatte, ein Buch zu schreiben. Aus zusammengekniffenen Augen starrte er sie an, als er hörte, dass das geplante Werk von einer ermordeten Prostituierten handeln sollte, die zu DDR-Zeiten im Warnemünder Hotel „Neptun" tätig war.

„Ein Kriminalroman?" Er sah sie überrascht an.

Tina neigte den Kopf und überlegte, ehe sie entgegnete: „Eher eine zeitgeschichtliche Dokumentation."

„Ich war damals ein junger Reporter. In Warnemünde“, erklärte er. „Prostitution gab es offiziell nicht. Und ins „Neptun“ kamen wir nur, wenn wir gerufen wurden. Um verdiente Genossen ... nein, nicht zu interviewen, sondern zu fotografieren und die Standardantworten in standardisierte Lobesartikel umzuformulieren.“

Interessiert rutschte Tina ein Stück auf ihrem Stuhl nach vorn.

„Na ja, an die Westbesucher kamen wir nicht ran“, fuhr Ulf Sattler fort, „die waren abgeschirmt durch Begleiter der Stasi. Doch so ganz ahnungslos blieb ein junger Reporter natürlich nicht. Er bekam schon mit, dass man besonderen Besuchern weibliche Betreuung angedeihen ließ, die sicher nicht vor der Zimmertür aufhörte.“

Tinas Puls beschleunigte sich. „Sagen Sie, der Name Maja – tauchte der damals auf? Hieß so vielleicht eine der sogenannten Betreuerinnen?“

Ulf Sattler wiegte den Kopf hin und her. „Maja – Maja ... kann sein, kann auch nicht sein. Zwei Jahrzehnte sind eine ziemlich lange Zeit.“

„Ihr bürgerlicher Name war Hannelore Rieger“, warf Tina ein. „Sie stammte aus Dresden und spielte offenbar gut Cello.“

Ulf Sattlers Miene hellte sich auf. „Hanne, natürlich! Wir nannten sie nur Hanne. Erste Cellistin in unserem Kammerorchester. Alles Amateure. Ich war bei den ersten Violinen.“ Sein Blick wurde düster. „Aber Hanne eine Nutte? – Niemals! Sie arbeitete in der Verwaltung des „Neptun“ und wohnte dort auch.“

Das eine schließt das andere nicht aus, dachte Tina,

sagte es aber nicht.

„Sie ist noch vor der Wende getürmt“, fuhr er fort. „Keine Ahnung wie. Und sie soll ... ermordet worden sein?“

Tina nickte. „In Travemünde.“

Ulf Sattler schwieg.

„Der Fall wurde nicht gelöst“, setzte sie hinzu. Warum sollte sie nicht Sattlers Kenntnisse anzapfen? Aber ihre Aufzählung der Namen Ulrich Meißner, Bernhard Hasten und Horst Mackensen rief nur Kopfschütteln hervor.

Nur bei „Wiggo Stollner“ stutzte er. „Wiggo. Wiggo ... Wiggo? Stollner?“ In seinem Gesicht standen Zweifel. „Wir hatten hier einen Wiggo, hieß eigentlich Herwig, aber Stollner? Nee, jetzt hab ich’s. Svensson, Herwig Svensson. Kam aus Boltenhagen. War hier im Bezirk, die Länder waren ja aufgelöst, der war hier so ’ne FDJ-Größe. Ist dann aber schon früh weg nach Berlin, hat sicher Parteikarriere gemacht. War etwa in meinem Alter. Hab ihn nie wieder gesehen, auch nichts mehr von dem gehört.“

Der Name „Herwig“ tauchte wohl damals nicht sehr häufig auf, erfuhr Tina weiter. Dann schwiegen beide und hingen eine Weile eigenen Gedanken nach.

„Ach ja“, Ulf Sattler war offenbar noch etwas eingefallen, „unser Wiggo hier, also der Herwig Svensson, der war sehr sportlich, Sporttaucher in der GST, einmal sogar DDR-Meister.“

Tina wusste nicht, was GST war.

Sattler musste lachen. „Manchmal vergess ich schon unsere unterschiedlichen Biografien. Also: GST hieß die Gesellschaft für Sport und Technik, sollte Jugendliche über den Sport für Technik begeistern – für Kfz, Motorrad, Bootssport, Segelflug, sogar Motorflug. Genau genommen, war es eine Art vormilitärische Ausbildung."

Sein Handy klingelte. Er entschuldigte sich und ging nach draußen. Tina sah ihm grübelnd nach. Sollten der Sporttaucher Wiggo Svensson und der gepflegte Wiggo Stollner ein und dieselbe Person sein? Undenkbar war das nicht. Die Wirren der Wende hatten in mehrfacher Hinsicht neue Lebensläufe mit neuen Namen hervorgebracht. Und das Alter konnte hinkommen.

*

In allen Details kann sie sich an den Traum erinnern.

Sie sitzt in einem Rennmotorboot, hinten auf der weißen gepolsterten Bank. Der Sitz vorn neben dem Bootsführer mit der weißen Baseballkappe ist leer. Er trägt Taucherausrüstung, Neopren-Anzug, Flossen und auf dem Rücken eine Sauerstoffflasche. Sie kurven die Trave, zwischen Skandinavienkai und Mole, rauf und runter. Ständig wechselt er das Tempo, mal tuckern sie langsam dahin, mal röhrt der Motor, wenn sie beschleunigen.

Wenn er aufdreht, wird sie in die weiche Rückenlehne gedrückt, wie in einem schnellen Auto. An der Mole wirft er jedes Mal etwas ins Wasser und wendet. Sie blickt zurück. Ein Boot der Wasserschutzpolizei folgt ihnen. Am Ruder steht ein Mann, der ihr energisch winkend Zeichen gibt, die sie nicht versteht.

Das Rennboot beschleunigt, der Bug bäumt sich auf. Das Polizeiboot kann ihnen nicht folgen, wird kleiner, immer kleiner. Der Motor des Renners wird leiser. Zum ersten Mal dreht der Bootsführer sich zu ihr um. Es ist der Typ mit dem schwarzen Vollbart. Breit grinsend nimmt er die große Sonnenbrille ab.

Ist das nicht Macko Mackensen?

Er steht auf und watschelt, die Füße in großen Schwimmflossen, langsam auf sie zu. Immer näher kommen seine eng stehenden, stechend schwarzen Augen. Sie springt auf, steigt auf das Heck, um ins Wasser zu springen ...

Schweißgebadet wacht sie auf.

Stollner befingerte die Wände des Päckchens. Sie bestanden aus zwei Schichten dünner Wachspappe, dazwischen steckten kleine Röhrchen, wie Plastikstrohhalme. Er hoffte, dass das Ganze auch mit zehntausend Geldscheinen schwimmen konnte.

Er hatte sich für Corinna eine Ausrede einfallen lassen, um für einen Tag zu verschwinden und das Geld von den verschiedenen Konten in Berlin und Hamburg abzuheben. Zum Glück hatte sie nicht nachgefragt, als er irgendetwas von „geschäftlichen Gründen" gemurmelt hatte. Geschäfte interessierten sie nicht, dafür aber umso mehr das Geld, das er damit verdiente.

Danach kämpfte er eine Nacht lang mit sich, ob er den Brief nicht doch ignorieren sollte. Dennoch – die Drohung gefährdete seinen Erfolg der letzten Jahre, bedrohte seine Existenz. Aber wie sollte er sich gegen jemanden wehren, von dem er nicht mal wusste, wer er war. – Er? Oder eine Sie? Eine oder mehrere? Am meisten beunruhigte ihn, dass die Person in der Nähe sein musste, ihn vielleicht seit Tagen beobachtete. Denn der Brief war unfrankiert angekommen, der Erpresser musste ihn also in das Postfach gesteckt oder abgegeben haben.

Immerzu schaute er sich nervös um, wenn er unterwegs war. Selbst hier oben auf der Loggia studierte er mit dem Fernglas die Leute da unten. Irgendwie war er jedoch froh, dass er nun wusste, was wann und wie zu tun sein würde. Aber er musste freie Hand haben. Corinna würde er morgen nach Berlin schicken, ein Vorwand würde ihm noch einfallen. Wenn sie das Jaguar-Cabrio nehmen dürfte, würde sie ohnehin keine dummen Fragen stellen;

zu dem Wagen hatte sie eine fast erotische Beziehung. Morgen würde er der Anweisung folgen. Nur würde er nicht, wie gefordert, sofort zurückgehen. Genau um 23 Uhr würde er das Päckchen von der angegebenen Stelle aus in die Trave werfen und dann ...

Er ging hinüber zum Einbauschrank im Flur. In der großen Sporttasche befand sich eine Sauerstoffflasche. Er hob sie hoch, sie war noch gut gefüllt. Dass der Rest der Ausrüstung in bester Ordnung war, wusste er von mehreren Tauchgängen in diesem Sommer.

Harald Helmer saß auf seiner Lieblingsbank an der äußersten Spitze des Priwalls, oberhalb der Anlegestelle der Personenfähre, die um diese Uhrzeit längst nicht mehr fuhr. Es war ein wunderbar milder Sommerabend. Der leichte Südostwind kräuselte das Wasser der Trave-Mündung gerade so viel, dass sich die tanzenden Lichter der Stadt auf der anderen Seite darin spiegelten.

Obwohl er erhöht saß, spürte er die Brise nicht, denn das Wäldchen hinter ihm bot Windschutz. Die Sonne war längst untergegangen, aber er hatte noch keine Lust, in den Rosenhof zurückzukehren.

Eine Fähre der Stena Line lief gerade ein. Die Sportboote waren längst im Hafen. Nur eines dieser Rennmotorboote, von denen Tina ihm erzählt hatte, fuhr auf die Bucht hinaus. Er stutzte. Zu dieser Zeit? Wo war es abgeblieben? Eben hatte er doch noch die Positionsleuchten gesehen. Hören konnte er es, der Motor röhrte nicht, sondern es blubberte, als wenn das Boot trieb.

Von der Kirche in der Altstadt klangen drei Glockenschläge herüber. Der Blick auf die eigene Uhr zeigte: Es war zehn vor elf! Die Turmuhr ging fünf Minuten nach. So lange hatte er gar nicht bleiben wollen.

Er stand auf und wollte gerade in Richtung Priwallhafen zurückgehen, als ihm auf der anderen Seite jemand auffiel, der mit entschlossenem Schritt auf die Mole zuging. Auf dem dunklen Trainingsanzug, den der Fremde trug, leuchteten breite helle Streifen an Ärmeln und Hose. Unter einer Laterne setzte der Unbekannte eine große Sporttasche ab, öffnete sie und entnahm etwas Eckiges, das er auf dem Boden ablegte. Die Tasche schloss er und warf sie dann mit mächtigem Schwung über die Mauer, auf den Strand dahinter. Mit dem eckigen Gegenstand unterm Arm ging er sodann weiter, bis zu dem Punkt, wo die Mole den Strand verließ. Mehrfach blickte er sich um und starrte dann lange auf das Wasser. Offenbar war er überzeugt, weit und breit der einzige Mensch hier zu sein.

Der Ex-Kriminalist Harald Helmer wartete gespannt, wie das seltsame Spiel wohl weiterging. Der Taschenwerfer blickte gerade auf eine Armbanduhr. Unwillkürlich tat Helmer desgleichen. Elf. Einen Moment später holte der Mann drüben wieder aus, warf aber sein Päckchen nicht wie erwartet ebenfalls über die Molenmauer auf den Strand, sondern in weitem Bogen ... in die Trave! Einen Moment blickte der ehemalige Besitzer des Päckchens dem treibenden Gegenstand hinterher und eilte dann zurück bis zu der Stelle, von wo er die Tasche geworfen hatte. Im nächsten Moment war er über die Mauer geklettert und verschwunden.

Der Kerl musste ganz schön beweglich sein, um auf der anderen Seite auf den großen Steinblöcken zum Strand hinunterzuklettern. Kopfschüttelnd machte sich Harald Helmer auf den Heimweg. Einen Reim konnte er sich auf das merkwürdige Verhalten des Mannes nicht machen. Im Weggehen hörte er, wie das Motorengeräusch des Rennbootes erklang, weder röhrend noch blubbernd, sondern diesmal brummend. Das Boot nahm offenbar leichte Fahrt auf. Aber sehen konnte Helmer es immer noch nicht.

Tina Menges musste mehrmals schlucken, als der Polizeireporter in der Redaktionssitzung von dem Bootsunglück in Travemünde berichtete. Er war eben erst von dort gekommen, und seine Darstellung etwas verworren, sodass der Chefredakteur mehrfach einhaken musste. Die Wasserschutzpolizei war sehr sparsam mit ihren Informationen gewesen.

Zum Glück war die Brückenbesatzung der Lastwagenfähre „Göteborg“ weniger zurückhaltend gewesen. Sie waren um halb zwölf am späten Abend eingelaufen und hatten ein offenes Boot entdeckt, das vor dem Priwall-Strand im Kreis fuhr. Es hatte keine Positionslampen. Als sie die Brückenscheinwerfer darauf richteten, erkannten sie, dass das Boot führerlos war und daneben ein lebloser Körper schwamm. Eine weitere Gestalt schien etwas weiter entfernt zu treiben.

Sie informierten die Wasserschutzpolizei, die sogleich zur der bezeichneten Stelle auslief. Von denen hatte der Reporter nur erfahren, dass der Führer des offenen

Motorbootes gefunden worden war, der aus ungeklärter Ursache offenbar über Bord gefallen und am Ruderblatt eingeklemmt gewesen sein musste. Zur Todesursache wollten sie sich nicht äußern, da die Obduktion noch abgewartet werden sollte. Als der Chefredakteur wissen wollte, ob die Schraube den Mann tödlich verletzt haben könne, hatten die Polizisten nur mit den Schultern gezuckt. Über eine weitere Person, die die Männer der Fähre im Wasser gesehen haben wollten, war ihnen nichts bekannt.

Nach der Redaktionssitzung konnte Tina ihr Handy wieder einschalten und sah, dass ihr Onkel Harald eine SMS geschickt hatte, in der er um Rückruf bat. Es musste sehr dringend sein, denn er nutzte diese Art der Kommunikation sehr ungern.

„Tina, hier ist was passiert, was dich sicher interessiert", begrüßte er sie, als sie sich bei ihm meldete.

Es ging um den Bootsunfall, von dem sie eben in der Konferenz erfahren hatte. So ein Zufall! Harald war gerade am Priwall-Strand, gleich hinter der Ausstellung „Sand World", und wollte sich dort mit seinen Ex-Kollegen von der Kripo treffen.

In Travemünde fand sie eine Parklücke hinter dem Lübecker Yachtclub und setzte mit der Personenfähre zum Priwall über. Dieser Teil des Strandes direkt an der Mündung war bei den Badenden nicht gerade beliebt, da der Grund im flachen Wasser steinig und dicht mit Muscheln bewachsen war, weshalb sich dort auch zahlreiche Seevögel versammelten.

Tina kam knapp vor den Kripo-Männern, die sich von der anderen Seite des Sand-World-Geländes näherten, bei ihrem Onkel an. Er machte sie kurz darauf miteinander bekannt. „Oberkommissar Jan Mommsen hat damals in der Mordkommission im Falle Maja mitgearbeitet", flüsterte Harald Helmer mit vielsagendem Blick seiner Nichte zu. Plötzlich weiteten sich seine Augen. „Schaut mal da", rief er laut und deutete auf eine Stelle etwa fünfzig Meter vom Strand, über der aufgeregt eine Schar Vögel herumflatterte. Etwas Schwarzes schaukelte in der leichten Brandung.

„Ein Sporttaucher", meinte Mommsen.

„Zwei", korrigierte Harald Helmer, der offenbar den schärferen Blick hatte. Tatsächlich, mal schien eine Welle die zwei Körper ein wenig zu trennen, mal eine andere sie wieder eng zusammenzuschieben, sodass man sie aus der Ferne nicht mehr unterscheiden konnte. Das erklärte, warum die Männer auf der Fähre meinten, nur eine weitere Person im Wasser gesehen zu haben.

„Die sind garantiert mausetot. Das hängt bestimmt mit dem Bootsunglück von gestern Abend zusammen. Ich vermute, dass es da echt dramatisch zugegangen sein muss." Harald erzählte, was er am Abend zuvor beobachtet hatte.

Tina berichtete ihrerseits, was sie über die Tauchübungen von ihrem Angler erfahren hatte, und erwähnte auch, dass die Besatzung der Lastwagenfähre eine weitere Gestalt im Wasser gesehen haben wollte. Das war zumindest den Polizisten neu.

„Moment mal", unterbrach Mommsen, „eine weitere

Gestalt und ein Toter, der von der Schraube seines Bootes zersäbelt wird, das macht zwei! Aber jetzt haben wir offenbar drei Leichen."

Harald Helmer nickte bedächtig und wandte sich an den Oberkommissar. „Wenn ich raten sollte, würde ich sagen, dass einer der beiden der Mann von gestern Abend ist, den ich beobachtet habe. Sag doch mal den Kollegen drüben, sie sollen am Strand neben der Molenmauer nach einer dunklen Sporttasche suchen. Ich wette, da ist ein Trainingsanzug drin, mit hellen Streifen an der Seite."

Mommsen knetete seine Nasenspitze, während er mit dem Polizeiposten auf dem Festland telefonierte. Dann wies er seine jüngeren Kollegen an, die zwei Toten zu bergen, welche jetzt in Ufernähe trieben.

Die schauten ihn zunächst verdutzt an, doch er hatte sich schon wieder Harald Helmer und Tina zugewandt. Resigniert drehten sie sich um und zogen Uniformhosen und Schuhe aus. Mit einem Schmerzensschrei zog der erste einen Moment darauf seinen Fuß aus dem flachen Wasser zurück. Er sei auf eine offene Muschel getreten, beschwerte er sich.

„Zieht zumindest die Schuhe wieder an!", rief Mommsen ihnen zu. „Oder wollt ihr hier Fakir spielen?" Er zwinkerte seinem ehemaligen Vorgesetzten und dessen Nichte zu.

Harald Helmer verzog keine Miene, aber Tina konnte sich das Lachen beim Anblick der zwei jungen Beamten, wie sie in Hemd, Unterhosen und Schuhen storchbeinig auf die Neopren-Gestalten zustaksten, kaum verkneifen. Dann wurde sie sich bewusst, dass Humor angesichts zweier tödlich Verunglückter unangebracht war.

Dass Polizisten das auch mal anders sahen, wusste sie von ihrem Onkel. Was die alles erlebten, hatte er ihr einmal erklärt, ertrügen sie oft nur unter Verzicht auf Pietät.

Die zwei Leichen an den Strand zu ziehen schien nicht einfach, da sie in einander verkeilt waren. Tina gab einen spitzen Schrei von sich und schlug eine Hand vor den Mund. Ihr Onkel schaute sie fragend an. „Kennst du die?“

Sie nickte. Ein paar Mal musste sie schlucken, ehe sie antwortete. „Der da heißt Hasten, Bernhard Hasten, der neue Boss der Donnervögel.“ Sie deutete auf die Gestalt, die noch im Tode den Hals der anderen Leiche, deren Sauerstoffschlauch abgerissen war, mit beiden steifen Händen umkrallt hielt. „Und der andere ist Stollner, Herwig Stollner. Er wohnt ... wohnte drüben im „Maritim“. Der – der könnte zu DDR-Zeiten auch Herwig Svensson geheißen haben.“

Verblüfft starrten die vier Männer sie an, wandten sich aber gleich darauf wieder dem Toten zu, denn einer der jungen Beamten wies auf Hastens Brust, aus der der Griff eines Tauchermessers ragte. Tina nahm sich zusammen, um nicht eine Reaktion zu zeigen, die Männer sicher als „typisch weiblich“ bezeichnen würden.

Harald Helmer hatte inzwischen entdeckt, dass ein helles Paket angeschwemmt worden war, was jetzt direkt neben den beiden am Strand lag. „Das ist ganz sicher das, was er gestern Abend in die Trave geworfen hat!“ rief er.

Tina nickte energisch. „Ich war übrigens dabei, als ein Bote ihm das gab, da drüben bei Niederegger an der Vorderreihe.“

Den Zeigefinger an der Nasenspitze, schaute Mommsen verblüfft von Onkel zu Nichte und von Nichte zu Onkel. „Kriminalistik ist wohl eure Familienkrankheit, oder? – Gib mal her", sagte er zu einem seiner Begleiter, der soeben das Paket hochgehoben hatte.

Mommsen prüfte es vorsichtig, als der Kollege es ihm überreicht hatte. Leicht war der Karton, der in Folie gewickelt war, jedenfalls nicht.

„Als er das bekam, war es wahrscheinlich sogar leer", mutmaßte Tina. Mommsens anerkennender Blick blieb ihr nicht verborgen.

Dann schaute der Polizist auf die beiden Leichen. „Was meinst du, Harald, Todesursache dürfte klar sein, oder?"

Sein ehemaliger Vorgesetzter nickte. „Wahrscheinlich Unterwasserkampf", mutmaßte er. „Der eine reißt dem anderen den Sauerstoffschlauch ab und würgt ihn." Helmer wies vom einen Toten zum anderen. „Und der andere kann sich wegen des Pakets, das er wohl unbedingt behalten will – und koste es sein Leben – nicht mit beiden Händen wehren. Er sticht, bevor er selbst stirbt, noch dem Gegner das Messer in die Brust, wohl genau ins Herz."

Der pensionierte und der aktive Kriminalbeamte waren sich offenbar einig und nickten zur eigenen Bestätigung.

„Nur warum? Was war so wichtig an dem Paket?" Mommsen runzelte die Stirn.

„Guck doch mal rein", meinte Helmer und wies mit dem Kinn auf den Karton.

Ein Taschenmesser diente dazu, die Folie an der Kante zu durchtrennen. Fünf Augenpaare weiteten sich.

„Wenn wir solche Fänge selbst behalten dürften und nicht in der Asservatenkammer lagern müssten, bräuchten wir keine Tarifverhandlungen mehr“, kommentierte der größere der jungen Beamten.

„Langer, du bist ein schäbiger Materialist“, brummelte Mommsen und grinste. „Sagt mir lieber, worum es hier eigentlich ging.“

Der Zweite räusperte sich. „Erpressung. Der hier“, er wies auf Stollner, „der kriegt das leere Paket mit einem Erpresserbrief drin von dem hier“, er zeigte auf den anderen, „oder auch von einem Komplizen.“

„Gut, Tommy“, lobte Mommsen.

Der Lange trat ungeduldig von einem Bein aufs andere. „Genau, der packt zwar das Geld rein und wirft es im Dunkeln ins Wasser, zieht sich dann aber den Taucheranzug an und schwimmt hinterher, um ... tja, vielleicht, um mit den Erpressern abzurechnen.“

Mommsen nickte anerkennend. „Nicht schlecht, Jungs. Solche guten Beamten behalten wir, was meinst du, Harald?“

Der signalisierte zwinkernd seine Zustimmung. „Übrigens, die Geldübergabe ist in Erpressungsfällen ja immer der kritische Punkt“, warf er ein. „Diese Variante ist gar nicht so dumm, findest du nicht auch?“

Mommsen, an den er sich gewandt hatte, gab ihm recht. Tommy hatte inzwischen zwei Taucherbrillen gefunden, die ein Stück weiter angetrieben worden waren.

„Noch mal zu Stollner alias Svensson“, mischte sich nun Tina ein, „falls Stollner in Wirklichkeit Svensson hieß, also in der DDR: Der Herwig Svensson, Spitzname Wiggo, war

Sporttaucher, auch mal DDR-Meister. Übrigens, das leere Paket, dessen Übergabe ich mitbekommen habe, war an einen Wiggo Stollner gerichtet."

Mommsen schüttelte theatralisch den Kopf. „Und so eine kommt nicht zur Kripo." Sein Handy dudelte. Er nahm ab, hörte dem Gesprächspartner am anderen Ende aufmerksam zu, den Zeigefinger wieder an der Nasenspitze, und sah Helmer dann nickend an. „Okay, danke, nimm sie mit auf die Wache. Ich komm vorbei."

Er legte auf. „Es ist genau so, wie du gesagt hast, Harald. Die Tasche lag zwischen den Findlingen hinter der Molenmauer, drin befanden sich ein Trainingsanzug mit breiten hellgrauen Streifen an Ärmeln und Beinen, ein Paar Joggingschuhe und ein Adressschild."

Jetzt schaute er Tina an. „Herwig Stollner. Berliner Adresse." Zufrieden presste er die Lippen aufeinander und sah herausfordernd in die Runde. „Na?"

„Fall gelöst", wagte der Lange ein Urteil.

„Langsam, Langer", bremste ihn sein Chef. „Ohne Ball schießt man keine Tore. – Ach, noch was", wandte er sich an Tina. „Sie sagten vorhin was von Donnervögeln. Was genau meinten Sie damit?"

Sie erklärte ihm, was es mit der Gruppe der Rennbootfahrer auf sich hatte.

„Apropos Speedboote", warf Harald Helmer kurz darauf ein, „von denen ist nur noch eins da, und das liegt drüben bei der Wasserschutz: das Unglücksboot von gestern Abend. Keine Ahnung, wo die anderen sind."

Tommy meldete sich, als wäre er in der Schule. „Damit haben wir uns noch gar nicht befasst. Wie kam es überhaupt, dass der Bootsführer über Bord ging?"

Mommsen zog die Stirn kraus. „Dass es einen heftigen Kampf gab, davon können wir ausgehen. Aber dieses Detail wird wohl ungeklärt bleiben."

Tina und ihr Onkel schwiegen, als sie kurz darauf in Richtung Rosenhof gingen.

„Den Donnervögeln gehen langsam die Bosse aus", murmelte sie nachdenklich, „erst der Meißner – Motorradunfall – und jetzt der Hasten, im Unterwasserkampf auf Leben und Tod."

Den Besuch in Stollners Appartement machte Kriminaloberkommissar Mommsen lieber in weiblicher Begleitung, mit einer Umschülerin, die von der Schutzpolizei zur Kripo wechseln wollte.

Corinna öffnete. Sie trug ein hautenges Kleines Schwarzes. Verweint sah sie nicht aus. „Ick dacht mer schon, dat Se kommen."

Gibt die gefasste Witwe, dachte Mommsen.

Schon bei der Aufnahme der Personalien wollte sie wissen, ob sie erbberechtigt sei. „Wir sind seit drei Jahren zusammen, na ja, jenau jesacht, zwoeinhalb."

„Da sind Sie bei mir an der falschen Adresse", antwortete der Polizist sachlich. „Das hängt davon ab, ob ein Testament vorliegt und welche anderen Verwandten noch Ansprüche haben. Mehr kann ich Ihnen dazu leider auch nicht sagen."

Es stellte sich heraus, dass sie so gut wie gar nichts über seine Familie wusste. „Er kam hier irgendwo vonne Ostsee, der DDR-Seite."

Ob Herr Stollner früher vielleicht Svensson geheißen habe, wollte Mommsen wissen. Plötzlich wurde sie richtig lebhaft. Neulich hätte er einen Brief bekommen, adressiert an Wiggo Stollner. Und dann ein Paket, wieder an denselben adressiert. „Dabei heißt er doch Herwich. Wiggo habe ick nie jehört. Und das Paket, das war glatt leer, sach ick Ihnen."

Mommsen musste sie daran erinnern, dass er wissen wollte, ob Herr Stollner früher Svensson geheißen habe.

Da musste sie passen. „Keene Ahnung." Ja, Geschäftsreisen, dauernd unterwegs sei er gewesen – wenn mit dem Auto, dann fuhr sie ihn, dann durfte sie mit. „Deswegen hätt ick den Jag ooch so jern." Was für Geschäfte wisse sie nicht, immer irgendwelche Banken. Dafür habe sie sich nicht interessiert, sie wäre dann durch die Boutiquen gebummelt. In letzter Zeit sei er aber häufiger allein gereist.

Welchen Beruf sie ausübe?

„Model", sagte sie, ohne zu zögern.

Mommsen konnte sich gut vorstellen, dass sie sich bei beim Bummeln durch die Boutiquen wie ein solches vorkam. „Haben Sie schon mal etwas von den Donnervögeln gehört?", fragte er.

Sie schüttelte den Kopf. Von ihr würde er nichts Brauchbares erfahren, und so verabschiedete er sich von ihr. Den Hinweis, dass sie nichts aus dem Appartement entfernen dürfe, beantwortete sie nur mit einem Schulterzucken.

„Ist das nicht seltsam", meinte Mommsens Begleiterin auf dem Weg nach unten, „sie hat sich nicht mal nach der Todesursache erkundigt."

„Aber ganz ohne Anteilnahme hat sie's nicht aufgenommen", gab er sarkastisch zurück, „sie wollte gleich zu Beginn wissen, ob sie erbberechtigt ist."

*

Sie wehrt den schwarzen Hai ein erneutes Mal ab. Ihr Tauchermesser hat Blut gezogen. Weiter hinten wird der Angreifer von einem anderen schwarzen Hai attackiert. Wild kreisen sie umeinander. Ihre Schwanzflossen peitschen durchs Wasser, Sand und Schlamm werden aufgewirbelt.

Sie kann nichts mehr erkennen. Vom Sog wird sie hin- und hergerissen, denn nun tobt der Kampf um sie herum. In ihrer Panik kann sie sich nicht aus dem Wirbel befreien, den die einander verfolgenden schwarzen Körper bilden.

Immer wieder drehen sie sich auf den Rücken, um den Gegner mit ihren messerscharfen Zähnen zu verletzen. Wenn es einem gelingt, die Haut des anderen zu ritzen, quillt eine Blutwolke nach oben.

Sie kann sich auch nicht nach unten retten, denn das Wasser ist zu flach. Also sammelt sie die letzten Kräfte und taucht nach oben. Im nächsten Moment entdeckt sie einen Riesenhai, der die Kampfstätte umkreist. Auf seinem Rücken sitzt ein Mann.

Ist es Macko? Er steuert den Hai mit der rechten Hand am Lenkrad, unter dem linken Arm klemmt ein helles Paket. Auf einmal stoßen beide Kampfhaie nach oben und rammen den Riesenhai. Der Steuermann kippt hinunter, bekommt einen Schlag mit einer Schwanzflosse, unter der sie eine Schiffschraube entdeckt.

Die Schraube erfasst ihn, zieht ihn zu sich in den Strudel und zersägt ihn. Ihr wird übel. Ist ihre Sauerstoffflasche leer? Wo sind die kämpfenden Haie?

Sie spürt keine Verwirbelung mehr. Das Wasser ist auf einmal völlig ruhig.

Da – da schweben sie, irgendwo zwischen Oberfläche und Grund, scheinbar bewegungslos. Die Atemnot wird größer. Gierig saugt sie am Schlauch. Kein Sauerstoff! Sie muss nach oben! Aber wo ist oben? Sie spukt das Mundstück aus, ihre Lungen blähen sich auf – endlich Luft.

Sie ist aufgewacht.

Gemeinsam mit dem Polizeireporter hatte sich Tina Menges daran gemacht, einen umfangreichen Artikel zu verfassen, wobei ihnen Tinas detaillierte Kenntnisse des Falles sehr gelegen kamen. Auf Anweisung des Chefs mussten sie jedoch eine Menge Floskeln verwenden, um den „mutmaßlichen Tathergang" zu beschreiben.

Nur zwei Tage später saß die junge Frau in der Redaktion am Schreibtisch, die Zeitung mit dem eigenen Artikel vor Augen, als das Handy bimmelte.

„He, Puppe, sag mal, du bist doch nich schwer von Kapee, oder? Eigentlich musst du doch geschnallt haben, dass wir nich mit uns spaßen lassen. Im Klartext: Der Artikel passt uns gar nicht. Bis jetzt war's noch Kinderkram. Nun wird's ernst, verstanden? Halt dich raus, oder dir geht's bald so richtig schlecht!"

Das musste der Typ mit der geschnürten Lederhose sein, war sich Tina sicher. Das war doch dieselbe Stimme wie bei dem Anruf, nachdem sie ihm und Hasten, dem Boss der Donnervögel, in der Beckergrube gefolgt war und die beiden sie abgehängt hatten! Was spielte der Anrufer für eine Rolle? Damals hatte sie das Gespräch beendet, dieses Mal war es umgekehrt.

Woher er wusste, dass sie an dem Artikel beteiligt war, konnte sie sich denken. Die Kürzel waren ja im Impressum der Zeitung aufgeschlüsselt – „time: Tina Menges". Wahrscheinlich wussten die Kerle auch längst, wo sie wohnte.

Ein Blick aufs Handy zeigte, dass es eine Lübecker Vorwahl mit einer fünfstelligen Rufnummer war, eine alte Nummer also. Inzwischen hatte Lübeck „weltstädtisch" siebenstellige Nummern. Die Rückwärtssuche im Internet ergab keinen Treffer. Der Anschlussinhaber wollte offenbar nicht über die Telefonnummer identifiziert werden. Das war sein gutes Recht. Auch Tina hatte diese Suchmöglichkeit für ihren Anschluss unterbunden.

In ihrem Kopf überschlugen sich die Gedanken. Sie musste sofort mit jemandem reden! Aber mit wem? – Ole konnte sie nicht anrufen, der war geschäftlich in Hamburg und durfte nicht gestört werden. Onkel Harald fiel ihr ein.

„Hm, ja“, meinte der, als die ganzen Bedenken, Vermutungen und Ängste aus ihr herausgesprudelt waren, „gleich, als ich den Artikel gelesen hab, dachte ich mir, da könntest du Ärger kriegen. Das ist 'ne üble Truppe. Als ich noch im Dienst war, gab es die hier noch nicht. Bislang sind sie nur unangenehm aufgefallen und haben höchstens mal einen Zettel abgekriegt. Über Ordnungswidrigkeiten ist das bislang nicht hinausgegangen. Was für Dreck die sonst so am Stecken haben, hat man ihnen nicht nachweisen können. Noch nicht. Und euer Artikel lässt sie eindeutig aus der Liga der unangenehmen Gentlemen aufsteigen. Ich weiß ja, du willst das nicht hören, aber das Beste wäre, du nimmst Urlaub. Tina, glaub mir, ich kenn mich da aus, diese Kerle sind gefährlich! Ich mach mir Sorgen um dich.“

Er hatte nicht unrecht, das war ihr klar. Dennoch protestierte sie. „Ich kann mir jetzt keinen Urlaub leisten! Ich hab viel zu viel zu tun. Obendrein ist Kneifen auch nicht meine Sache.“

„Tina, hör mal, es geht hier nicht um Mut, sondern um Vernunft! Und deine Vernunft muss dir sagen, dass das

Risiko, dass dir was passiert, einfach zu groß ist!“

„Du magst ja recht haben, Onkel Harald“, gab sie etwas kleinlaut zurück, „aber ... Gib mir doch bitte die Nummer von deinem Ex-Kollegen Mommsen, für alle Fälle.“

Ihre Antwort beruhigte Harald Helmer zwar nicht, doch er wusste, dass er sie nicht davon abbringen konnte, weiter zu recherchieren. Schweren Herzens gab er ihr die Telefonnummer.

*

Sie ist nicht sicher, ob das ein Albtraum war oder nicht. Ihr Herzschlag geht ruhig, anders als nach den sonstigen Albträumen. Sie ruft sich die Bilder zurück ins Gedächtnis. Waren das zwei verschiedene Träume gewesen? Drei? Ein hektischer, in dem sie sich in diversen Situationen bedrängt fühlte, und ein etwas ruhigerer, indem sie selbst die Rolle der Analystin einnahm. Hatte sie das wirklich nacheinander geträumt, oder gleichzeitig?

Sie weiß nicht, was ein Traumdeuter oder Tiefenpsychologe dazu sagen würde; vielleicht hatte sie von einem Traum im Traum geträumt, sozusagen auf zwei Ebenen. Im unruhigeren Traum flitzten erst Motorräder und Autos über Straßen, die mal leer, mal verstopft waren, über freie Flächen und durch einen Wald. Sie jagten um sie herum, berührten sie fast. Ständig musste sie zur Seite springen, kam nicht voran, weil immer schon von der anderen Seite eine Kollision drohte.

Immer wilder wurde die Jagd. Und plötzlich war es still, die Traumbilder bewegten sich weiter, wie auf einem Fernsehschirm bei abgeschaltetem Ton, wiederholten sich; aber sie sah wie von außen einfach zu und beruhigte sich damit, dass es nur ein Traum sei.

Sie fragt sich, ob sie in dieser Phase wach war, so wie jetzt, kommt aber zu dem Schluss, dass sie auch das geträumt haben musste. Die Traumsituation hatte sich dann verändert. Wieder war sie mittendrin gewesen, diesmal saß sie selbst auf einem Motorrad, wusste aber nicht, wie sie schalten oder bremsen sollte.

Die Maschine gehorchte ihr nicht, wurde ständig schneller, fuhr mal im Zickzack und konnte den Fahrzeugen, die sie rammen wollten, nur um Haaresbreite ausweichen. Als es Vollspeed auf eine Mauer zuging, konnte sie im letzten Moment abspringen. Erneut wurde es still. Sie hatte die Rolle des Betrachters, sich gesagt, es sei alles nur ein Traum, es gäbe keinen Grund, sich aufzuregen. Doch gleich darauf tobte die Hetze erneut los.

Plötzlich saß sie am Steuer ihres Autos. Hier fühlte sie sich sicherer. Nun war sie die Jagende, trieb die anderen vor sich her, die in alle Richtungen auseinanderstoben. Dann hielt sie allein auf einer lichtdurchfluteten Ebene, kniehohes Gras wehte in einer leichten Brise. Doch das Licht war hellgrün. Als sie durch die Frontscheibe nach oben schaute, erblickte sie dort keinen Himmel, sondern eine sich leicht kräuselnde Wasseroberfläche. Das Gras war Seegras!

Panik packte sie. Sie schloss alle Lüftungsklappen. Dennoch sickerte überall Wasser herein. Ein schwarzer Schatten schoss kurz vor ihr hinweg, ein zweiter folgte. Zwei riesige Haie! Sie tobten umeinander. Wenn die Rückenfinnen den Wasserhimmel zerschnitten, schäumte es; wenn die Schwanzflossen den Meeresboden berührten, auf dem sie dahinfuhr, wirbelten Sand und Schlamm auf. Aus dieser trüben Wolke sausten die zwei schwarzen Riesen nebeneinander auf sie zu, zogen die Wolke mit sich. Die Druckwelle rüttelte am Wagen. Es war nichts mehr zu erkennen, der Spuk war urplötzlich vorüber. Sie hatte das düstere Gewölk, das nun hinter ihr war, im Rückspiegel betrachtet, aus der Distanz.

Es löste sich auf, nur das graue Flimmern eines leeren Fernsehschirms blieb.

Jetzt, im Wachzustand, kann sie sich alles leicht erklären. Ihre Träume verarbeiten tatsächliche Geschehnisse. Und die zweite Traumebene, die Analyse, ist das Ergebnis ihrer Bemühungen, die eigenen Träume zu deuten.

Tina Menges war auf dem Weg zu einer Pressekonferenz in Bad Schwartau. Schon zwischen Holstentor und Lindenplatz begann der Stau. Feierabend und Baustellen waren die besten Voraussetzungen für Stop-and-go-Verkehr. Außerdem war Lübeck selbst außerhalb der Altstadt solchen Automassen nicht gewachsen. Sie hatte also genügend Zeit, um über die Auseinandersetzung mit Ole nachzudenken.

So gehe es nicht weiter, hatte er gesagt. Er wollte nicht mit ansehen, wie sie immer nervöser wurde. Ständig darauf zu achten, ob sie verfolgt oder beobachtet würden, zehre an ihren Nerven, mache sie beide gereizt und tue ihrer Beziehung nicht gut.

Natürlich hatte er recht. Tina war immer kleinlauter geworden. Aber ganz von der Geschichte zu lassen, ihm das zu versprechen, dazu hatte sie sich nicht durchringen können.

Zwischen Lindenplatz und Bahnhofsbrücke schob sich der Verkehr noch enger zusammen. Radfahrer und Fußgänger kamen deutlich schneller voran als die Autos, auch die Motorräder, die sich gefährlich nahe an den Autos vorbeischlängelten. Sie schaute auf die Uhr. Ein Glück, dass sie sich rechtzeitig auf den Weg gemacht hatte.

Zwei Motorradfahrer hinter ihr fuhren extrem dicht auf. Beide hatten dasselbe Emblem auf den Helmen, aber sie konnte nicht erkennen, was es darstellte. Sie schienen sich zu unterhalten, obwohl die spiegelnden Visiere heruntergeklappt waren. Hatten sie Mikrofone und Kopfhörer in ihren Helmen? Endlich konnte sie nach rechts in die Schwartauer Allee einbiegen. Jetzt ging es zwar nicht schnell, aber wenigstens in gleichmäßigem Tempo voran. Ihre Hoffnung, dass die beiden Biker weitergefahren waren, erfüllte sich nicht. Auch sie waren abgebogen.

Immer noch fuhren sie dicht an ihrer Stoßstange. Kurz vor dem alten Bunker aus dem Krieg überholte einer. Leider drehte er nicht nach links zur Autobahn oder nach rechts zur Marienbrücke ab, sondern scherte so knapp vor ihr wieder ein, dass sie zwischen den beiden eingeklemmt war.

Was war das nur für ein Zeichen auf dem Rücken der Lederjacke vor ihr? Ein Blitz, mit einer Art Faustkeil? Hatte sie das schon einmal gesehen? Nein, Ole hatte ihr davon erzählt, auf der Rückfahrt von Warnemünde. Das war das Emblem der Donnervögel!

Tina geriet in Panik. Was hatten die beiden vor? Nun fingen sie noch an, auf ihren Bikes hin und her zu schlingern, erst der vordere, dann auch der hintere. Jetzt fühlte sie sich erst recht bedroht. Während er ausscherte, konnte sie einen Blick auf die seitliche Montur des Fahrers vor ihr werfen: Er trug braune, seitlich geschnürte Lederhosen! Der Typ, der sie „Puppe" nannte!

Die Schwartauer Allee ging in die Schwartauer Landstraße über. Von nun an floss der Verkehr flotter. Sie nutzte eine Lücke auf der Gegenfahrbahn und überholte den Biker vor sich. Ganz knapp schaffte sie auch noch das Cabrio davor. Aufatmend schaute sie in den Rückspiegel. Der Donnervogel, der hinter ihr gewesen war, wollte ihr folgen, musste aber abbremsen, weil der entgegenkommende Laster ihm keinen Platz ließ. Die braune Lederhose war offenbar so sehr in das Slalomspiel vertieft, dass er jetzt erst merkte, was los war. Ruckartig zog er nach links, als sein Kumpel von hinten auf gleicher Höhe war. Der Krach war gewaltig. Metall schepperte, Bremsen quietschten.

Tina fuhr weiter. Dem Cabrio, das ihr weiter folgte, schenkte sie keine Beachtung.

„Du, Jan, die Tina macht mir echt Sorgen. Sie hat sich so in die Maja-Geschichte reingehängt und kollidiert andauernd mit diesen Donnervögeln, wie sie die nennt." Kriminalhauptkommissar a. D. Harald Helmer nahm einen großen Schluck aus seinem Bierglas. Mit seinem Ex-Kollegen, Oberkommissar Jan Mommsen, saß er auf der Terrasse des Türken-Imbisses am Priwall-Strand.

„Maja ist doch Schnee von gestern", meinte der und griff nach seinem Bierglas. „Und diese Speedboot-Biker sind jetzt so klein mit Hut." Er deutete mit Daumen und Zeigefinger einen winzigen Abstand an. „Gestern sind gleich zwei von ihnen auf der Schwartauer Landstraße zusammengestoßen. Ich hab morgen das Vergnügen, sie im Marienkrankenhaus zu vernehmen." Auch er nahm einen großen Schluck. „Wenn die so weitermachen, löst sich das Problem von selbst. Übrigens, ihre Rennboote liegen jetzt in Neustadt. Die Kollegen dort sagen, da sind sie noch nicht aufgefallen." Er blinzelte in die Sonne. „Und was deine hübsche Nichte anbetrifft, die hat kriminalistisches Gespür. Erinnerst du dich, was sie von Stollner und Svensson sagte?"

Tinas Onkel nickte.

„Der Stollner hieß in der DDR tatsächlich Svensson,

stammte hier um die Ecke aus Boltenhagen und war in Ostberlin ein hoher Wirtschaftsfunktionär der SED. Nach der Wende verschwand er ins Ausland, mit einem Teil des SED-Vermögens, wie man munkelt. Nun, der Verdacht hat sich bestätigt, Svensson-Stollner oder Stollner-Svensson hat daraus einen ansehnlichen Besitz gemacht. Da sag noch einer, die DDR hatte keine tüchtigen Wirtschaftsleute. Die Kohle in dem schwimmenden Karton, das war tatsächlich eine Million – zwar nicht gerade Peanuts oder Geld aus der Portokasse für ihn, aber arm hätte ihn der Verlust nicht gemacht. Das geht nun alles an die Bundeskasse. Nicht mal den Jaguar darf seine Mieze behalten. Was übrigens seinen Tod für sie erst tragisch macht." Mommsen schüttelte mit gespielter Entrüstung den Kopf. „Und die Erpressungsgeschichte stimmt haargenau. Als wir das Appartement drüben im „Maritim" filzten, fanden wir zwei Briefe, offenbar von Ex-Genossen aus der DDR-Zeit. Das ist nun die Verbindung zu den Speedboot-Bikern, den Donnervögeln, wie deine Nichte sie nennt. Und ich hab jetzt einen neuen Fall."

„Ist das nicht was fürs BKA? Immerhin hatte man damals das Verschwinden des SED-Vermögens als OK-Delikt eingestuft."

Diesen Aspekt prüfe das BKA noch, meinte Mommsen. Er solle zunächst die Rolle der Biker untersuchen, also möglicherweise dem BKA zuarbeiten.

Tina Menges traf den Ex-Seemann wieder einmal auf der Mündungs-Mole. „Lange nicht gesehen", sagte sie zur Begrüßung.

Die Art, wie Willy Münt sich ihr zuwandte, verriet ihr sofort, dass etwas nicht in Ordnung war. Er drehte ihr den ganzen Körper zu, sein Nacken wirkte aber ungewöhnlich steif. Das sonst verschmitzte Lächeln war einem schmerzhaften Zug um den Mund gewichen. Heute angelte er das erste Mal nach seinem „Unfall", wie er es nannte.

„Schleudertrauma, secht de Dokter. Mann, ick hev gor nich drömt." Nein, kein Autounfall. Zu Fuß sei er vom Angeln hier auf der Mole zurückgekommen. Nach dem Abendbrot sei er noch einmal losgegangen. „Und se hev fix beten. Fief Stück in eene Stunn."

Tina konnte nicht beurteilen, ob fünf Fische pro Stunde gut waren, sondern wollte wissen, ob er gestolpert wäre.

Eher „gestolpert worden", meinte er. Als er in die Jahrmarktstraße einbog, sei er von zwei Männern umgerannt worden und so unglücklich gefallen, dass er nicht aufstehen konnte. Er müsse auch kurz bewusstlos gewesen sein. Nein, erkannt habe er die Kerle nicht. Nur ... Er druckste eine Weile herum und bearbeitete sein Ohrläppchen. Ob er das nun gehört oder es nur geträumt habe, er lächelte ansatzweise so verschmitzt wie sonst.

„Schleudertraum?" Tina musste lachen, aber sie wollte wissen, was er denn geträumt oder gehört hatte.

So sicher sei er sich da nicht, aber irgendwas von einer „Zeitungsfrau" und einer Drohung, dass es ihm beim nächstes Mal nicht so gut erginge. „Ick meen man, dat weern de Dunnervögel."

Der Gedanke, dass er ihretwegen in eine so gefährliche Situation geraten sei, bereitete ihr Gewissensbisse, und sie sagte das auch geradeheraus. Doch er winkte nur ab.

„Nur, min Line, de dörp dat nich weten."

Vor seiner Frau war ihm scheinbar eher bange als vor weiteren Attacken der Donnervögel.

„Ich hoffe nicht, dass der Artikel im LM daran schuld ist", murmelte Tina.

„Ick bün doch in de Zeitung gor nich meent worn."

Das stimme, meinte sie, aber die Kerle vermuteten, dass er stärker beteiligt sei. Plötzlich wurde Tina bewusst, dass sie genau so argumentierte wie Ole.

„Ich glaube, wir sollten uns nicht mehr treffen", schlug sie vor. „Ich kann das nicht mehr verantworten."

Wieder winkte er ab. „Nu sün dree vun de Kierls all dood, und de Boote sün all wech."

Wer weiß, wie lange, wollte Tina erwidern. In dem Moment waren von der anderen Seite hinter der „Passat" her dumpfes Grollen und das Aufheulen von Motorrädern zu hören.

„Die Boote sind weg, ja", meinte sie, „aber die Kerle sind offenbar zurück."

Eine Skandinavien-Fähre lief aus und versperrte den Blick zum anderen Ufer. Als sie die Mole passiert hatte, war der Motorradlärm verstummt. Den Priwallhafen konnte man von hier nicht sehen.

Harald Helmer ging am Passathafen entlang. Der Hafenmeister saß vor seinem Haus und blinzelte in die späte Nachmittagssonne. Als er den Ex-Kripo-Mann erblickte, winkte er ihm zu. Beide liebten einen kleinen Plausch. Tinas Onkel setzte sich zu ihm.

„Buddel Bier?"

Harald Helmer wehrte ab. „Lass man. Ich soll gleich zum Abendbrot."

Wie immer ließ der Hafenmeister sich über seine Probleme aus. Er hoffe, dass der Bootskran noch rechtzeitig zum Saisonende wieder voll funktionsfähig werde, denn alle Boote über die Slip-Anlage aus dem Wasser zu holen, dauere zu lange, da wären sie erst zu Weihnachten fertig. Übers Wochenende habe er jede Menge zu tun gehabt, mehr Gastboote als sonst um diese Zeit. Da könne er die Ruhe nun gut genießen.

„Sag mal", Harald Helmer zeigte zu den Liegeplätzen bei der „Passat" hinüber, „die Flitzer da, sind die jetzt eigentlich endgültig weg?"

„Nee, leider nicht. Ich wünschte, die blieben in Neustadt. Dort liegen sie auf Gästeplätzen."

Helmer zog erstaunt die Augenbrauen hoch.

„Die haben sich erst mal verdrückt nach den Vorkommnissen hier. Übrigens, weißt du mehr darüber?" Der Hafenmeister wusste, dass Helmer früher bei der Kripo gewesen war.

Der jedoch schüttelte den Kopf. „Auch nicht mehr als in der Zeitung stand. Und du, hast du noch was erfahren?"

„Zu den Todesfällen nicht, aber der Rest der Truppe war gestern hier. Mir wurde schon ganz schlecht, als ich das Gedröhn der Motorräder hörte. Sie hatten so 'ne Art Versammlung in der Seglermesse. Nachher kamen zwei zu mir wegen des Vertrags für ihre Liegeplätze. Der war ja für alle, im Namen von dem Bernhard Hasten, der da neulich mit umgekommen ist. Nun übernimmt der neue Boss den. Dorrmann heißt der, Horst Dorrmann. Sein

Kumpel nannte ihn ‚Marko' oder so ähnlich." Er seufzte. „Ablehnen konnte ich ja nicht, die Gebühren sind leider schon fürs nächste Jahr bezahlt."

„Sagtest du ‚Macko'?" Helmers Kopf ruckte hoch.

„Ja, ‚Macko' oder ‚Marko' oder so ähnlich. Wieso?"

„Ach, nur so. Ich hatte mal einen Kollegen, den nannten wir Macko. Der hieß aber Mackensen, Horst Mackensen."

„Na ja, Horst heißt der ja auch, aber Dorrmann, Horst Dorrmann. Übrigens, von der Kripo war gestern einer hier, ein Mommsen, kennste den?"

Helmer nickte.

„Also, der Mommsen wollte so einiges über diese Brüder wissen. Was ich ihm so erzählte, war ihm wohl nicht neu. Hat sich nicht mal was aufgeschrieben."

Eine Weile schwiegen sie.

„Sag mal", Harald Helmer räusperte sich, „noch mal zu dem Macko, wie sieht denn der aus?"

„Wie der aussieht? Hm, also 'nen schwarzen Vollbart hat er, kurz getrimmt, aber nicht so 'n Dreitagebart. Richtiger Muskelprotz, so 'n Bodybuildertyp, weißt du, so 'n ganz – wie sagt man – 'n ganz kompakter. Nicht sehr groß, eins achtzig vielleicht. Gestern hatten die ja ihr Lederzeug an. Aber sonst hab ich ihn hier meist mit so 'ner weißen Baseballmütze gesehen. Ist das der, den du meinst?"

Harald Helmer zuckte die Schultern. „Weiß nicht. Ist ja auch egal."

„Hör zu", empörte sich der Hafenmeister, „so egal ist das ja nu nicht, wenn einer von der Kripo bei diesen Banditen mitmischt!"

Tina Menges recherchierte im Internet. Zwar konnte sie zunächst nichts über einen Horst Mackensen finden, aber unter dem Stichwort „Boote“ fand sich ein Hinweis auf einen Verein „Götterboote e.V.“, was sie als gutes Wortspiel amüsierte. Neugierig klickte sie die Seite an. „Götterboote“ entpuppte sich als „Verein nationaler Rennbootfahrer“ mit Sitz in Pötenitz. Tina wusste, dass das Dorf nur einen Kilometer vom Priwall entfernt im Landkreis Nordwestmecklenburg lag.

Das mussten die Donnervögel sein! Die Homepage war offenbar auf dem neuesten Stand. Als erster Vorsitzender wurde ein Horst Dorrmann mit Wohnsitz in Pötenitz genannt. Mit dem Namen konnte sie nichts anfangen, aber es wurden zwei Männer angegeben, die„posthum“ zu Ehrenmitgliedern ernannt worden waren: Ulrich Meißner und Bernhard Hasten, die ehemaligen Vorsitzenden der Donnervögel. Beide waren kürzlich ums Leben gekommen, Meißner mit dem Motorrad auf der Autobahn bei Bad Schwartau, Hasten beim Unterwasserkampf in der Mündung der Trave.

Eine Anfrage beim Landratsamt in Grevesmühlen ergab, dass es den Verein wohl schon länger gab, er jedoch erst im Vorjahr offiziell ins Vereinsregister eingetragen worden war. Die beantragte Gemeinnützigkeit sei nicht gewährt worden. Ein Horst Mackensen war auch dort nicht bekannt.

Tina erinnerte sich, dass Harald gesagt hatte, Macko hätte sich zur Kripo nach Lüneburg versetzen lassen. Im Telefonverzeichnis für Lüneburg gab es leider keinen Eintrag für Mackensen. Da fiel ihr ein, dass eine ehemalige

Kollegin nach Lüneburg geheiratet hatte und dort für die LZ arbeitete, die „Landeszeitung für die Lüneburger Heide". Deren Telefonnummer hatte Tina noch im Handy gespeichert.

Sie hatte Glück und erreichte die Ex-Kollegin sofort. Sie hatten sich früher gut verstanden und tauschten erst einmal Erinnerungen aus, bevor Tina zur Sache kam.

„Sag mal, hast du in Lüneburg mal von einem Horst Mackensen gehört? Der ist bei der Kripo."

Das „Ja", was nun folgte, klang sehr gedehnt, sodass Tina nachhakte: „Wieso, ist was mit dem?"

„Wenn du's genau wissen willst, Tina, mit dem ist 'ne ganze Menge. Erstens ist er gar nicht mehr bei der Kripo. Frag mich nicht, warum. Alle Gerüchte, die hier so rumschwirrten, hatten eins gemeinsam: Er muss etwas angestellt haben, was zu seiner Entlassung geführt hat. Zweitens heißt er nicht mehr Mackensen, sondern Dorrmann. Das ist insofern interessant, weil *er* den Namen seiner Frau angenommen hat, was ja eher ungewöhnlich ist."

„Was?", rief Tina, „der und verheiratet?" Im selben Moment wurde ihr bewusst, dass Macko der neue Vorsitzende der Donnervögel war.

„Du siehst das offenbar genau so wie ich", griff die Ex-Kollegin den Zwischenruf auf, „Herr Dorrmann, ehemals Mackensen, gehört echt nicht zu der Sorte Mann, die was mit Frauen anfangen kann. Nun, genau gesagt, seine Frau umso mehr, wenn du verstehst. Dafür interessiert die sich nämlich nicht für Männer, wenigstens nicht sexuell. Die Motive dieser Eheschließung sind mir also völlig unverständlich, Tina. Vielleicht steuerliche Vorteile. Schlussendlich kann ich dir noch sagen, dass das Ehepaar Dorrmann unsere schöne Stadt voriges Jahr verlassen hat, nach Meck-Pomm, heißt es."

Sie plänkelten noch kurz, dann bedankte sich Tina für die Auskunft und legte auf. Sie hatte mit der Annahme, dass Mackensen schwul war, offenbar doch recht behalten. Die Heirat der beiden war also ein Zweckbündnis. Doch welchem Zweck sollte sie dienen?

Als Tina ihren Patenonkel Harald Helmer am nächsten Tag im Rosenhof besuchte, bestürmte sie ihn gleich, ob er wisse, dass sein Ex-Kollege Horst Mackensen jetzt Horst Dorrmann hieß.

Er nickte bedächtig. „Gewusst hab ich das zwar nicht mit Sicherheit, aber vermutet. Der Hafenmeister sagte mir, der neue Vorsitzende von den Rennboot-Rambos heißt Horst Dorrmann."

Das war Tina nicht mehr neu. Für ihren Onkel aber war neu, dass Dorrmann in direkter Nähe wohnte und obendrein verheiratet war.

„Findest du das nicht seltsam?"

Harald schüttelte den Kopf. „Warum sollte er nicht heiraten?"

„Aber er ist doch schwul! Und seine Frau steht ihrerseits aufs weibliche Geschlecht, wie ich aus sicherer Quelle weiß!"

Sein Gesichtsausdruck verriet seine Verblüffung. „Dabei hat der immer mit seinen Weibergeschichten geprahlt", murmelte Harald. „Allerdings war er da nicht der Einzige. Das ist so – in einer Männergesellschaft wie der Polizei.

Es wurde erst ein wenig besser, als wir auch Frauen dazukriegten."

Jetzt schüttelte Tina den Kopf. „Ihr Männer! Einfach kein Gespür für so was. So 'ne Prahlerei ist doch eindeutig eine Schutzhaltung. In eurer Männergesellschaft ist Homosexualität ein schwerer Makel, oder?"

Onkel Harald nickte betrübt und ein wenig schuldbewusst zugleich. „Dass ich den nicht erkannt hab", grummelte er nachdenklich. „Ich muss ihn doch hin und wieder hier gesehen haben! Und er mich!"

„Sicher hat der Vollbart ihn sehr verändert", meinte Tina, „außerdem hab ich ihn immer nur mit einer großen Sonnenbrille gesehen. Dass er sich dir nicht zu erkennen gibt, kann ich verstehen. Er ist nämlich bei der Kripo rausgeflogen."

Jetzt war Onkel Haralds Verwirrung nicht mehr zu übersehen. „Rausgeflogen? Weißt du, warum?"

Sie schüttelte den Kopf. „Nein, meine Kollegin in Lüneburg sprach nur von Gerüchten, dass er was angestellt hätte. Genaues wusste sie auch nicht."

Nachdenklich schwieg Harald eine Weile, bevor er nachhakte. „Und er wohnt in Pötenitz? Hast du 'ne Ahnung, wovon er lebt, ich mein, was er jetzt beruflich macht?"

„Nein", erwiderte Tina. „Aber das krieg ich raus", fügte sie entschlossen hinzu.

Der Oberarzt der Chirurgie im Lübecker Marienkrankenhaus hatte keinerlei Bedenken. Kriminaloberkommissar Mommsen und sein junger Kollege durften die beiden verunglückten Motorradfahrer verhören.

„Herr Ehrich ist der mit dem rechten Bein in Gips. Oberschenkel- und Wadenbeinfraktur, glücklicherweise nicht offen. Der andere, Herr Wiedermeier, ist nicht so gut dran. Fraktur von Schulterblatt und Schlüsselbein links, das geht noch. Aber ob wir sein linkes Ellenbogengelenk wieder hinkriegen, Trümmerbruch, das ist noch fraglich."

Mommsen fand, dass auch der doppelte Beinbruch nicht gerade verlockend klang, verkniff sich aber eine kritische Bemerkung.

Die zwei lagen in einem Vierbettzimmer. Da sie einzeln befragt werden sollten, war man übereingekommen, sie einzeln in einem Aufenthaltsraum zu verhören.

Zuerst führte man Herrn Ehrich herein. Der war ganz erstaunt, dass er nicht wie erwartet in einem Behandlungsraum landete und dass die vermeintlichen Mediziner nicht in Weiß gekleidet waren. Als er hörte, dass er Polizisten vor sich hatte, erklärte er angesäuert, er spreche nur in Gegenwart seines Anwalts mit ihnen.

„Aber Sie wissen doch noch gar nicht, worum es geht."

„Na, um den Unfall, denke ich."

„Ach, wissen Sie, Herr Ehrich, Ihre Biker-Faxen auf der Schwartauer interessieren mich nur am Rande. Was mich interessiert, ist der Vorfall – kein Unfall – in der Mündung der Trave, der mit drei Toten, von denen zwei aus Ihrem Verein stammen."

Ehrich klappte die Kinnlade herunter. „Was für'n Verein?" Seine Stimme klang aufsässig.

Mommsen schaltete auf „geduldige Nachsicht". „Ich weiß nicht, in wie vielen Vereinen Sie sind. Ich meine die Rennbootfahrer vom Passathafen. Ach, da Sie ja an der letzten Mitgliederversammlung nicht teilnehmen konnten, wissen Sie vielleicht noch nicht, dass Herr Dorrmann Ihr neuer Vorsitzender ist."

„Was, Macko?", entfuhr es Ehrich, der im selben Moment seinen Fehler bemerkte.

Mommsen schaute vielsagend zu dem protokollführenden Kollegen, ging aber nicht auf den Zwischenruf ein. Er fand es bemerkenswert, dass keiner der Speedboot-Fahrer die verunglückten Mitglieder hier besucht oder angerufen hatte.

„Finden Sie nicht auch, Herr Ehrich, dass ein ganz schön großer Verschleiß in Bezug auf Ihre Vereinsvorsitzenden herrscht? Wie lange geben Sie denn Herrn Dorrmann?"

Jetzt machte Ehrich vollends zu, drehte sich zur Wand und schwieg. Er schwieg so beharrlich, dass Mommsen nach dem Pfleger klingelte.

Wiedermeier wirkte noch weniger lebhaft als Ehrich, wahrscheinlich durch die betäubende Wirkung der Schmerzmittel. Sein Erstaunen zeigte jedoch, dass sein Kumpel ihn nicht hatte warnen können.

Nach der Beschreibung der Nichte von Harald Helmer musste das der Typ sein, den sie „die Lederhose" nannte. Der Oberarzt hatte auch gesagt, Herr Wiedermeier habe ein Drogenproblem und befände sich im Entzug. Jedenfalls machte er einen jämmerlichen Eindruck.

Anders als Ehrich zeigte er sich aber kooperativ, als er erfuhr, dass es nicht um seine Motorrad-Fahrkünste ging. Mit dem nächtlichen Geschehen in der Mündung der Trave habe er nichts zu tun. Er sei nicht Mitglied der Donnervögel, habe nur Handlangerdienste in Lübeck für Bernhard Hasten geleistet und durch seinen Gönner einiges mitgekriegt. So durfte er auch dessen Motorrad fahren. Hasten stammte aus der Ex-DDR. Verbindungen zur rechten Szene? – Wiedermeier verstand die Frage offenbar nicht und wollte den Kopf schütteln, was ihm einen Schmerzensschrei entlockte.

Mommsen ließ ihm kurz Zeit, sich zu erholen. Schließlich erzählte sein Gegenüber von selbst, wenn auch stockend, dass die Rennbootfahrer einen Typen ausfindig gemacht hätten, der auch aus der DDR kam und inzwischen viel „Kies“ gemacht hatte. Der sollte zur Unterstützung des Vereins „abgezogen“ werden. Dabei sei das „Scheiß-Unglück“ passiert, bei dem Hasten ums Leben gekommen war. Die Erwähnung des Todes seines Gönners rührte Wiedermeier zu Tränen. Er steigerte sich in heulendes Selbstmitleid. Zu weiteren verwertbaren Äußerungen war er daraufhin nicht in der Lage. Als der Pfleger ihn hinausschob, brabbelte er nur noch weinerlich vor sich hin.

Die Computerfirma, deren Niederlassung sich ausgerechnet in Pötenitz befand, hatte keine Arbeitsplätze ins Dorf gebracht, in dem die Agrargesellschaft der einzige Arbeitgeber war. Das hatte Tina Menges von der Frau des EDV-Fachmannes erfahren. Diese hatte ihr auch gesagt, dass es seit etwa einem Jahr noch eine Ferienwohnungs-Vermittlung gab, die von einem Ehepaar Dorrmann betrieben wurde.

„Eigentlich eher von Frau Dorrmann. Er ist viel in Travemünde, macht da was mit Booten, glaube ich. Da, hinter der Einfahrt zum Gut, etwas abseits von der Eichenallee“, setzte sie hinzu, als Tina Interesse zeigte.

Mehr brauchte die zunächst nicht zu wissen.

Es war fast dunkel. Tina hatte ihr Auto an der Straße vom Priwall nach Dassow abgestellt und ging zu Fuß die kurze Strecke nach Pötenitz. Ole hatte sie lieber nichts von dem Vorhaben erzählt, sich hier umzusehen. Er war beim Englischkurs der Volkshochschule und ging anschließend mit seiner Gruppe immer in den Irish Pub „Finnegan“ in der Mengstraße. Sie würden sich erst morgen Abend wieder treffen. Was sie sich von ihrem Besuch hier versprach, hätte sie nicht wirklich begründen können. Vermutlich war es eine Mischung aus Neugierde und Tatendrang.

Mehrmals musste sich Tina auf der schmalen Straße in Sicherheit bringen, um nicht von vorbeibrausenden Autos, die von vorn kamen, gestreift zu werden. Sie zählte zwei Wagen mit einer Lübecker Nummer, einen aus Hamburg, einen aus Neumünster, und hinter den Steuern hatten ausnahmslos Frauen gesessen. Kopfschüttelnd setzte sie ihren Weg fort.

Das Haus des Ehepaars Dorrmann in der Eichenallee war eine alte Villa, die man offenbar erst kürzlich renoviert hatte. Das ganze Haus war erleuchtet, an allen Fenstern hingen jedoch blickdichte Vorhänge. Auf dem ungewöhnlich großen Parkplatz zählte Tina elf Autos mit den unterschiedlichsten Kennzeichen. Nur eines aus dem Kreis Nordwestmecklenburg stand in einer offenen Garage, ein Toyota Offroader in einem auffälligen Rot.

Fünf Frauen, die kurz vorher angekommen sein mussten, begrüßten einander gerade mit schrillen Stimmen. Sie beschränkten sich dabei nicht auf das übliche Wangenküsschen, sondern umarmten sich innig, fast ein wenig anzüglich, zwei von ihnen tauschten heiße Küsse. Dann schritten alle die Freitreppe hinauf und verschwanden im Haus. Aha, Frau Dorrmann betrieb hier anscheinend einen Treff für Lesben. Denn dass die Frauen von eben lesbisch waren, daran hatte Tina keinen Zweifel.

Und er, der Dorrmann? Lud er an anderen Tagen zum Schwulen-Abend ein? Na ja, dachte sie sarkastisch, das wäre auch eine Art von Unternehmergeist, wenn er dafür Eintritt nähme. Die Vermittlung von diversen Ferienwohnungen war wohl nur eine nette Fassade.

Sie wandte sich zum Gehen, für heute hatte sie genug gesehen. Ein Renault-Cabrio kam ihr entgegen und hielt neben ihr.

„Na, Schätzchen, willst nicht bleiben?" Die Frau am Steuer beugte sich zur Beifahrerseite und öffnete von innen die Tür.

Tina schüttelte heftig den Kopf und ging schnell weiter, sah aber noch einmal kurz zurück. Mit einem bedauernden Schulterzucken fuhr die Fahrerin gerade auf den Parkplatz. Ein Motorrad, vom Priwall kommend, bog in die Straße nach Pötenitz ein. Kurz entschlossen, einer inneren Eingebung folgend, sprang Tina in den glücklicherweise trockenen Straßengraben und duckte sich. Das Krad drehte auf, verlangsamte auf ihrer Höhe und brauste dann schnell weiter.

War Macko der Fahrer? Hatte er sie gesehen?

Tina stand auf und klopfte sich den Staub von den Hosenbeinen. Sie seufzte erleichtert, als sie ihr Auto erreichte, beschloss aber, nicht über Priwall und Travemünde nach Hause zu fahren, sondern über Dassow und Selmsdorf.

Als sie an der Einmündung in die B 105 wegen des hohen Verkehrsaufkommens kurz warten musste, tauchte hinter ihr ein Motorrad auf. Sie erschrak heftig. Diese verdammten Helme! Man wusste nie, wer sich dahinter versteckte.

Das Motorrad folgte ihr in Richtung Lübeck. Im Scheinwerferlicht entgegenkommender Autos meinte sie, auf dem Motorradhelm ein Emblem schimmern zu sehen, aber erkennen konnte sie es nicht. Sie fuhr betont langsam. „Überhol doch, Blödmann!" rief sie unbeherrscht.

Als hätte der Fahrer sie gehört, schien er ihrer Aufforderung zu folgen. Auf der langen Geraden zwischen Selmsdorf und Schlutup hielt er sich zunächst direkt neben ihr, schaute kurz zu ihr herüber. Dann beschleunigte er und war bald darauf verschwunden.

Sie klickte sich durch verschiedene Schiffsregister im Internet. Die Motorjacht „Urika" fand Tina nicht. Der angelnde Ex-Seemann Willy Münt hatte einen ehemaligen Kollegen getroffen, der vor Jahren zu seiner Crew gehörte und damals von Travemünde aus die Ostsee befuhr. Dieser hatte ihm erzählt, der Schiffseigner und seine Freunde hätten manchmal eine Nutte aus Travemünde an Bord gehabt, die „Nana oder so ähnlich" hieß, möglicherweise auch Maja. Eines Abends seien sie von der Schlutuper Wiek flussabwärts nach Travemünde gefahren, und er habe Ruderdienst gehabt. Kurz hinter Stülper Huk, wo die Trave breit in die Pötenitzer Wiek überging, sei diese Frau am Ruderhaus vorbeigetorkelt. Gleich danach habe er durch das offene Fenster ein Röcheln und darauf ein Platschen gehört. Er war sicher, dass sie ins Wasser gefallen war und wollte beidrehen. Der Schiffseigner aber sei ans Fenster gekommen und habe ihn angebrüllt, er spinne wohl und solle gefälligst Kurs halten. Diese Nana oder Maja habe er seitdem nie mehr wiedergesehen. Am nächsten Morgen hätten sie eilig Travemünde verlassen und seien durch den Elbe-Lübeck-Kanal nach Hamburg geschippert. Dort habe er abgeheuert und sei wieder auf große Fahrt gegangen.

Harald hatte ihr davon berichtet – das Ganze war natürlich höchst vage, dennoch wollte Tina dieser Spur nachgehen. Onkel Harald hatte gesagt, Maja sei wohl mit einer Schnur erwürgt worden, bevor sie ins Wasser geworfen wurde. Das könnte das Röcheln erklären, das der Rudergänger der „Urika" gehört hatte.

Nach einer Stunde ziellosen Herumklickens wollte Tina die Suche aufgeben. Eine Motorjacht mit den Namen „Urika" wurde in keinem der Seeschifffahrtsregister geführt. Mehr zufällig klickte sie noch einmal die Webseite des Amtsgerichtes Hamburg an, und ihr Puls begann zu rasen. Beim ersten Mal hatte sie doch tatsächlich übersehen, dass es dort auch noch ein Binnenschifffahrtsregister gab! Sie hätte jubeln können vor Freude, als sie hier endlich einen Hinweis auf eine Motorjacht fand.

Vor drei Jahren hatte der Eigner Ulrich Meißner die

Jacht an Herrn Bernhard Hasten verkauft. Der hatte das Schiff auf „Eliza IV" umgetauft und im Seeschifffahrtsregister Rostock angemeldet. Von dort wurde es an Urlauber verchartert.

Allmählich fügten sich die bisher gesammelten Fakten zu einem Bild zusammen. Maja, alias Hannelore Rieger, wurde etwa zu der Zeit erdrosselt in der Pötenitzer Wiek angetrieben, als die Motorjacht „Urika" in Hamburg verkauft worden war. Ihr Eigner war der Chef der Donnervögel, der bei dem Motorradunfall unter nicht geklärten Umständen ums Leben kam. Er hatte verhindert, dass der Ex-Kollege von Willy Münt ein Rettungsmanöver fuhr. War er Majas Mörder?

Tina sammelte die Informationen: Der neue Eigner hatte das gesuchte Schiff umgetauft und umgemeldet, sie hieß jetzt „Eliza IV", und der Heimathafen war Rostock. Der Besitzer, Bernhard Hasten, war Ulrich Meißners Nachfolger als Donnervögel-Boss. Und auch er war gewaltsam zu Tode gekommen! Es schien ein ungesundes Geschäft zu sein als Chef der Speedboot-Fahrer.

Nun stand Horst Dorrmann – der vor seiner Hochzeit Horst Mackensen hieß und von allen nur „Macko" genannt wurde – an deren Spitze. Würde er nun auch die Motorjacht übernehmen? Noch war Bernhard Hasten als Eigner im Rostocker Register eingetragen.

Tina gab „Ferienwohnungs-Vermittlung in Pötenitz" in der Internet-Suchmaschine ein und wurde fündig. Tatsächlich: Dort wurden nicht nur Wohnungen angeboten, sondern man vermietete auch eine 18-Meter-Motorjacht namens „Eliza IV" von Rostock aus! Sie fragte sich, ob Horst Dorrmann, alias Macko, der neue Eigner der Motorjacht war und diese auf eigene Rechnung vercharterte – oder ob der Rennbootfahrerclub „Götterboote“ sie jetzt besaß.

Als sie Ole am Abend von ihren Ermittlungen erzählte, reagierte er sehr erleichtert. „Super! Nun ist der Fall doch geklärt, Und du kannst endlich die Finger davon lassen!“ Er umarmte sie.

Sie wollte protestieren, doch er ließ sie nicht zu Wort kommen. „Ist das nicht klasse? Du weißt jetzt mit ziemlicher Sicherheit, wie der Mörder von dieser Maja heißt, und der lebt nicht mehr. Wozu willst du also noch das Risiko eingehen, dich weiter mit diesen Donnervögeln anzulegen?“

*

Sie zittert und schreckt hoch.

Ist sie von einem Poltern wach geworden, oder war das nur ein Teil ihres Traums? Immer wieder war aus dem Dunkel ein Gesicht auf sie zugefahren, mit eng stehenden, stechend schwarzen Augen, als wolle es sie hypnotisieren. Jedes Mal hatte sie zurückgestarrt, bis das Gesicht verschwunden war.

Manchmal sah sie die Augen jedoch nicht, denn ab und zu waren sie durch eine riesige Sonnenbrille verdeckt. Dann konnte sie das Gesicht nur mit höchster gedanklicher Anstrengung vertreiben. Es war der Kampf zweier Willen, unnachgiebig und hartnäckig. Sie wusste aber die ganze Zeit, dass sie sich behaupten konnte.

Nur der stechende Blick, ohne jegliches Zwinkern, blieb derselbe, auch durch die Sonnenbrille konnte sie ihn spüren. Zuweilen erschien das Gesicht mit einem schwarzen Vollbart, dann wieder mit weichem, rundem Kinn und rotem Mund, auch ein weißes Baseballcap hatte sie erkennen können.

Sie fühlte sich stark, aus ihren Augen schossen Blitze wie Laserstrahlen, die den schwarzen Blick vertrieben. Immer länger wurden die Pausen, immer schwächer der Gegner. Doch dann hatte der Widersacher noch einmal alle seine Kräfte zusammengenommen.

Im Schutze eines Helms mit spiegelndem Visier raste er in blitzschnellem Wechsel auf sie zu und wieder zurück, immer schneller. Ihre Kräfte ließen nach. Als der reflektierende Helm sie schließlich zu erschlagen drohte, duckte sie sich, und er krachte hinter ihr gegen die Wand. Davon ist sie aufgewacht.

Davon? – Ja, aber der Krach war nicht nur Teil ihres Traums gewesen. Jetzt hört sie ihn erneut, hoch auf der anderen Seite der Wand hinter sich – ein Schlagen, Schaben, Poltern. Sie liegt da und lauscht.

Lange geht das so, über Stunden. Nach einer Weile scheint es ihr, als ob diese Geräusche nicht mehr von oberhalb kämen, *sondern fast von derselben Höhe, in der sie daliegt. Viele Ursachen, die solche Geräusche auslösen könnten, erwägt sie. Schließlich ist sie einigermaßen sicher, dass es ein Bagger sein muss.*

Wird dort eine Baugrube ausgehoben? Gibt es vielleicht Anlass zu Hoffnung?

Kriminaloberkommissar Jan Mommsen spielte das Erstaunen gekonnt, als sein Ex-Kollege Horst Mackensen ihm die Tür öffnete. Auch der stutzte, lief aber tiefrot an.

„Mensch, Macko, beinahe hätte ich dich nicht erkannt, mit dem Bart und so! Bist hier bei Dorrmanns zu Besuch?"

Macko hatte sich schnell gefangen und presste die Lippen kurz fest aufeinander. „Das ist aber eine Überraschung, Jan! Na so was! Komm erst mal rein, das kann man nicht so zwischen Tür und Angel erklären."

Im Wintergarten erzählte er seine Version der Geschichte, die sich von dem, was Mommsen von Tina Menges und seinen Lüneburger Kollegen erfahren hatte, erheblich unterschied. Macko gab zu, dass er den Polizeidienst quittiert hatte, verschwieg aber, dass er damit seiner sowieso geplanten Entlassung zuvorgekommen war. Auch dass noch ein Strafverfahren gegen ihn anhängig war, unterschlug er. Immer wieder beäugte er Mommsen misstrauisch und reagierte erleichtert, als er hörte, es gehe um den Bootsunfall in der Travemündung.

„Ja", Mommsen unterdrückte den Impuls, sich die Nasenspitze zu reiben, „deswegen wollte ich Herrn Dorrmann sprechen, den Vorsitzenden des Bootsclubs."

„Äh, das bin ich." Horst feuchtete mit der Zunge die Lippen an. „Ich heiß' jetzt Dorrmann."

Wieder spielte Mommsen die Verblüffung perfekt. Er konnte spüren, dass Macko die Geschichte der eigenen Heirat und seiner neuen Beschäftigung mit reichlich Details ausschmückte, um vom eigentlichen Thema abzulenken. Schließlich wurde es Mommsen zu viel. „Okay, Macko, schön und gut. Mich interessiert jetzt aber

Folgendes: Was hattet ihr mit dem Stollner vor, der da mit draufgegangen ist?“

Macko zeigte sich ahnungslos. Er habe keine Ahnung, was Bernd Hasten und der andere Vereinskollege überhaupt an dem Abend draußen auf dem Wasser gewollt hatten. Das wüssten auch die anderen sicher nicht. Sei wohl nur die Sache der zwei gewesen. Es sei ein ganz schöner Schock für sie alle; sie – seine Frau und er – hätten ernsthaft überlegt, Travemünde den Rücken zu kehren und nach Neustadt umzuziehen. Schließlich hätten sie sich für den jetzigen Wohnort entschieden. „Im Schatten der Passat, sozusagen. Außerdem wohne ich hier ja um die Ecke.“

Dorrmann setzte die Rolle des Ahnungslosen fort. Was, um Erpressung sei es gegangen? Eine Million? – Unglaublich! Das müssten die zwei allein ausgeheckt haben. Svensson? – Er kenne keinen Svensson, aus Boltenhagen solle der stammen? – Tue ihm leid, da hätte er keine Ahnung. Er selbst sei zwar in der DDR aufgewachsen, war da sogar junger Vopo gewesen, in Güstrow, aber gleich nach der Wende von der Polizeidirektion Lübeck übernommen worden. Das sei schon ein entscheidender Wechsel zum Besseren gewesen.

Wieder unterbrach ihn Mommsen. „Ihr habt euch hier nicht gerade Freunde gemacht, seid ganz schön negativ aufgefallen. Bislang waren’s ja nur Bußgelder, aber die Sache in der Mündung mit drei Toten – das ist eine andere Liga.“

Macko ignorierte den Hinweis. „Ach, Dummheiten, Neckereien der Leute, was andres war das doch nicht“, brummte er mit einer wegwerfenden Handbewegung. „Die Jungs sind zu übermütig gewesen. Damit ist jetzt aber Schluss."

„Mag ja sein, Macko, doch ein Klub von Motorradfahrern ... da denkt man schnell an Hells Angels oder Bandidos und so. Dieselben Leute sind im Klub für Rennboote, alle Bootsnamen beziehen sich auf germanische Götter, da denkt man schnell an die rechtsextreme Szene. Und dann die drei Toten. Dafür interessiert sich sogar das BKA."

„BKA? Wieso das denn?" Macko blinzelte nervös.

„Na, du weißt doch, bei ‚OK' schaltet sich das BKA ein."

„Was? Organisierte Kriminalität?", empörte sich Macko. Seine Lippen waren nur noch ein schmaler Strich. „Wir sind zwar als Bootsfahrer organisiert, ein eingetragener Verein, aber kriminell? – Kein Stück! Und rechtsextrem schon mal gar nicht. Wer kommt denn auf so einen Blödsinn?"

Mommsen beachtete die Frage nicht. Irgendwo im Haus dudelte ein Telefon, das gleich darauf verstummte. Wahrscheinlich war Frau Dorrmann auch im Haus. Die Vermittlerin, im mehrfachen Sinne des Wortes.

„Läuft die Ferienwohnungs-Vermittlung gut?", wechselte Mommsen das Thema.

Macko nickte langsam, schien aber nach dem Telefonläuten zu lauschen, was sich hinten in der Wohnung tat.

„Und die „Eliza IV", verchartert ihr die jetzt?"

Mackos eng stehende Augen wurden zu Schlitzen. Er räusperte sich. „Was für eine „Eliza"?" Er klang nun heiser.

„Na komm schon, Macko, das weißt du doch genau. Die

Motorjacht „Urika“, die Meißner an Hasten verkaufte. Die wurde sofort umgetauft und schnell nach Rostock umgemeldet. Auffällig schnell, finde ich.“

„Ach so, jetzt weiß ich, worauf du anspielst.“ Macko grinste etwas gequält, seine Stimme war immer noch belegt. „Die „Eliza“ meinst du. Muss mich verhört haben.“ Er räusperte sich wieder. „Warum die verkauft und umgemeldet wurde ... also, das kann ich dir nicht sagen, Jan. Damals kannte ich Meißner und Hasten noch nicht.“ Macko schaute an seinem Besucher vorbei und schüttelte fast unmerklich den Kopf.

Mommsen tat so, als habe er nichts wahrgenommen, sondern sah nachdenklich aus dem Fenster. Hinter ihnen wurde die Tür leise geschlossen.

„Du hast mir noch nicht gesagt, ob ihr das Schiff jetzt verchartert“, erinnerte Mommsen seinen Ex-Kollegen.

„Im Prinzip ja.“

„Das bedeutet – was?“

„Das heißt, wir wissen noch nicht, ob Hasten ein Testament gemacht und ob er überhaupt Erben hat.“

Mommsen zog ungläubig die Augenbrauen hoch und rieb sich nun doch die Nasenspitze. „So wenig kanntet ihr euch?“

„Ehrlich, Jan, wir haben privat so gut wie keine gemeinsamen Kontakte, kannste mir glauben.“

„Fällt mir schwer“, brummelte Mommsen. „Aber sonst seid ihr ja ein ziemlich einheitlicher Verein“, hob er die Stimme wieder. „Die Boote alle vom selben Typ, alle mit germanischen Götternamen, alle das gleiche Emblem auf den Motorradhelmen: Blitz und Faustkeil, deutlich germanisch. Das wirkt ja schon ... nun ja, ich muss sagen ... sehr rechtsfreundlich."

Macko zuckte nur mit den Schultern.

Mommsen stand auf. „Sag mal, machst du dir keine Sorgen um dich selbst? Die Vorsitzenden eures Clubs haben bemerkenswert kurze Amtszeiten. Zweimal schon endeten sie in letzter Zeit tödlich. Wie viel Zeit gibst du dir selbst als Vorsitzender?"

Wie erwartet, erhielt er keine Antwort und ging langsam zur Tür. Dort drehte er sich um und knetete nachdenklich seine Nasenspitze. „Mal ehrlich, Macko. Als die Rieger – du weißt schon, die Maja – von Bord geworfen wurde, warst du da auch auf der „Urika"?"

Wie von der Tarantel gestochen, sprang Macko auf. Hochrot im Gesicht stemmte er die Hände in die Hüften, neigte sich nach vorn und starrte Mommsen zornig an. „Bist du total verrückt geworden? Redest hier allen möglichen Scheiß, als hätten wir was verbrochen! War das eben ein Verhör oder was?"

„Du kriegst 'ne Abschrift, ist doch klar", meinte Mommsen trocken.

„Dann widerruf ich alles! Du hast vergessen, den Anlass deines Besuchs zu nennen. Aussagen mach ich nämlich nur in Gegenwart meines Anwalts, verstehst du?"

„Kriegst trotzdem eine Kopie", war Mommsens lakonische Antwort. Er verließ das Haus, ohne sich umzudrehen.

Als Tina Menges nach der Arbeit heimkam, stand in der Nähe des Parkplatzes, auf den sie sonst immer fuhr, ein dunkelblaues Motorrad, an dem seitlich ein Helm mit Blitz-und-Faustkeil-Emblem hing. Es gehörte also einem Donnervogel. Rasant wendete sie und fuhr ins Parkhaus hinter der St. Petri-Kirche. Über Nebenstraßen und einen Gang erreichte sie die Hoftür zur ihrer Wohnung.

Bevor sie in den Hausflur schlüpfte, bemerkte sie einen Typen an der Obertrave, den sie heute Morgen schon gesehen hatte. Aufgeregt rief sie Ole an, der sie etwas später abholen wollte.

„Ich glaub, ich werde beobachtet! Ein Typ mit einem blauen Motorrad steht vor dem Haus!"

„Hey, Tina, beruhig dich erst mal. Was für ein Motorradtyp? Eine Yamaha?"

„Da bin ich überfragt, Ole, mit Motorrädern kenn ich mich überhaupt nicht aus. Ich kann dir nur sagen, es ist blau. Aber am Lenker hängt ein Helm von den Donnervögeln!"

„Bleib in der Wohnung, ich bin gleich da."

Als Ole wenig später eintraf, hielt er einen leeren Buttermilchkarton in der Hand. „Hatte Durst", meinte er lakonisch und warf den Karton in den Abfall.

„Auf Buttermilch?", fragte sie ungläubig.

Doch er grinste nur spitzbübisch. „Wir werden den Typ da draußen ein wenig verwirren. Ich geh schon mal hinten raus, kurz darauf du vorn. Dann gehst du in die Marlesgrube; ich warte im Verbindungsgang zur Depenau auf dich, okay?"

„Und wozu das Ganze?"

„Wirst schon sehen", raunte er verschwörerisch und verschwand zur Tür hinaus.

Als Tina in die Marlesgrube einbog, sah sie den Kerl zu seinem Motorrad eilen. Ole tauchte neben ihr auf und ergriff ihre Hand. Zusammen rannten sie durch den Gang zur Depenau. Von dort konnten sie den Parkplatz bei der Lübecker Barkassenfahrt gut einsehen. Gerade erreichte der Typ seine Maschine, stülpte sich den Helm über und erstarrte. Tin begriff noch nicht, was dort geschah, und hörte Ole glucksend lachen. Langsam hob der Bursche die Hände und zog den Helm vom Kopf, den irgendetwas hell färbte. Die Buttermilch lief ihm in den Kragen und über die Schultern.

Ole legte Tina die Hand auf den Mund, als sie losprustete. „Darum also der Buttermilchkarton", flüsterte sie, als sie sich wieder unter Kontrolle hatte.

„Ich mag doch keine Buttermilch", murmelte er, „Komm, ich lade dich zum Essen ein."

In der „Alten Mühle" auf der Insel am Mühlendamm musste Tina wiederholt zur Serviette greifen, weil die Vorstellung von dem Donnervogel-Milchbubi immerzu Lachanfälle auslöste. Als sie beim Käse angelangt waren, war ihre Heiterkeit verschwunden.

„Oh Mann, der sinnt jetzt bestimmt auf Rache. Und da die jetzt meine Adresse haben, wird es langsam gefährlich. Ich werde ja nicht auf Dauer hinten rein- und rausschleichen können."

„Stimmt, Tina. Und deshalb wohnst du am besten so lange bei mir. Bitte, keine Widerrede! Auch mir zuliebe.

Ich bin dann wesentlich ruhiger. Außerdem – früher oder später ziehen wir sowieso zusammen."

Sie schaute ihn kritisch an. „Soll das etwa der Ansatz zu einem Heiratsantrag sein?"

„Nö, Tina, du weißt doch, sonntags nie."

„Du Schelm", sie lachte, „heute ist Dienstag."

Kriminaloberkommissar Jan Mommsen wartete auf der Terrasse des Fährhauses an der Priwallfähre auf seinen ehemaligen Chef und betrachtete das Treiben am Anleger.

Jetzt in der Saison pendelten manchmal sogar drei Fähren gleichzeitig zwischen Altstadt und Priwall. Der Schiffsverkehr an dieser engen Stelle war abenteuerlich dicht. Hier schien die Berufsschifffahrt keine Vorfahrt vor den Sportbooten zu haben. Zwangsläufig respektierte jeder die dicken Skandinavienfähren, aber die gut ausgelasteten Priwallfähren mussten sich manchmal regelrecht durchwinden. Glücklicherweise machte das neue Antriebs- und Steuersystem sie sehr viel wendiger als die älteren und kleineren Fähren. Mommsen war von dem Betrieb so fasziniert, dass er Harald Helmer gar nicht bemerkte, bis der ihm die Hand auf die Schulter legte.

Eine Weile sprachen sie über den Saisontrubel, dann wechselte Mommsen abrupt das Thema. „Ich habe Macko besucht", sagte er und erzählte ihm von dem Treffen.

Helmer war nicht sehr überrascht. Die Sache mit der Motorjacht „Urika" machte ihn jedoch nachdenklich. „Nie gehört", murmelte er. „Aber kein Wunder; damals kannte ich Travemünde weniger als heute. Wohnte ja noch in

Lübeck. Ehrlich, hätten wir den Tipp damals gekriegt, vielleicht wären wir dann nicht gescheitert. Wo hast du das eigentlich alles her?"

Mommsen griente. „Von deiner hübschen Nichte. Sie macht ihrem Onkel alle Ehre."

Harald Helmer war weniger von Tinas Engagement angetan. „Und du meinst, Macko könnte damals an Bord der „Ulrika" gewesen sein?", kam er auf Mommsens Thema zurück.

„Urika", korrigierte der. „Es ist eine Vermutung. Zugegeben, eine sehr vage Vermutung, eher aus dem Bauch raus. Weißt du, ich hatte damals keinen guten Draht zu ihm. Wir waren beide in deiner Kommission, aber sonst wusste ich nichts über ihn, nicht einmal, wo er wohnte. Und dass er schwul war, äh, schwul ist, schon gar nicht."

Helmer schwieg. „Ich glaube, er wohnte in Schlutup", grübelte er dann. „Aber was der in seiner Freizeit trieb, keine Ahnung. Ich hatte ihn nach Warnemünde geschickt, er kannte sich da aus, aber gefunden hat er dort auch nichts Brauchbares, was mich jetzt nicht wundert."

Mommsens Nasenspitze bekam einen kurzen Reiber. „Harald, mich macht stutzig, dass seine beiden Vorgänger als Clubvorsitzende beide relativ kurz hintereinander gewaltsam ums Leben kommen, und er nun den Laden schmeißt. Macko, der mir vorher nicht wirklich aufgefallen ist, haut bei der Polizei ab – oder besser: wird abgehauen –, hat zudem einen Prozess am Hals, führt eine Zweckehe, lebt in einer sehr großzügigen Villa. Die solltest du dir mal ansehen, ist nicht gerade sozialer Wohnungsbau in Plattenbauweise. Zudem gibt er sich als Geschäftsmann und treibt sich auch noch mit diesen Donnervögeln rum. Hinter all dem muss mehr stecken. Bloß was?" Mommsens Nasenspitze war mittlerweile schon recht rot.

„Und hast du schon mehr über die herausbekommen?" Helmer sah ihn an.

„Das Erstaunlichste für mich ist die Tatsache, dass nur zwei aus der Ex-DDR kommen. Ich weiß nicht warum, aber irgendwie dachte ich, dass die sich alle schon vor der Wende kannten."

„Und wer ist der Zweite?", wollte Helmer wissen. „Hasten, Bernhard Hasten, genannt Bernie. Der kam aus Güstrow; war dort Vopo-Offizier, kam bei uns nicht in den Polizeidienst und etablierte sich in Lübeck als Grundstücksmakler."

Harald Helmer pfiff durch die Zähne. „Vopo, soso. Wie Macko. Sag mal, gab's diese Donnervögel schon, als wir den Fall Maja hatten?"

Mommsen schüttelte den Kopf. „Nicht als Verein. Aber die trafen sich schon. Der Meißner war Motorrad-Freak und auch der Eigner der „Urika". Hasten besaß zwei von diesen Rennbooten. Aber er hatte auch schon damals eine Schwäche für Motorräder. So kamen die wohl zusammen. Das war der harte Kern. Heute sind sie vierzehn Mann, alle aus Norddeutschland, vorwiegend aus dem Raum Hamburg und Lübeck."

„Und Macko? War der da schon dabei?"

„Das wüsste ich auch gern. So, wie er reagierte, als ich ihn fragte, ob er bei Majas Ermordung mit an Bord der „Urika" war – richtig ausgerastet ist er ... Ich glaub, ich lag mit meiner Frage richtig. Wenn er damit nichts zu tun hatte, hätte er doch einfach verneinen können, meinst du nicht auch?“

Helmer nickte. „Und liegt bei einem von ihnen polizeilich irgendwas vor, Vorstrafen oder so?“

„Nur Kleinkram, auf Bußgeldebene, meist Verkehrsdelikte. Zwei von den Hamburgern waren immerhin in den Prozess gegen die Hells Angels verwickelt, wurden allerdings freigesprochen, weil man ihnen nichts beweisen konnte.“

„Hells Angels? Die sind in Hamburg doch verboten. Seit ... Mann, das können zwanzig Jahre sein.“

„Deshalb haben wir sie hier in Schleswig-Holstein am Hals. Und nicht nur die. Die Bandidos wollen ihnen jetzt das Terrain streitig machen. Da braut sich was zusammen, sag ich dir. Deftige Zusammenstöße sind dort an der Tagesordnung. Wir haben den Verdacht, unsere Donnervögel wollen da mitmischen. Bloß auf welcher Seite?“

Mommsens Handy klingelte, und er nahm ab.

Wortlos hörte er zu. „Macht nichts“, sagte er schließlich. „Bleibt dran. Haltet Abstand, aber bleibt dran. Wenn sie irgendwo einkehren, nicht folgen. Dann gebt ihr mir Bescheid.“

Er schaltete ab und grinste. „Wenn man vom Teufel spricht. Drei Angels sind in Lübeck aufgefallen, und zwei meiner Leute – ach, du kennst sie, die waren neulich hier am Strand mit dabei: Tommy und der Lange – also, die sind denen auf den Fersen. Jetzt sind sie hinter Schlutup nach Meck-Pomm rüber und wollten wissen, ob sie ihnen weiter folgen dürfen, die Kindsköppe.“

Helmer nickte verständnisvoll. „Jaja, die Segnungen des Föderalismus sind die Freuden der länderübergreifenden Kriminalität."

In dem Moment heulten am anderen Ufer einige Motorräder auf. Mommsen reckte den Hals und sah hinüber. „Donnervögel", rief er. „Zwei! Du möchtest meinen, das sind zehn."

Als die Fähre am Priwall anlegte, dröhnten die Maschinen wieder auf. Dreist schnitten die Fahrer anderen die Vorfahrt und brausten die Mecklenburger Landstraße entlang. Mommsen stand auf und sah ihnen nach. „Nee, die fahren weiter geradeaus", sagte er, als er sich wieder setzte. „Die sind nicht zum Passat-Hafen abgebogen."

„Nicht zu den Booten?", fragte Helmer gedehnt, eher zu sich selbst. „Also nach Pötenitz ..." Er machte eine Pause, die Augen aufgerissen und die Brauen hochgezogen. „Und die drei –"

„Ich weiß, was du meinst", unterbrach Mommsen ihn. „Die drei Angels sind über Dassow auf dem Weg dorthin!"

„Genau! Die zwei Donnervögel von eben plus Macko macht drei, und die treffen sich mit drei Angels."

„Ich wüsste gern, ob die sich zusammentun wollen", brummte Mommsen.

„Lass uns doch mal hinfahren", schlug Helmer vor. „Komm, wir nehmen meinen Wagen. Ehe du deinen von drüben geholt hast, kann das Treffen schon vorbei sein."

Das Auto hatten sie an der Kreisstraße zwischen Priwall und Dassow abgestellt und gingen das kurze Stück nach Pötenitz zu Fuß. Kurz vor der Wegkreuzung ließen sie sich auf einer Bank im Sichtschutz eines Gebüsches nieder. Sie wussten, der Weg für die Angels und ihre Verfolger war um ein Vielfaches länger. Doch die Höllenengel mussten mächtig aufgedreht haben, denn schon bald hörte man das Dröhnen der Maschinen.

Als sie in die Eichenallee zur Villa der Dorrmanns eingebogen waren, hielt der Wagen mit zwei jungen Kriminalbeamten, den Mommsen als eines der unauffälligen Polizeiautos zur Überwachung identifizierte, gerade an der Abzweigung.

Mommsen, der nervös auf der Bank saß, griff zum Handy. „Hört mal, ich bin hier mit Herrn Helmer ganz in eurer Nähe, wir können euch sogar sehen. Wie es aussieht, treffen sich die Angels mit den Donnervögeln in der Villa, ein Stück weiter die Eichenallee entlang, auf der linken Seite. Die Frau des Hauses, Frau Dorrmann, betreibt eine Vermittlung von Ferienwohnungen. Geht ruhig mal hin und lasst euch beraten, ihr seid ja in Zivil, oder? Und stellt eure Lauscher auf Empfang. Versucht rauszukriegen, worum es bei dem Treffen geht. Okay? ... Nee, lasst euch was einfallen. Wir treffen uns."

Sie warteten länger als gedacht.

„Winzig, dieses Dorf", meinte Mommsen.

„Eher nur eine Siedlung", gab Helmer zurück. „Hab gehört, das war früher ein Gut und dann in der DDR natürlich eine LPG. Da hinten kannst noch die typischen grauen Stallgebäude sehen."

Als sie die beiden jungen Kripobeamten wieder zum Wagen gehen sahen, fuhren sie voraus zur Fährhaus-Terrasse.

„Na, was habt ihr euch einfallen lassen?“, wollte Mommsen wenig später von seinen Leuten wissen, die sich selbstbewusst lächelnd zu ihnen gesetzt hatten.

Der Lange räusperte sich und stieß Tommy den Ellenbogen in die Rippen. „Also wir waren bei der Frau Dorrmann, die hat uns jede Menge Ferienwohnungen zwischen hier und Warnemünde angeboten, und uns Bilder der Wohnungen auf'm Bildschirm gezeigt. Eigentlich ziemlich teuer alles, nee, viel zu teuer. Willst mal sehen, die hat uns so 'ne Liste gegeben ...“

„Habt ihr nicht auch etwas, das uns interessiert?“, knurrte Mommsen ungeduldig.

„Ja“, fiel der Lange ein, „draußen auf dem Hof, eher 'n ziemlich großer Parkplatz, da stehen die drei Harley-Maschinen der Angels und zwei blaue Yamahas. Aber von den Typen keine Spur. Ist auch 'n ziemlich großes Haus. Wir saßen in einem Büro mit Blick auf den Parkplatz.“

„Na ja“, übernahm Tommy, „die Ferienwohnungsarie wurde uns ziemlich langweilig, da fing der Lange hier ...“ Er lachte kurz auf. „Also der Lange fängt an, von einer Pobacke auf die andere zu rutschen, ich denk schon: ‚Was hat der bloß?‘, schließlich fragt er, wo die Toilette wäre. Und die Frau Dorrmann, die sagt: ‚Hier im Erdgeschoss, letzte Tür links. Falls besetzt ist, gibt's genau darüber noch eine im ersten Stock.‘“

„Das gab mir natürlich 'ne ganze Menge Bewegungsfreiheit“, setzte der Lange den Bericht fort. „Ich also los. Warum sollte das Klo unten besetzt sein und nicht das obere? Die Tagung unserer Freunde musste also unten stattfinden. In dem langen Flur rührte sich nichts. Im Raum schräg gegenüber vom Lokus waren Männerstimmen zu hören. Vorsichtshalber hab ich noch überprüft, ob jemand auf dem Klo war, damit ich von der Seite nicht überrascht wurde.

Als ich dann lauschte, verstand ich nur Bruchstücke. Die Tür muss ganz schön dick sein. Es ging um irgendwelche Anteile und um Bordelle ... und um Verteiler. Was genau da verteilt werden sollte, wurde erst allmählich klar, als von falschen Banderolen die Rede war, also unversteuerten Zigaretten. Dann ging's auch noch um Schnee und Schwarzen Afghanen, also Rauschgift. Übrigens, die Bordelle werden nicht nur an Land, auch auf den Fähren betrieben. Das lief alles ziemlich ruhig ab, sehr geschäftsmäßig. Dann wurde es plötzlich laut, die da drin kriegten sich wohl in die Wolle. Einer brüllte: ‚Wenn ihr auf den Warnemünde-Fähren einsteigen wollt, dann müsst ihr uns auch auf den Travemünde-Fähren ranlassen!'. Kommt nicht in Frage, hieß es, und wer die Mädchen besorgt, auch die älteren Rechte hätte und besser organisiert sei. Das ging dann mächtig durcheinander.

Als auf einmal Stühle rückten, bin ich schnell rüber ins Klo. Aber die beruhigten sich bald, wenigstens kam keiner aus dem Raum. Auf dem Weg zurück ins Büro hab ich noch mal kurz gelauscht. Da sagte einer: ‚Da müssen wir erst noch den Dingsda – Namen hab ich nicht verstanden – fragen', und ein andrer rief: ‚Was, ihr habt noch einen Boss über euch? Und wir denken, ihr seid hier der

Top!‘ Das war es dann.“

Der Lange lehnte sich zurück und schaute Mommsen erwartungsvoll an.

Der starrte kurz vor sich hin, die Nasenspitze zwischen Daumen und Zeigefinger eingeklemmt, und blickte dann auf. „Ich möcht ja nicht, dass es dir zu Kopf steigt, Langer, aber nicht schlecht, gar nicht schlecht. Habt ihr gut gemacht.“ Dann sah er zu Harald Helmer hinüber. „Der Macko ist der Vorsitzende der Donnervögel. Aber wer mag dieser ominöse Boss sein, der über dem Ganzen steht?“

Harald zog die Schultern hoch, schob die Unterlippe vor und schüttelte ratlos den Kopf.

*

Nur noch drei Brötchen, alle steinhart. Sie glaubt nicht, dass sie verschimmelt sind, denn das Verlies ist knochentrocken. Nur mit Mühe kann sie ein Stückchen abbrechen. Genüsslich lässt sie es im Mund zergehen. Süßer als der schönste Kuchen.

Sie erinnert sich an ein Experiment, das die Bio-Lehrerin mal mit ihnen gemacht hat. Das muss in der Sexta oder Quinta gewesen sein. Einige bekamen Kuchen und die anderen trockenes Weißbrot zum Testen bei geschlossenen Augen, das ihnen vorher auf die Zunge gelegt worden war. Alle behaupteten sie, Kuchen zu schmecken, und waren erstaunt, als die Lehrerin ihnen sagte, sie alle hätten trockenes Weißbrot gelutscht. So hatte sie Stärke und Glucose nachgewiesen. Oder war es Pepsin gewesen?

Trotz angestrengter Konzentration kann sie sich nicht mehr genau erinnern. Solche Gedächtnisübungen helfen ihr aber, zumindest bei klarem Verstand zu bleiben.

Kriminalhauptkommissar a. D. Harald Helmer war mit der Personenfähre zum Priwall übergesetzt. Bis zum Abendbrot blieb noch reichlich Zeit. Von Südwesten her zogen Gewitterwolken auf, aber er schätzte, dass er noch gemütlich zum Rosenhof bummeln konnte, ohne nass zu werden. Bei den ersten Liegeplätzen blieb er stehen und schaute zu den Booten hinunter, die gewissermaßen im Schatten der „Passat" lagen. Dort waren sie, die Rennboote, alle fünf. Halt – nein, das konnte doch nicht angehen! Vorher waren es fünf gewesen, jetzt durften es eigentlich nur vier sein, denn eines war ja von der Polizei beschlagnahmt worden. Ganz klar: Die Donnervögel hatten also eins dazugekauft.

Helmer beobachtete mit zusammengekniffenen Augen, dass einige der Typen sich an den Booten zu schaffen machten. Er erkannte unter ihnen Macko. Eindeutig. Die Gewitterwolken hatten den Himmel verdunkelt, und Macko hatte die breite Sonnenbrille abgenommen. Jetzt kam er geradewegs auf Harald Helmer zu, stutzte kurz, aber es war zu spät, um dem ehemaligen Vorgesetzten auszuweichen.

„Hallo", Macko musste sich räuspern, „das ist ja eine Überraschung – mein Ex-Chef, Harald Helmer! Sag mal, wir haben uns ja lange nicht gesehen." Er streckte eine Hand aus. Auch der schwarze Vollbart konnte nicht verbergen, dass er rot geworden war.

Helmer spielte ebenfalls das Spiel des vom Zufall Überraschten. „Mensch, Macko! Lange nicht gesehen. Sag mal, was machst du denn hier? Bist du nicht mehr bei den Kollegen in Niedersachsen?"

Auf diese und andere Fragen bekam er Halbwahrheiten und platte Lügen zur Antwort und erfuhr weniger, als er ohnehin schon wusste. Die Gegenfrage nach Helmers „hübscher Nichte“ war ebenso schnell wie ausweichend beantwortet. Dann war der Gesprächsstoff erschöpft.

Mackos Handy rettete die Situation. Nach einem kurzen Telefonat, das er einige Meter abseits geführt hatte, kehrte er zurück und entschuldigte sich mit den Worten, er müsse dringend noch einmal hinunter zu den Booten. Mit dem nichtssagenden „Man-sieht-sich“ trennten sie sich. Helmer schlenderte weiter. Von der Seglermesse schaute er zur „Passat“ zurück. Unten bei den Rennbooten sah er deutlich, wie Macko seine Kumpanen auf ihn aufmerksam machte. Einer von ihnen fotografierte ihn sogar. Harald fragte sich, ob die Donnervögel ihn nun auch ins Visier genommen hatten. Das Donnergrollen des Gewitters war inzwischen bedrohlich nah, sodass er die Schritte beschleunigte, um trocken nach Hause zu kommen.

Tina Menges und Ole Marquardt gingen die Marlesgrube hinunter und bogen nach links in die Straße „An der Obertrave“ ein. Seit einigen Tagen wohnte sie nun schon bei ihm, und nun wollten sie aus ihrer Wohnung noch einige Dinge holen.

„Tina, hast du das Fenster offen gelassen?“

Sie erstarrte. Tatsächlich, das Fenster ihres Wohnzimmers zur Straßenseite war nur angelehnt! Sie erinnerte sich deutlich, dass sie alle Fenster kontrolliert hatte, als sie gegangen waren.

Als sie das Entrée betraten, verschlug es ihnen die Sprache, und Tinas schlimmste Befürchtungen bewahrheiten sich: Es war eingebrochen worden.

Nach einem kurzen Rundgang durch die verwüstete Wohnung war es mit ihrer Beherrschung vorbei. Tina sank auf die Knie, schlug die Hände vors Gesicht und heulte hemmungslos.

Ole stand hilflos neben ihr, er wusste, wie stolz sie auf die Wohnungseinrichtung gewesen war und dass kein Wort des Trostes sie beruhigen konnte. Sich die Stirn massierend, sah er sich um. Ein Vandale war hier am Werke gewesen. Das Chaos, das er angerichtet hatte, war unbeschreiblich.

Tina erhob sich irgendwann und ließ sich von Ole die Tränen abtupfen. „Komm", bat sie heiser, „ich kann nicht mehr. Was ich holen wollte, finde ich in diesem Chaos ohnehin nicht."

Ihre sonst so weichen Gesichtszüge waren einem harten Ausdruck gewichen. Kein Vorwurf, kein Wort über den Täter und dessen Motiv, obwohl sie beide ahnten, wer das getan hatte und warum: Es war die Rache für die Buttermilch.

Tinas Gesichtsausdruck versprach Vergeltung.

Die Travemünder Woche, der sommerliche Höhepunkt des beliebten Seebades, hatte begonnen. Nicht nur die Segelwettbewerbe lockten Fans, Feriengäste und Tagesbesucher an. Zahlreiche Veranstaltungen und Attraktionen an Land machten den normalerweise schon lebhaften Ort zum Tummel- und Rummelplatz.

Tina war froh, auch dieses Jahr an Land arbeiten zu können und nicht die Regatten begleiten zu müssen, obwohl sie ungern den schweren Fotoapparat mit sich herumschleppte. Segelkundigere Kollegen kümmerten sich um die Regatten, während sie zwischen Ausstellungen, dem gemeinsamen Medienzelt des NDR und des LM sowie den zwei Bühnen pendelte und ein Interview nach dem anderen führte. Es war so hektisch wie jedes Jahr. Deutschlands größte Beach-Party am Wochenende mit sechs verschiedenen Beachclubs bedeutete für alle Großeinsatz.

Sie gönnte sich eine kurze Pause und trank einen Espresso bei Niederegger. Wie immer saß sie auf der Kaiseite der Vorderreihe und beobachtete die flanierenden Besucher. Es war das alte Spiel vom Sehen und Gesehen-Werden. Plötzlich zuckte sie zusammen. Durch eine Lücke in dem dichten Gedränge sah sie den Buttermilch-Typen, heute in feschem Seemannspulli und weißen Jeans. Er baggerte gerade zwei flotte Bienen an. Neugierig stand sie auf, um ihn besser sehen zu können.

Er wies soeben nach unten in Richtung Kai und dann nach draußen auf die Lübecker Bucht. Wollte er die beiden auffordern, mit ihm hinauszufahren? Die zwei jungen Frauen folgten ihm jedenfalls bereitwillig.

Tina warf schnell das Geld für den Espresso auf den Tisch und eilte zur Kaimauer. Aus dem Gedränge heraus konnte sie unbemerkt fotografieren. Dort unten lagen drei der Rennboote, alle mit großen Kühltaschen als Minibars ausgestattet, sie erkannte je einen Bootsführer und einen Begleiter, der wohl Barkeeper und Unterhalter gleichzeitig spielen sollte. Die Besatzungen waren wie der Buttermilch-Typ gekleidet. War das die neue Uniform der Donnervögel?

Das erste der drei Boote legte gerade ab. Tina glaubte, diesen Macko am Steuer zu erkennen, der gerade über Handy telefonierte. Unten half der der Buttermilch-Typ seinen Eroberungen galant ins Boot, stieg hinzu und machte sich gleich an den Getränkevorräten zu schaffen. Die zwei unternehmungslustigen jungen Frauen genossen auf der Rückbank das Abenteuer, die Aufmerksamkeit der Meute am Kai und kurz darauf auch die ihnen gereichten Drinks sichtlich.

„Das machen die nicht aus Nächstenliebe", erklang eine Stimme hinter Tina.

Es war Jan Mommsen. Sie begrüßten sich.

„Der da unten ist der Typ, der bei mir eingebrochen ist", stellte Tina fest.

„Von dem Sie *glauben*, dass er eingebrochen ist", verbesserte er sie. Tina erwiderte nichts, Mommsen deutete auf das eben abfahrende Boot. „Ich wüsste ja zu gern, ob Macko gerade mit seinem Boss telefoniert."

Tina war überrascht. „Seinem Boss? Ich denk, *er* ist jetzt der Chef!"

„Dachte ich auch bislang, aber da ist offenbar noch eine graue Eminenz, die sich hier nicht sehen lässt." Er zeigte auf das Boot der Wasserschutzpolizei, das sich mit dem Langen und seinem Kollegen Tommy an Bord dem Kai näherte. „Kommen Sie mit? Wir wollen unsere Freunde im Auge behalten."

Tina schüttelte den Kopf. „Ich muss arbeiten."

Sie verabschiedeten sich.

Auf dem Weg zur Trave-Bühne sah sie, wie das Boot mit dem Buttermilch-Typen ablegte, verdrängte die Gedanken an den Einbruch und freute sich auf das Konzert von Dual Drive.

Kriminaloberkommissar Jan Mommsen stand auf dem Polizeiboot und richtete das Fernglas mal auf das vordere Rennboot, dann auf das des Buttermilch-Typen. Letzterer hatte aufgehört zu telefonieren, während Macko immer noch redete und das Gesagte dabei mit weit ausholenden Gesten unterstrich. Die zwei hatten also nicht miteinander telefoniert.

„Sagt mal", wandte Mommsen sich an seine zwei Begleiter, „Handyverbot am Steuer, gilt das eigentlich auch auf dem Wasser?"

Die beiden schauten sich an und zuckten mit den Schultern. „Haben wir uns auch schon oft gefragt", meinte der Rudergänger, der die Frage gehört hatte, „aber hier gilt eben nicht die Straßenverkehrs-, sondern die Wasserstraßen- und weiter draußen die Seewasserstraßenordnung, und dazu haben wir noch keine Regelung."

„Schade", sagte Mommsen und behielt Macko weiterhin im Visier. Der war jetzt auf Höhe des Hotelturms vom „Maritim" und schaute immerzu nach links oben. „Mit wem der wohl die ganze Zeit über redet?"

Der Lange schüttelte den Kopf. „Keine Ahnung", murmelte er.

Tommy wiegte den Kopf hin und her, schaute nun seinerseits den Hotelturm hinauf. „Kann ich mal?"

Der Rudergänger gab ihm sein Fernglas. Tommy suchte die Balkone ab. „Da – da oben, eins, zwei, drei Etagen von oben, zweiter Balkon von rechts, da steht einer, guckt mit einem Fernglas hier runter und telefoniert auch."

Mommsen griff nun nach dem Fernglas. Als er sich orientiert hatte, bemerkte er eine Gestalt, die gerade vom Balkongeländer zurückwich. „Verdammt, weg ist er", fluchte er. „Ich hab nur gesehen, dass es ein Mann mit weißen Haaren war. Und du?"

„Viel mehr auch nicht", gab Tommy zu. „Er muss aber ziemlich groß sein. Und er trug ein dunkles Jackett. Wenn ich mich nicht irre, so eins mit Metallknöpfen."

„Ein Sakko?", hakte der Lange nach.

„Wahrscheinlich", bekam er zur Antwort. Mommsen richtete das Fernglas wieder auf Mackos Boot. Der hatte sein Telefonat beendet und schaute jetzt mit seinem Fernglas zu ihnen herüber. Beinahe kollidierte sein Boot mit einem Segler, weil Macko so abgelenkt war.

Mommsen deutete hoch zum Hotel. „Stollner hat auch irgendwo da oben gewohnt."

„Kann man ja rauskriegen, wer da jetzt wohnt", meinte der Lange.

In der Bucht fuhren die beiden Rennboote nebeneinander her, unterließen aber jene Rowdy-Aktionen, die sie so unbeliebt gemacht hatten. Nur einmal, als sie die Bahn der Katamarane kreuzten, wurden sie von der Wettfahrtleitung über Megafon angebrüllt.

Mommsen ließ die Rennboote nicht aus den Augen. Plötzlich trennten sich die Donnervögel. Das eine Boot fuhr nach Backbord in Richtung Möwenstein, der Katamaran- und Jollenstation des Lübecker Yachtclubs, während Macko nach Steuerbord auf die mecklenburgische Küste zuhielt. Das Polizeiboot folgte keinem der beiden, sondern fuhr ein Stück weiter auf die Bucht hinaus und trieb dann zwischen zwei Regatta-Bahnen. Von dort konnten Mommsen und seine Leute beide Rennboote im Blick behalten, ohne selbst gesehen zu werden.

„Was wollen die denn da hinten?“ Tommy wies zum Brodtener Ufer hinüber. Der Renner mit dem Buttermilch-Typen an Bord war über Möwenstein hinausgefahren.

„Die Steilküste zum Restaurant kommen die nie im Leben hoch.“

Mommsen nickte. „Ein Ablenkungsmanöver! Die haben was anderes vor!“

Mackos Boot fuhr jetzt nahe am Strand entlang, offenbar wollte er an einem der Stege anlegen.

„Weiß jemand, wo's da hingeht?“

„Da führt ein Wirtschaftsweg rauf nach Rosenhagen“, sagte der Rudergänger, „das ist eine kleine Siedlung.“

„Kommt man von da nach Pötenitz?“, wollte Mommsen wissen.

„Problemlos“, war die Antwort.

Plötzlich holte Mommsen tief Luft und starrte ungläubig nach vorn. „Langer, ruf schnell den Polizeiposten in Dassow an! Die sollen *sofort* nach Pötenitz fahren, zum Haus von Dorrmann, Eichenallee. Verdacht auf Entführung.“ Und zum Bootsführer: „Los, dreh auf, schnell hin!“

Die Maschine des Polizeiboots heulte auf.

Das Rennboot hatte am Steg festgemacht, die beiden Männer schleppten die zwei Frauen an Land. Ein Offroader in auffälligem Rot raste zum Strand hinab und hielt. Die Frauen wurden hineingestoßen, und auch Macko und sein Kumpan stiegen zu. Der Wagen raste los und war längst verschwunden, als das Polizeiboot in Rufweite des Stegs kam. Das Fahrzeug-Kennzeichen konnten sie nicht mehr lesen.

Mommsen fluchte sein ganzes Repertoire durch.

Sie machten hinter dem Rennboot fest und untersuchten es. Der Startschlüssel war abgezogen.

„Da!“ Tommy hatte zwischen den Polstern etwas entdeckt: ein flaches schwarzes Lacktäschchen. Es gehörte offenbar einer Bettina Horten aus Düsseldorf, wie die Papiere darin verrieten.

Mommsen sah sich nachdenklich auf dem Boot um und knetete. seine Nasenspitze. „Macht es los“, sagte er schließlich zu seinen Begleitern, „wir nehmen es in Schlepp. Da muss die Spurensicherung ran.“

Auf dem Rückweg meldete sich einer der zwei Polizisten, die von Dassow nach Pötenitz gefahren waren. Bei Dorrmanns in der Eichenallee sei niemand zu Hause, die Garage verschlossen, ein Fahrzeug nicht in Sicht. Mommsen bedankte sich. Seine Stimmung näherte sich dem Tiefpunkt.

Kurz vor der Mündungseinfahrt kam ihnen das dritte Rennboot entgegen und fuhr dicht an sie heran.

„Wir wollten das Boot gerade vom Rosenhagen-Steg abholen“, rief der Bootsführer herüber. „Können wir es Ihnen abnehmen?“

Diese Dreistigkeit ließ Mommsen ausrasten, seine Stimme überschlug sich fast. „Hauen Sie ab, sonst nehmen wir Ihr Boot auch noch in Gewahrsam!"

Tommy und der Lange schauten sich stirnrunzelnd an. So unbeherrscht kannten sie ihren Vorgesetzten nicht. Sie drehten ab.

Für Mommsen hatte der kurze Ausbruch Ventilwirkung. „So, Jungs, der Macko ist jetzt reif", stellte er ganz ruhig fest.

Es kam allerdings anders.

Tina Menges hatte das Dual-Drive-Konzert nicht so gefallen wie erwartet. Zu kurz, zu flach, kein echter Drive. Ihre Interviews bestätigten ihr Urteil. Zwar gab es Fans, die keine Kritik an Dual Drive zuließen, aber die Mehrheit der Befragten machte einen unzufriedenen Eindruck. Die Konkurrenz war groß, und die Ansprüche an gute Musik stiegen.

Auf dem Weg zum Medienzelt, das der LM sich mit dem NDR teilte, sah sie, wie das Rennboot mit dem Buttermilch-Typen an Bord am Steg des Lübecker Yachtclubs festmachte. Zwei Männer und zwei Frauen stiegen aus und gingen hinauf zum Imbiss-Stand. Sie schienen bester Laune, gackerten albern und schienen nicht allzu sicher auf den Beinen zu sein. Die vier waren zu sehr mit sich selbst beschäftigt, als dass sie Tina bemerkt hätten. Schnell eilte sie zum Steg hinunter, an dem während der Regatten nichts los war. Die Donnervögel hatten die Festmacher nur lose über zwei Poller gelegt. Im Vorbeigehen schob Tina sie mit dem Fuß hoch, sodass sie ins Wasser plumpsten. Als sie wieder oben im Getümmel angekommen war, trieb das Boot bereits hinaus.

Sie beobachtete das kleinere Polizeiboot mit Michelles Freund Kevin am Steuer, das wieder hereinkam und dessen Führer das treibende Boot bereits gesichtet zu haben schien.

Die Wasserschutzpolizisten nahmen es auf den Haken und schleppten es zum Polizeianleger, an dem nun zwei Rennboote einträchtig nebeneinander lagen.

Tina wollte den Triumph auskosten und wartete in der Menge, bis die vier mit Fischbrötchen bewaffnet zum LYC-Steg zurückgingen. Zunächst suchten sie ihr Boot, als hätten sie vergessen, wo sie es festgemacht hatten. Plötzlich wies eine der Frauen laut lachend zum Polizeisteg hin. Beide Männer konnten die Freude nicht teilen und schlurften, ohne sie weiter zu beachten, zum Anleger.

Wie erhofft sah Tina am Kopfschütteln der Polizisten, dass sie das Boot nicht herausgeben würden. Geschlagen trotteten die zwei Kerle zur Personenfähre, um zum Priwall überzusetzen. Zufrieden wandte Tina sich ab.

Mommsen schnaubte vor Wut. Seine Vorstellung, Macko zur Fahndung auszuschreiben und kurz darauf einzubuchten, war wie eine Seifenblase zerplatzt. Sein Vorgesetzter war der Meinung, den Drahtzieher hinter den Donnervögeln bekäme man nur, wenn die Dorrmann-Truppe an der langen Leine blieb. Aber immerhin hatte Mommsen die richterliche Genehmigung zum Abhören von Mackos Handy durchgesetzt.

Erfreulich war auch, dass zehn zusätzliche Leute genehmigt wurden, da sich der Tatbestand der Organisierten Kriminalität durch die Entführung bestätigt hatte. Das war zwar immer noch eine kleine Kommission, aber die Handlungsfähigkeit wurde dadurch erweitert.

Von den zwei jungen Frauen, die von Macko und seinem Kumpanen am Rosenhagen-Steg an Land gebracht worden waren, fehlte jede Spur. Frau Dorrmann wusste angeblich nicht, wo ihr Mann sich aufhielt, und konnte ihn auch telefonisch nicht erreichen. Er sei auf einer Geschäftsreise in Polen und habe sich noch nicht gemeldet. Auf die Frage, ob er mit einem knallroten Offroader unterwegs sei, stutzte sie zunächst, stellte sich dann ganz dumm und erwiderte, Horst sei mit dem Motorrad unterwegs.

Die neuen Kommissionskollegen, die diese Befragung durchgeführt hatten, machten den Fehler, die Garagen nicht zu kontrollieren. Mommsen tobte, und als sie ein zweites Mal hinfuhren, war natürlich niemand mehr anzutreffen.

Die Handtasche, die sie gefunden hatten und die einer der beiden entführten Frauen gehörte, enthielt außer den Papieren auch einen Zimmerschlüssel des Hotels „Sonnenklause" in der Travemünder Kaiserallee, gleich hinter der Kurpromenade. Sie erfuhren, dass Bettina Horten aus Düsseldorf mit ihrer Freundin Rita Bauer, die ebenfalls von dort stammte, seit einer Woche ein Doppelzimmer bewohnte, aber beide seit dem Vortage nicht gesehen worden waren.

Mommsens Gespräch mit der Direktion des „Maritim" war nicht gerade erfolgreich gelaufen. Diskretion wurde dort groß geschrieben. Das Appartement im drittletzten Stock gehöre einer Fabrikantin aus Nürnberg, Verena Plotz hieße die. Was sie fabriziere? – Schulterzucken.

Sie sei am Tag zuvor abgereist. Ob sie einen hochgewachsenen, grauhaarigen Gast gehabt habe, könne man wirklich nicht sagen, denn es gäbe genügend Gäste, auf die diese Beschreibung passe.

Auf dem Weg durch das Foyer hatte Mommsen sich überzeugen können, dass diese Feststellung der Wahrheit entsprach. Allein in diesem Moment zählte er dort drei große, silberhaarige Männer. War einer von ihnen derjenige, der von dort oben mit Macko telefoniert hatte? Ein Sakko trug allerdings keiner der Herren.

Was Frau Plotz aus Nürnberg produzierte, war leicht zu erfahren. Ihre Textilfabrik stellte modische Kleidung unter dem Markennamen „Scala della Moda“ her. Die Abhörgenehmigung hatte bislang nichts erbracht. Die Pötenitzer Festnetznummer der Ferienwohnungs-Vermittlung wurde nur von Frau Dorrmann für Geschäftsgespräche benutzt. Mackos Handy blieb stumm und war nicht zu orten.

Je zwei seiner Leute schickte Mommsen zu den Fähr-Terminals in Travemünde und Warnemünde. Außer der Kontrolle der Fracht- und Fahrgastlisten hatten die Abgesandten dort auch den Auftrag, die Überfahrten mitzumachen. Sie stellten fest, dass es die vermuteten Bord-Bordelle vor allem auf den Lastwagen-Fähren gab. Die Kapitäne der Landstraße nutzten die Stunden auf See nicht ausschließlich als Ruhepausen.

Das Geschäft schien reibungslos zu funktionieren. Die Nutten – Deutsche, Däninnen und Baltinnen – arbeiteten offenbar auf eigene Rechnung. Wenigstens hatte man keine Zuhälter entdeckt.

Ob sie Abgaben machen mussten, war nicht zu erkennen. Macko und die zwei Düsseldorferinnen blieben verschwunden.

Im Rostocker Gewerbegebiet Süd fiel dem Langen auf einem Gelände mit Gebrauchtwagen ein roter Offroader auf: ein Toyota, der dort für 17.500 Euro zum Verkauf angeboten wurde. Der junge Angestellte des Geschäfts war nicht gerade auskunftsfreudig, und der Lange musste ihm erst mit der Überprüfung sämtlicher Geschäftsunterlagen drohen, ehe der Mann den Fahrzeugbrief herausrückte. Der Toyota hatte zuletzt eine NWM-Nummer gehabt und auf eine Frau Anita Dorrmann aus *Pötenitz* zugelassen.

Die „Eliza IV" war im Warnemünder Hafen nicht zu finden. Mommsen hatte von Tina erfahren, dass die Frau ihres Rostocker LM-Kollegen Ulf Sattler dort im Tourismusbüro arbeitete. Als die Kripoleute ihr Fotos von Macko zeigten, erinnerte sie sich, dass sie diesen Mann am Ruderstand der „Eliza IV" gesehen hatte, als diese gerade auf See hinauslief. Nein, andere Personen waren nicht an Bord gewesen, jedenfalls nicht an Deck.

Mommsen ließ seine Leute die Küste zwischen Warnemünde und Travemünde abklappern. Auf der Insel Poel nördlich von Wismar wurden sie fündig. Im kleinen Hafen von Kirchhof lag die Jacht, vertäut und winterfest verpackt. Der Eigner habe Stegmiete bis nächsten März bezahlt, erfuhren sie vom Besitzer des Anlegers. Ja, das sei der auf dem Foto; nein, andere Personen seien nicht an Bord gewesen. Kontaktadresse? – Keine, nur eine

Handy-Nummer. Mehr war aus dem wortkargen Fischer beim besten Willen nicht herauszukriegen.

Wenigstens etwas, dachte Mommsen. Doch es war eine dänische Nummer ohne Ortungsfunktion. Auf Anrufe gab es keine Reaktion.

Wie groß war seine Überraschung, als er aus der „Sonnenklause“ erfuhr, die zwei Düsseldorferinnen seien wieder aufgetaucht und sogleich abgereist! Abgesehen von Übermüdung sei ihnen nichts anzumerken gewesen. Aber das sei man ja gewöhnt bei jungen Leuten, die tagsüber am Strand in der Sonne brieten und nachts auf Disko-Tour gingen. Auf den Hinweis, dass die Polizei sich nach ihnen erkundigt habe, hätten beide nicht reagiert.

Mommsen hatte die Adressen der Damen und bat die Kollegen in Düsseldorf um Amtshilfe.

Zwei Tage später kam die Rückmeldung.

„Ziemlich unergiebig“, erklärte die Düsseldorfer Kollegin. „Wir haben die beiden jungen Damen eine Stunde lang befragt. Zuerst einzeln, dann zusammen. Offenbar hatten sie sich abgesprochen, was sie sagen wollten, denn die Antworten glichen sich fast wortwörtlich. Immerhin war ihnen das Abenteuer höchst peinlich. Ihren Familien hatten sie nichts davon erzählt.“

„Und sagten sie, dass sie zur Prostitution gezwungen wurden?“, wollte Mommsen wissen.

„Nein. Aber wir hatten den Eindruck, dass es so war.“

„Wie kamen sie wieder frei?“

„So, wie sie es darstellten, waren sie zwei Tage auf einer großen Motorjacht, von der sie nachts, als niemand aufpasste, fliehen konnten. Übrigens, eine Anzeige wegen

Entführung und Freiheitsberaubung wollten sie nicht erstatten. Für sie sei die ganze Sache nun erledigt."

Mommsen bedankte sich und legte auf. Wo kein Kläger, da kein Richter, dachte er resigniert. So frustrierend konnte Ermittlungsarbeit manchmal sein.

Mit dem Telefonanruf konnte Harald Helmer zunächst nichts anfangen. Ob er seine Buchung bestätigen wolle? Normalerweise tat er so etwas als lästige Telefonwerbung ab und legte auf. Als die weibliche Stimme sich dann als Ferienwohnung-Vermittlung in Pötenitz identifizierte, stutzte er. Die Dame wollte wissen, ob sie mit Herrn Helmer in der Seniorenresidenz Rosenhof in Travemünde verbunden sei.

„Ja, schon, aber hören Sie, ich kann mich nicht daran erinnern, eine Ferienwohnung gebucht zu haben", protestierte Helmer.

„Doch, doch. Vielleicht nicht Sie selbst, aber unter Ihrem Namen wurde vorige Woche telefonisch ein Ferienappartement in Ahrenshoop im Fischland gebucht, und zwar für die Zeit vom 16. bis 30. September."

„War das eine Männer- oder eine Frauenstimme, die das bestellt hat?"

„Der Angestellte, der die Buchung annahm, sagte, er hat mit Herrn Helmers Tochter gesprochen."

Nun war Harald sicher, dass die Dame log, denn die Ferienwohnungs-Vermittlung Dorrmann in Pötenitz hatte keine Angestellten. Das wusste er genau. Er hätte gerne herausgefunden, was sie mit dem Anruf bezwecken wollte. Er zweifelte nicht daran, dass Macko dahintersteckte. Doch was konnte der von ihm wollen? Er wusste doch, dass Helmer keine Tochter hatte! „Vielleicht hat Ihr Angestellter mit meiner Nichte gesprochen."

„Schon möglich. Unser Angestellter sagte, der Aufenthalt ist ein Geschenk", erklärte Frau Dorrmann.

Dass sie die Frau am anderen Ende war, bezweifelte er nun nicht mehr. Jetzt log Harald Helmer, um das Gespräch in der Hoffnung auszudehnen, dass die Dame etwas über die Hintergründe der angeblichen Buchung verraten würde. „Ja, ich habe tatsächlich in einer Woche einen runden Geburtstag. Das soll sicher eine Überraschung sein. Sagen Sie, was für eine Wohnung ist das denn?"

„Das ist ein tolles Angebot, das kann ich Ihnen schon mal versichern. Sie hat Bodden-Blick, liegt in einem sehr gediegenen Haus. Wie gesagt, ein Top-Angebot. Aber mehr verrate ich nicht, denn sonst ist es ja keine Überraschung mehr. Jedenfalls danke ich Ihnen für die Bestätigung der Buchung. Einen schönen Tag noch." Sie legte auf, bevor er etwas entgegnen konnte.

Ein Blick auf den Wandkalender bestätigte, dass heute der erste September war. Einen Sinn konnte er in dem Anruf immer noch nicht erkennen.

Als er die Nummer der Ferienwohnungs-Vermittlung herausgefunden hatte und dort anrief, nahm niemand ab. Er wählte Tinas Handynummer. Wie erwartet, hatte sie nichts mit der Sache zu tun. Noch nachdenklicher machte ihn jedoch ihre Überlegung, warum man ihn nach Ahrenshoop einlud.

„Sag mal, Onkel Harald, ist da zwischen dir und diesem Macko eine Rechnung offen?" Tina klang besorgt.

Doch er konnte sich nicht vorstellen, dass Macko ihm etwas anhaben wollte. Sie waren zwar nie besonders vertraut miteinander gewesen, aber Zwist oder Streit hatte es auch nicht gegeben. Harald Helmer beschloss, auf keinen Fall nach Ahrenshoop zu fahren.

Willy Münt hatte Tina Menges gesucht und gefunden. Sein Ex-Kollege, der damals auf der Motorjacht „Urika" angeheuert hatte, sei gerade auf Landurlaub; er fragte sie, ob sie diesen nicht mal interviewen wolle. Natürlich wollte sie das und lud die beiden Seeleute für nachmittags in die „Sonne" auf ein Bier ein.

„Nee, min Line will nich, dat ick in 'n Krog gah. Schon gor nich bi mi anne Eck", sagte Münt, und was seine Frau Line sagte, war für ihn Gesetz.

So trafen sie sich in der Stadtbäckerei in der Vorderreihe. Werner Paulsen sah man an, dass er etwas Alkoholhaltiges dem Kaffee vorgezogen hätte, doch er beschränkte sich auf die Bemerkung, dass Willy Münt während ihrer gemeinsamen Fahrenszeit nicht so abstinent gewesen sei.

„Dor weer ick ook noch nich verheirat", war Willy Münts Erklärung.

Tina hatte in der Bildredaktion des *Lübecker Morgen* Abzüge der Fotos machen lassen, die sie während der Travemünder Woche von Macko schießen konnte. Paulsen betrachtete die Aufnahmen lange und wiegte bedächtig sein Haupt.

„*Könnt* er sein ... oder nicht? ... Doch! Das isser!", rief er schließlich, als Tina den Vollbart des Mannes auf dem

Bild weitgehend abdeckte.

Kein Zweifel, der sei an Bord gewesen an dem Abend, als die Nutte über Bord ging. Dieser Mann sei nur gelegentlich auf der „Urika" gewesen, aber ganz bestimmt an jenem Abend. Wie er gerufen worden sei? – Keine Ahnung. Macko vielleicht? – Achselzucken. Aber der Mann auf den Fotos sei eindeutig dabei gewesen. „Der und so 'n Langer, so 'n Dünner, die ham die Köppe immer zusammengesteckt." Das könne er beschwören.

Willy Münt feixte und zupfte an einem Ohrläppchen. Grund für Rachegelüste hatte er jedenfalls, auch wenn seine körperlichen Beschwerden nach den Rempeleien der Donnervögel längst verflogen waren.

Als Tina gegangen war, saßen die beiden Seeleute noch ein Weilchen zusammen und plauderten. Erst als sie aufstanden, merkten sie, dass Tina ihr Halstuch auf dem Stuhl liegengelassen hatte.

„Nehm ick mit ton Angeln. Se kümmt dor liekes vörbi."

Immerhin hatte Jan Mommsens Kommission einiges über Maja – Hannelore Rieger –, die Nürnberger Modefabrikantin Verena Plotz sowie Herwig Svensson alias Stollner herausgefunden. Hannelores Vater war Professor an der Uni Dresden gewesen, am Institut für Kernphysik. Anfang der Achtziger war er wegen Spionagevorwurfs verhaftet worden, kam aber erstaunlicherweise frei, nachdem seine Tochter sich für ihn eingesetzt hatte. Wie sie das bewerkstelligte, war ihrer ehemaligen Freundin ein Rätsel, von der diese Informationen stammten. Hannelore sei auch kurz danach weggezogen.

Sie hätten sich nur einmal noch kurz getroffen, aber es schien, als arbeite sie für die Stasi. Die Eltern seien noch vor der Wende gestorben, andere Familienmitglieder gäbe es nicht. Die Mutter war eine angesehene Violinistin gewesen. Mit dem Vater am Klavier und Hannelore am Cello bildeten sie ein Trio, das nicht nur Hausmusik pflegte. Jan Mommsen nahm an, die Rieger-Tochter war durch die Verhaftung des Vaters in den Dienst der Stasi gepresst worden.

Dass Verena Plotz ebenfalls aus Dresden stammte, erwies sich als bedeutungslos. Zunächst hatte Mommsen erwartet, es ergäben sich Zusammenhänge, aber die einzige Parallele bestand darin, dass die Dame noch vor der Wende die DDR verlassen hatte, wie viele andere auch. In Bayern hatte sie sich als Mode-Designerin etabliert und dabei viel Geschäftssinn entwickelt. Der entscheidende Schub kam aber erst mit der Wende. Inzwischen war „Scala della Moda“ auch international tätig, Frau Plotz geschieden und noch immer kinderlos. Von einem hochgewachsenen, weißhaarigen Partner oder Freund wusste man nichts. Ganz abhaken konnte man Verena Plotz dennoch nicht, denn die graue Eminenz hatte damals vom Balkon ihres Appartements im „Maritim“ mit Macko telefoniert.

In Boltenhagen erinnerte sich ein schon zu DDR-Zeiten pensionierter Lehrer an Herwig Svensson. „Wiggo war ein Überflieger. Alles fiel ihm zu. Damit konnte er sein trauriges Schicksal kompensieren. Die FDJ war seine Familie“, erklärte er.

Herwigs Mutter war früh gestorben, der Junge wuchs

im Waisenhaus auf, seinen Vater kannte er nicht. Ob der vielleicht Stollner hieß, konnte der ehemalige Lehrer nicht sagen. Nach der Schule sei Herwig nach Rostock gegangen, und er habe ihn aus den Augen verloren. Es hieß, er hätte in Berlin Parteikarriere gemacht.

Doch in den Akten der Behörde für Stasi-Unterlagen gab es keine Spur. Mommsen war überzeugt, dass ein hochrangiger Parteifunktionär in den Wirren der Wende keine Schwierigkeiten hatte, alle Hinweise auf seine Existenz rechtzeitig verschwinden zu lassen. Offensichtlich hatte Wiggo ja auch eine ansehnliche Summe aus dem Parteivermögen beiseitegeschafft.

Herwig Svensson oder Stollner musste ein Mann mit Weitblick gewesen sein. Dennoch hatte seine Vergangenheit ihn grausam eingeholt.

Jan Mommsen seufzte frustriert. Außer Berichtspflichten hatten all diese Recherchen nichts ergeben, was ihn wirklich weiterbrachte. Obendrein blieb Macko verschwunden.

Macko. Alle nannten ihn schon so, als Mommsen zur Maja-Kommission, damals unter Leitung Harald Helmers, stieß. Er hätte ihn eher „Teddy" genannt, denn dieser Horst Mackensen bewegte sich wie ein Bär, irgendwie tapsig. Was hatte der bloß vor? Für immer konnte er sich ja nicht verdrücken. Mackos Vermählung war ganz offensichtlich keine Liebesheirat gewesen, aber immerhin hatte er sich eine neue Existenz geschaffen, wenn die auch teilweise außerhalb der Legalität lag.

Mommsen hatte nochmals vorgeschlagen, Macko zur Fahndung ausschreiben zu lassen, aber sein Chef hatte abgelehnt – mit dem Argument, dass der Prozess in Lüneburg frühestens in einem halben Jahr beginnen würde. Dass er gesucht wurde, wisse Macko ja ohnehin.

Mommsen war alles andere als zufrieden, denn auch die Spurensicherung an den beiden Rennbooten hatte keine relevanten Ergebnisse gebracht.

Sein Telefon klingelte.

„Ich hab eben mit Werner Paulsen gesprochen, einem Freund von dem Angler, Willy Münt. Er schwört Stein und Bein, dass Macko damals mit Maja auf dem Boot war und würde das auch beeiden", sagte Tina. Sie klang aufgeregt.

„Hab ich doch den richtigen Riecher gehabt!", jubelte Mommsen. „Kein Wunder, dass der so ausgerastet ist, als ich ihm das auf dem Kopf zusagte. Aber", er stockte, „im Moment hilft uns das wenig, denn Macko ist wie vom Erdboden verschluckt."

Harald Helmer ließ die Geschichte mit dem Urlaub in Ahrenshoop keine Ruhe. Mehrmals hatte er versucht, die Ferienwohnungs-Vermittlung in Pötenitz anzurufen, aber niemand nahm ab. Wie betrieben die denn ihr Geschäft, wenn sie nicht ans Telefon gingen? Schließlich wurde ihm klar, dass die seine Nummer gespeichert haben mussten. Wenn er von seinem Anschluss anrief, erschien sein Name im Display, und sie nahmen nicht ab.

Mensch, Harald Helmer, dachte er, das hätte dir im Dienst nicht passieren dürfen, du lässt nach. Er rief nun von der Telefonzelle im Rosenhof an, und, siehe da, Frau Dorrmann meldete sich. Er versuchte, seine Stimme höher als gewöhnlich klingen zu lassen.

„Hier Schmidtchen im Rosenhof", sagte er kurzatmig. „Ich hab da mal eine Frage. Herr Helmer, der wohnt auch hier, hat mir erzählt, Sie haben da ein tolles Angebot in Ahrenshoop. Ich würde mich da gern anschließen. Geht das? Ist da noch was frei?"

Frau Dorrmann erwiderte nichts. Helmer meinte, sie nachdenken zu hören. Endlich räusperte sie sich und sagte, es sei alles ausgebucht, sie könne ihm nur etwas in Rerik anbieten.

„Nee", japste Helmer, „das interessiert mich nicht. Ich will ja mit meinem Nachbarn Helmer mit." Er dankte und legte auf.

Klüger war er durch das Telefonat nicht geworden. Dennoch konnte er davon ausgehen, dass er die Dorrmanns verunsichert hatte. Das war immerhin etwas.

Er staunte über sich selbst. Bislang hatte er seinen Beruf als Kriminalist weit hinter sich gelassen. Jetzt spürte er etwas, das zwar noch nicht so stark wie das Jagdfieber vergangener Tage, aber nicht mehr weit davon entfernt war. Vielleicht, sagte er sich, bricht auch nur das verdrängte Unbehagen am Fall Maja hervor. Immer häufiger verfolgte er in Gedanken die einzelnen Fäden, denen sie damals nachgegangen waren.

Maja hatte Golf gespielt, und war dort als unnahbare und etwas verbissene Spielerin bekannt gewesen. Harald Helmer fragte sich, ob sie die Recherchen im Golf-Klub nicht hätten vertiefen sollen.

Womit Maja ihr Geld verdiente, konnte doch nicht allen verborgen geblieben sein. Doch es brachte nichts, sich Vorwürfe zu machen. Es war zu spät. Wirklich? Er nahm sich vor, einen langen Spaziergang zum Brodtener Ufer zu machen und sich im Golf-Klub umzuschauen.

Ein zweiter Ansatz war die Camerata Holsatia, das Amateur-Kammerorchester, in dem sie Cello gespielt hatte. Vielleicht gab es da eine Person, die mehr über Hannelore Rieger wusste, als sie damals in Erfahrung gebracht hatten. Apropos Cello. Jan Mommsen hatte ihm erzählt, dass sie mit ihren Eltern in Dresden nicht nur Hausmusik gemacht hatte, sondern auch öffentlich aufgetreten war.

Auf gut Glück suchte Harald Helmer im Internet nach Hinweisen. Da gab es ein Blatt, das sich schon zu DDR-Zeiten „Dresdner Kulturnachrichten" nannte. Und, o Wunder, deren Archiv war digitalisiert worden! Er gab dort das Stichwort „Trio" ein. Die Artikel, die daraufhin angezeigt wurden, halfen ihm nicht weiter. Obwohl er erwarten konnte, dass der Name „Rieger" in einer Großstadt nicht gerade selten vorkam, versuchte er es dennoch. Die Anzahl der Artikel, in denen der Name erwähnt wurde, war so groß, dass er die Suche schon aufgeben wollte, als er auf die Besprechung eines Amateurkonzerts stieß, das 1981 im Audimax der Uni stattgefunden hatte.

Es war kein Trio, sondern ein Quartett gewesen, angeführt von Professor Dr. Hartmuth Rieger, begleitet von seiner Frau Elfriede, seiner Tochter Hannelore und Herrn Dr. Fabian Reesner. Helmer interessierte sich zunächst nicht für die Meinung des Kritikers, sondern für das begleitende Foto. Damals gab es in Zeitungen nur Schwarz-Weiß-Abbildungen, obendrein auf schlechtem Papier abgedruckt. Doch er erkannte eine noch junge Hannelore Rieger, die eher ihrer Mutter als dem Vater glich.

Obwohl alle saßen, war erkennbar, dass dieser Dr. Fabian Reesner sehr hochgewachsen sein musste. Sein dunkles Haar war ohne Scheitel aus der bemerkenswert breiten und hohen Stirn nach hinten gekämmt, die Nase auffallend spitz, ebenso das Kinn. Das Foto schien in einer besonders schwierigen Passage geschossen worden zu sein, denn Reesner beugte sich weit vor, zog die Stirn kraus, und sogar seine Zungenspitze lugte auf der linken Mundseite hervor.

Dem Artikel entnahm Helmer, dass Professor Rieger in der Kernforschung tätig und Dr. Reesner sein Assistent gewesen war, Frau Rieger für ihre Familie eine vielversprechende Karriere als Violinistin aufgegeben hatte und Tochter Hannelore damals am Dolmetscher-Institut studierte. Das meiste hatte er schon von Jan Mommsen gehört.

Dieser Dr. Reesner war eine neue Figur in dem Spiel, auf dem Foto wirkte er wie ein Mittdreißiger. Was mochte aus ihm geworden sein? Als Kernphysiker war er sicher nach der Wende leicht untergekommen, falls er nicht schon früher die Kurve gen Westen gekratzt hatte. War er in der Forschung tätig? In der Atomwirtschaft? Bei einem Energiekonzern?

Mommsen surfte weiter im Internet. Und wurde fündig. Eindeutig fündig, denn es gab nur einen einzigen Dr. Fabian Reesner. Der wohnte in Hanau und war Präsident des Golfclubs Gutenthal. Schon wieder Golf. Den Spaziergang zum Golfplatz am Brodtener Ufer sollte er am besten gleich morgen machen. Hanau? – Waren dort nicht die Nuklearfirmen ansässig, die vor Jahren negative Schlagzeilen gemacht hatten? Sicher hatten die einen einträglichen Job für den Kernphysiker aus Dresden gehabt.

Nach dem Mittagessen durchquerte Harald Helmer das Foyer des Rosenhofs, als ein Mitbewohner ihm von einer Sitzecke aus zuwinkte und ihm bedeutete, sich zu ihm setzen. Helmer kannte Herrn Lehnberg nur flüchtig, der Mitglied des Heimbeirats war. Die Gerüchteküche flüsterte, dass der Hochbetagte früher als Filmproduzent gearbeitet habe. Helmer setzte sich zu ihm auf das Chippendale-Sofa.

„Ich wollte schon länger mal mit Ihnen reden, Herr Helmer, aber irgendwie hat sich nie die richtige Gelegenheit dafür ergeben."

In diesem Moment ließen sich drei alte Damen in den benachbarten Sesseln nieder und begannen zu tuscheln, was altersbedingt nicht sehr leise geschah.

„Kommen Sie bitte", Lehnberg seufzte und erhob sich mühsam. Links auf seinen Stock gestützt, hakte er sich rechts bei Helmer unter und dirigierte ihn zur Gartentür.

Obwohl es um diese Tageszeit noch recht mild war und der Garten gegen den leichten Südostwind geschützt lag, waren alle der weiß gestrichenen Bänke leer. Als sie auf einer Platz genommen hatten, druckste Lehnberg eine Weile herum, es sei ihm eigentlich peinlich, aber was sollte es schon, in seinem Alter – „und überhaupt" ...

„Ich hab gehört, Sie haben damals den Fall Maja bearbeitet", wurde er schließlich konkret. „Ich ... ich habe sie gekannt."

Harald Helmers Lust auf einen kurzen Mittagsschlaf war verflogen. Aufmunternd sah er den alten Herrn an, zog es aber vor zu schweigen. Dessen zunächst stockendes Bekenntnis floss bald flotter. Er habe Majas Dienste in Anspruch genommen, aber – hier kam er ins Stottern, fing sich jedoch schnell – seine Performanz sei seinen Wünschen nicht mehr so ganz gewachsen gewesen.

„Und dennoch habe ich weiter ihre Besuche genossen", fuhr er fort, „weil sie doch so mitfühlend, so verständnisvoll war."

Ihre Schäferstündchen hätten sich zu Lebensbeichten entwickelt. Die meiste Zeit über sei sie nur die aufmerksame Zuhörerin gewesen, doch gelegentlich gab auch sie Einblick in ihr Leben. Als er einmal darüber sprach, an wem er sich gern rächen würde, habe sie heftig genickt und gemurmelt, auch sie hätte noch eine Rechnung offen, aber die würde sie bald begleichen. Als er nachfragte, was sie zu tun gedenke, sei sie sehr einsilbig geworden.

„Das Einzige, was ich rauskriegte, war, dass sie den ‚Kerl' wiedergetroffen hatte, der sich ihrem Vater und auch ihr gegenüber so schäbig verhalten hatte. Nee, ‚schäbig' sagte sie nicht – ‚niederträchtig' war der, das hat sie mir mit einem drohenden Funkeln in den Augen erzählt." Herr Lehnberg sah Helmer erwartungsvoll an. „Hilft Ihnen das weiter?"

„Mir nicht mehr, aber ich weiß schon, wer was damit anfangen kann."

Der alte Herr rutschte bis an den Rand der Sitzfläche vor. „Was meinen Sie, hätte ich damit eher – äh, also, schon damals – damit rausrücken müssen?"

Helmer neigte den Kopf schräg und schob die Unterlippe vor. „Wäre hilfreich gewesen", meinte er, „aber ich kann verstehen, warum Sie's nicht getan haben."

So viel Solidarität von Mann zu Mann musste sein.

*

Musik, Haydns Cello-Konzerte. Sie als Solistin.

Während die Camerata Holsatia zum ersten Satz ansetzt, dem Allegro moderato, schaut sie noch einmal zur ersten Cellistin im Orchester, die sie ermunternd anlächelt. Doch was ist das? Die letzten drei Takte vor ihrem Einsatz wiederholen sich, fast so wie bei einer gesprungenen Platte.

Der Dirigent mit schwarzem Vollbart und weißer Baseballkappe beugt sich zu ihr herüber, bedeutet ihr mit dem Taktstock, dass sie einsetzen soll. Doch sie ist zuerst wie gelähmt. Vergeblich greift sie dann mit der Linken nach den Saiten, die jemand entfernt hat. Nur wer?

Sie bricht in Tränen aus, will von der Bühne stürzen, ist aber unfähig, aufzustehen. Das Publikum buht wütend, droht ihr. Hilfe suchend blickt sie zur ersten Cellistin.

Der höhnisch grinsende schwarze Vollbart nähert sich ihr. Endlich, endlich kann sie rennen, läuft durch endlose Korridore, er hinter ihr her. Immer wenn sie meint, den Verfolger abgeschüttelt zu haben und sich im Laufen ein wenig umdreht, folgt ihr ein riesiger Bär mit schaukelnden Bewegungen.

Irgendwann kann sie nicht mehr. Keuchend bleibt sie stehen. Sie stiert ins Dunkel.

Ihr Mund, ihre Kehle – staubtrocken. Ist sie vom eigenen Schnarchen aufgewacht? Hat sie geschnarcht?! Allmählich beruhigt sie sich, ihr Puls geht gleichmäßiger.

„Dachte schon, ich bekomm dich nicht mehr zu fassen", keuchte Jan Mommsen, als er Helmer eingeholt hatte. „Grade wollte ich zum Fähranleger fahren, da sah ich dich die Vorderreihe langgehen. Ehe ich den Wagen abstellen konnte, warst du schon ein ganzes Stück weg." Er schnaufte heftig. „Nach dem, was du mir vorhin am Telefon erzählt hast, ist es bestimmt besser, dich nicht allein zum Golfclub gehen zu lassen."

„Hey, erhol dich erst mal", Harald Helmer lachte.

Als sie hinter Möwenstein, der Katamaran- und Jollenstation des Lübecker Yachtclubs, das bewaldete Steilufer erreichten, hatten sie alle Neuigkeiten, Schlüsse und Vermutungen ausgetauscht. Nur noch selten trafen sie Spaziergänger, obwohl die Lübecker Bucht in der Herbstsonne glitzerte.

„Und du glaubst, der geheimnisvolle große Weißhaarige auf dem Balkon des „Maritim" könnte dieser Dr. Fabian Reesner gewesen sein?", fragte Helmer.

Mommsen blieb stehen und zählte an der linken Hand ab. „Erstens ist er ziemlich groß, wie der Reesner auf deinem Zeitungsfoto von anno dunnemal. Zweitens ist er Golfer, sonst wär er nicht Vorsitzender von diesem Golfclub da, in oder bei Hanau. Drittens spielte auch Maja Golf. Viertens hat deine Nichte herausgefunden, dass Maja der anderen Cellistin in ihrem Orchester erzählt hat, sie hätte den Kerl getroffen, der einst ihrem Vater und ihr übel mitspielte. Vergiss nicht, Majas Vater war wegen Spionageverdachts eingelocht worden. Fünftens sagt mein Bauch mir, dieser Reesner kann hier als Gast gegolft haben, als Maja ihn traf."

Er hielt den Daumen der rechten Hand hoch. „Und darum komm ich, sechstens, jetzt mit dir mit."

Sie hatten die Driving Range neben dem Wanderweg erreicht. Hunderte weiße Golfbälle leuchteten im Gras. Ein Stück mussten sie zurückgehen, um zum Clubhaus zu kommen.

Im Büro trafen sie den englischen Pro, den Golflehrer, der sie sogleich erkannte. Er war schon zur Zeit des Falles Maja hier angestellt gewesen. Bereitwillig übergab er ihnen das Buch mit den Gästelisten, entschuldigte sich dann und ging hinaus.

Sie begannen hinten und fanden schnell den Eintrag zu Dr. Fabian Reesner.

„Das war während der Travemünder Woche", meinte Helmer und wies auf das Datum. „Und schau mal, drei Zeilen weiter. Wen haben wir da?"

„Verena Plotz!", jubelte Mommsen. „Harald, hab ich nicht von dir gelernt, ein Kriminalist ohne Bauch ist ein Krüppel, vorausgesetzt –"

„Vorausgesetzt, der Bauch ist mit dem Kopf verbunden", ergänzte Helmer grinsend.

Rückwärts gingen sie die Gästelisten durch. Dr. Reesners Name erschien in unregelmäßigen Abständen, manchmal mit dem von Frau Plotz, manchmal ohne.

„Er muss vor drei Jahren hier zum ersten Mal gespielt haben", stellte Mommsen fest.

„Damals kann Maja den Kerl getroffen haben, an dem sie sich rächen wollte", murmelte Helmer nachdenklich.

„Und der heißt wahrscheinlich Fabian Reesner", ergänzte Mommsen und klopfte sich auf den Bauch.

„Das macht ihn aber noch nicht zu ihrem Mörder“, warnte Helmer.

Mommsen schürzte die Lippen. „Aber vielleicht zum Auftraggeber? Und die Plotz können wir auch noch nicht abhaken.“ Er klopfte sich diesmal mit dem Zeigefinger an die Stirn.

Draußen sahen sie den Pro mit einer Gruppe arbeiten. Im Schaukasten neben der Eingangstür hingen Fotos vom Gästeturnier, die während der Travemünder Woche aufgenommen worden waren. Das Bild von der Siegerehrung zeigte Dr. Fabian Reesner als Drittplatzierten. Er überragte seine Konkurrenten um Haupteslänge. Das weiße Haar war weit nach vorn gekämmt, was aber dennoch viel von seiner breiten und hohen Stirn sehen ließ.

„Ich hab den Kerl auf dem Balkon des „Maritim“ja nur einen kurzen Moment gesehen, noch dazu durchs Fernglas, aber das könnte er sein“, meinte Mommsen und starrte grübelnd auf das Foto.

Helmer schlug ihm auf die Schulter. „Jan, diesmal bin ich nicht so vorsichtig wie du. Erstens stand er ja auf dem Balkon von Frau Verena Plotz, und zweitens golft er hier mit ihr. Was du hier auch sehen kannst.“

Er deutete auf ein Bild weiter unten. Es zeigte Dr. Reesner mit Frau Plotz während des Foursome-Wettbewerbs und war von vorn beim Abschlag aufgenommen. Sie stand seitlich hinter ihm.

„So sieht sie also aus“, brummte Mommsen. „Gut zu wissen.“

„Richtig, Jan. Und schau dir mal seinen Mund an.“

„Du meinst die Zunge im Mundwinkel?“

„Exakt so ein Gesicht zieht er auch auf dem Foto von dem Konzert. Solche Gewohnheiten legt man auch nach einem Vierteljahrhundert nicht ab."

Auf dem Rückweg diskutierten sie die mögliche Rolle Reesners im Fall Maja.

„Ich wüsste zu gern, ob der dabei war, als sie über Bord ging", sinnierte Mommsen.

Tina Menges wartete draußen vor dem Hapag-Lloyd-Reisebüro in der Vorderreihe, bis die Kundin ihrer Freundin Michelle gegangen war, eine elegante Fünfzigerin. Dann ging sie hinein.

„Arrogante Ziege", lautete Michelles Kommentar, als ihre Freundin sie begrüßte. „Tat so, als sei's meine Schuld, dass sie im Flieger nach Mailand nicht ihren Lieblingsplatz in der Business Class kriegen kann. Modeproduzentin aus Nürnberg. War schon öfter bei mir, die Plotz."

Bei Tina klingelten alle Glocken. Wie klein die Welt doch war – ganz speziell in Travemünde! „Verena Plotz? Wohnt die im „Maritim"?"

Michelle nickte.

Als Tina das Reisebüro verließ, hatte sie einen Zettel mit der Appartement- und der Handy-Nummer von Verena Plotz in der Tasche. Natürlich hatte sie Michelle hoch und heilig versprechen müssen, nicht zu verraten, woher sie die Nummer hatte.

Eine Stunde später saß Tina der Chefin von „Scala della Moda" in deren Appartement gegenüber. Ob aus persönlicher Eitelkeit oder aus Geschäftssinn, Verena Plotz hatte dem „Interview“ sofort zugestimmt, ohne nachzufragen, wie Tina an ihre Telefonnummer gekommen war. „Lieber gleich“, waren ihre Worte gewesen, morgen habe sie in Mailand zu tun. Tina erklärte ihr die Einzelheiten zum Format der Interviewserie und erwähnte nur nebenbei, dass die Entscheidung, ob das Interview auch tatsächlich erscheine, letztlich aber beim Chefredakteur läge.

Wie erwartet erwies Frau Plotz sich als enorm geltungssüchtig, was sich unter anderem in ihrem wiederholten Verweisen auf Prominente als ihre „langjährigen Freunde“ oder „gute Bekannte“ zeigte, deren Namen sie, wann immer möglich, einstreute. Zwar war es ihr lieber, über derzeitige Erfolge und Projekte zu reden, während Tina möglichst viel über Verenas Vergangenheit in Dresden in Erfahrung bringen wollte.

Ein Stichwort genügte jedoch, um der Redefreudigkeit von Frau Plotz die gewünschte Richtung zu geben. Tina fragte nach Kulturschaffenden aus Dresden.

„Tellkamp, Uwe Tellkamp“, fiel Frau Plotz ein.

Die Begeisterung brauchte Tina nicht zu spielen. „Was? Sie kennen den Autor von *Der Turm* persönlich?“

„Nachbar, netter Junge“, meinte die Modechefin betont lässig und ergänzte: „Hätte beim Cello bleiben sollen, denn *Der Turm* – hach, unlesbar.“

Tina war überzeugt, dass ihre Gesprächspartnerin nicht über die tatsächlich schwer verdaulichen ersten Seiten hinausgekommen war, aber das war jetzt nicht wichtig. Das Cello war ein willkommener Bezug.

Ja, man habe in der Nachbarschaft viel musiziert, sagte Frau Plotz stolz, sie selbst sei mit ihrem Cello oft dabei-

gewesen, auch ihr Bekannter, Dr. Reesner, mit der Viola.
„Dr. Reesner aus Hanau?“, hakte Tina gespannt nach.
Eine steile Falte erschien auf der Stirn von Frau Plotz. „Kennen Sie ihn denn?“, fragte sie misstrauisch.
„Aus *Wer ist Wer*“, erklärte Tina schnell. „Als Journalistin muss ich oft drin blättern, und der ungewöhnliche Name ist irgendwie bei mir hängen geblieben. Aber – kleine Welt, nicht wahr?“
Verena Plotz nickte, und die gestraffte Stirn, auf der eben die große Falte stand, war wieder glatt. Das blieb sie aber nicht lange, denn als Tina wissen wollte, ob sie denn auch eine andere Cellistin aus Dresden namens Hannelore Rieger kenne, stiegen gleich drei steile Falten über der Nasenwurzel der Modedame auf.
„Woher kennen Sie denn ... äh, Hannelore – wie?“
„Rieger. Hannelore Rieger.“
Beinahe hätte Tina noch „Maja“ hinzugesetzt, konnte sich aber noch rechtzeitig bremsen. „Die hat hier am ersten Cello-Pult in der Camerata Holsatia gespielt und stammte auch aus Dresden.“
Verena Plotz’ Reaktion kam über sehr schmale Lippen. „Schauen Sie, meine Liebe“, säuselte sie betont von oben herab, „Dresden ist nun mal keine Kleinstadt. Da können sich nicht alle Cello-Spieler kennen.“
„Glaub ich Ihnen“, meinte Tina, die beschloss, der schönen Elbmetropole bald einen neuen Besuch abzustatten. „Nur, ihr Vater war Professor, Kernphysiker, wie Dr. Reesner übrigens, die hätten gut in Ihrem Stadtteil dort oben gewohnt haben können.“
Zu den drei Stirnfalten und den zusammengepressten

Lippen kamen nun auch misstrauisch funkelnde Augen. Kurz zuvor hatte sich Frau Plotz noch lässig auf der weißen Ledercouch drapiert, nun rappelte sie sich ein wenig hoch, schlang die Arme um die angewinkelten Knie und zog die Beine eng an die Brust. Wie ein Igel, dachte Tina. Und Stacheln hat sie auch, obwohl man die nicht auf den ersten Blick sieht.

Die Igelin tat so, als müsse sie angestrengt nachdenken. „Rieger, Rieger ...", murmelte sie, „warten Sie – ja, richtig, zwei Straßen weiter, da gab's eine Familie Rieger, meine ich. Aber wir hatten keinen Kontakt. Die Tochter spielte Cello, meinten Sie?"

Tina nickte nur.

„Hätte ich doch merken müssen. Wer weiß, ob das stimmt. Wer weiß, ob diese Maja Rieger Ihnen die Wahrheit gesagt hat." Sie schlug sich eine Hand vor den Mund und wurde puterrot, sodass die Lifting-Linie am Haaransatz sichtbar wurde. „Äh, wie sagten Sie, hieß die kleine Rieger noch?"

Tina ließ sich nichts anmerken. „Hannelore", gab sie trocken zurück. Und jetzt bin ich sicher, dachte sie, dass du nicht die Wahrheit gesagt hast.

Verena Plotz erhob sich. Für sie sei es jetzt an der Zeit, sich auf ihre morgige Reise vorzubereiten. Tina solle „mit Bedacht" schreiben, sonst würde sie das Interview nicht freigeben. „Darauf habe ich schließlich ein Recht – als öffentliche Person."

In einer öffentlichen Verhandlung wird man auch zur öffentlichen Person, dachte Tina. Denn dass die Plotz im Prozess gegen Herrn Dr. Reesner zumindest als Zeugin auftreten müsse, wünschte sie sich nicht nur, das schien ihr fast Gewissheit. Ebenso wie dessen Verwicklung in den Tod von Hannelore Rieger alias Maja. Das war die heiße Spur, die sie brauchte!

Vielleicht würde ein Besuch in Dresden sie schon weiterbringen. Auf jeden Fall musste sie noch einmal mit Werner Paulsen reden, dem Ex-Kollegen von Willy Münt. Jetzt, wo sie ein Foto hatte, konnte der sicher bestätigen, dass Dr. Reesner damals auch an Bord der „Urika", der jetzigen „Eliza IV", gewesen war, als Maja ihr grausames Ende gefunden hatte.

In Helsinki war es halb drei am Nachmittag. In einer halben Stunde würden sie ablegen. Dem begleitenden Zöllner auf der Travemünde-Fähre fiel der Fahrer des Mercedes-Coupés auf, der direkt von der Fähre aus Tallinn an Bord gekommen war. Sobald sie ihren Standplatz erreicht hatten, beeilten sich die anderen Reisenden, das Übernachtungsgepäck zu greifen und die Kabinen aufzusuchen. Dieser teddyhafte Mann jedoch kramte unablässig in seinem Kofferraum, schob Dinge hin und her, klappte sogar noch den Rücksitz hoch und verstaute etwas darunter. Mit einer kleinen Reisetasche verließ er als Letzter das Pkw-Deck.

Der Zöllner notierte sich geistesgegenwärtig die Hanauer Nummer des Wagens und gab sie nach Travemünde durch. Der Rest war nun Sache der Kollegen am Skandinavienkai. Und die, das wusste er, hatten einen heißen Draht zum BKA in Wiesbaden.

Harald Helmer bummelte die Vorderreihe entlang und bog in die Rose ein. Der Himmel hatte sich verfinstert, es würde gleich regnen. Die Buchhandlung Nitz schien ihm der richtige Ort, die Wetterbesserung abzuwarten.

Die Angestellten nickten ihm freundlich zu, als er den Laden betrat, und ließen ihn in Ruhe. Er stöberte hier häufig, und sie wussten, er würde sich schon melden, wenn er Hilfe bräuchte. Schon ein paar Mal war er in letzter Zeit bei den Reiseführern hängen geblieben. Er brauchte dringend einen Tapetenwechsel.

Auf eine Insel mit Strand und einen riesigen Hotel-Pool war er nicht scharf, das wäre ja noch enger als die Seniorenresidenz Rosenhof. Tina hatte neulich gesagt, sie wolle mal wieder nach Dresden, mit dem Auto. Ob sie nicht zusammen fahren könnten? Er hatte eine Weile überlegt und zugesagt. Vor Jahren war er mit dem Schiff von Hamburg elbaufwärts dorthin gefahren. Das wollte er nicht noch einmal machen. Abgesehen vom Preis hatte ihn die Reisegesellschaft zu viele Nerven gekostet. Mit Tina war das natürlich ganz anders. Sie würden auch jeder ihre eigenen Wege gehen können und sich nicht auf den Wecker fallen.

Mal sehen, wie der Wiederaufbau vorangeschritten war. Damals hatte vieles noch recht trist ausgesehen. Er blätterte in mehreren Dresden-Bändchen und kaufte dann doch keins. Er hasste die Idee, mit dem Buch in der Hand eine Stadt abzuarbeiten. Sich treiben zu lassen gefiel ihm deutlich besser. Übermorgen schon sollte es losgehen, und er freute sich darauf. Als er einen Blick aus dem Fenster warf, hatte es aufgehört zu regnen.

Er ging hinaus, blieb aber noch bei den Kästen mit dem modernen Antiquariat unter dem Vordach stehen, griff einen Bildband über die Travemünder Woche und blätterte darin.

Plötzlich dudelte rechts neben ihm ein Handy. Er hatte den Langen neben sich gar nicht bemerkt.

„Ja? ... Wieso? ... Wie kommen die denn darauf?“, schimpfte der Fremde.

Helmer betrachtete den Sprecher verstohlen aus den Augenwinkeln. Das war doch – Reesner! Dr. Fabian Reesner, wie auf den Fotos beim Golf-Klub sah er aus. Und richtig – während er jetzt seinem Gesprächspartner zuhörte, schaute seine Zungenspitze aus dem linken Mundwinkel heraus.

„Das ist doch – gelinde gesagt – das ist eine Schweinerei!“ Reesner drehte Helmer jetzt den Rücken zu, wurde aber so laut, dass der ihn mühelos hören konnte. „Was? Birthler-Behörde? Da findet man nichts über mich. Das weiß ich genau, denn ich hab mich selbst davon überzeugt. Sag ihnen, ohne Anwalt können sie mich nicht sprechen. ... Okay, und ruf ihn gleich an, er müsste jetzt in seiner Kanzlei sein. Nein, warte, das mach ich gleich selbst. Bleib im Büro, bis ich mich wieder melde. Bis dann.“

Die ganze Zeit hatte er den Hörer mit der linken Hand gehalten und ein Büchlein in seiner Rechten nervös geknetet. Achtlos warf er es nun, ohne hinzuschauen, zurück in den Kasten, wählte eine Nummer und bog eilig nach rechts in die Kurgartenstraße ein.

Helmer folgte ihm nicht, das wäre aufgefallen.

Stattdessen nahm er das misshandelte Bändchen, das sich auf der gekneteten Seite öffnete, die mit dem Titel „Die Nukem-Prozesse“ überschrieben war. Das Büchlein gehörte zu der Serie „Skandale der Bundesrepublik“.

Nukem! Das war doch eine Nuklear-Firma in Hanau, die in dunkle Geschäfte verwickelt gewesen war, überlegte Helmer. Wann war das noch gewesen? Die Firma hieß heute sicher anders. Und Reesner lebte in Hanau. Hatte er richtig verstanden, hatte die Birthler-Behörde Material, was den Doktor belastete?

Er blätterte in dem Taschenbuch. Im Index hatte der Name „Reesner“ fünf Einträge, einer davon verwies auf einen über drei Seiten langen Artikel. Wenn Reesner im Zusammenhang mit den Nukem-Prozessen genannt wurde, musste er weit vor der Wende die DDR verlassen haben. Helmer überflog die betreffenden Seiten, auf die im Index verwiesen wurde, nur einen Eintrag fand er interessant. Dr. Reesner hatte sogar zwei Jahre Knast ohne Bewährung und danach einen Führungsposten in einer der Nachfolgefirmen von Nukem bekommen – Letzteres sicherlich aus Dankbarkeit dafür, dass er Dinge für sich behalten hatte, die der Firma noch mehr geschadet hätten, dachte Helmer. Manche Bauernopfer zahlten sich eben aus.

Er wählte Jan Mommsens Nummer.

„Das ist Gedankenübertragung, Harald. Gerade wollte ich dich anrufen.“

Es stellte sich heraus, dass Mommsen vom BKA etwa die gleiche Information erhalten hatte, die Harald Helmer ihm hatte mitteilen wollen.

„Woher? Keine Ahnung", sagte Mommsen. „Du weißt doch, zuarbeiten dürfen wir dem BKA jederzeit, aber denen in die Karten gucken? – Nee! Aber Harald, da ist noch mehr. Fällt zwar auch in die Kategorie ‚Zuarbeiten', ist aber spannend. Mit der Fähre aus Helsinki, morgen Abend um acht, kommt ein Mercedes mit Hanauer Nummer. Der ist in dreifacher Hinsicht interessant. Erstens: Er hat wahrscheinlich illegale Waren unterm Rücksitz. Das ist vorrangig Sache des Zolls, der informiert ist, aber auf Bitten des BKA nicht eingreifen wird. Zweitens: Der Wagen gehört – jetzt halt dich fest – unserem Obergolfer Dr. Fabian Reesner. Da staunste, was? Und drittens: Gefahren wird der Mercedes – natürlich nicht von Reesner, der ist ja bei dir in Travemünde. Also: Gefahren wird er von einer Person – halt die Luft an, Harald –, die sich sehr gut als unser Freund Macko entpuppen könnte. Allerdings äußerlich stark verändert, heißt es. Unsere Kollegen in Wiesbaden meinen, er sei wohl über Dänemark, Schweden und Finnland nach Estland gefahren, von wo er über Helsinki heiße Ware mitbringt."

„Na, das ist ja echt ein dicker Hund", meinte Helmer, „und das in Reesners Wagen? Das heißt also, in dessen Auftrag, oder?"

Jan Mommsen sah das ebenso. Nein, gleich festnehmen wolle er den Macko, der jetzt Dorrmann hieß, nicht, denn er wollte die Übergabe an Reesner abwarten und zwei Fliegen mit einer Klappe schlagen.

„Alles spricht dafür, dass Reesner seinen Mercedes in der Tiefgarage des „Maritim" übernimmt, das ist der sicherste Übergabe-Ort für ihn."

Parkbucht Nr. 83 war leer, denn Dr. Reesners Mercedes-Coupé war noch auf der Helsinki-Fähre. Mommsen sah auf die Uhr. Die Fähre würde gerade festmachen. Er war immer wieder erstaunt, dass die Dinger bei fast jedem Wetter pünktlich ankamen. Es sollte Travemünder geben, die sich eher nach den Fähren als nach der Kirchturmuhr richteten. Er hatte seine Leute in der Tiefgarage des „Maritim" verteilt. Alle Ausgänge waren besetzt, vor der Hotelauffahrt stand ein Wagen mit zwei Mann Besatzung bereit, falls eine Verfolgungsjagd nötig würde. Mommsen wartete hinter einer Betonsäule gegenüber der Parkbucht 83. Tommy – im Wagen am Skandinavienkai – hatte eben das Einlaufen der Fähre gemeldet.

Er hatte jedoch nicht gemeldet, dass gleich nach dem Festmachen ein hochgewachsener Mann über die verglaste Fußgängerbrücke an Bord ging, bevor dort die ersten Passagiere erschienen, die ohne Auto gekommen waren. Es dauerte eine Weile, bis die Fahrzeugrampe zur Heckklappe der Fähre justiert war und die ersten Wagen herausfuhren. Als das silbergraue Mercedes-Coupé mit der Hanauer Nummer erschien, setzte der Lange das Fernglas ab und startete den Motor. Sein Kollege Tommy meldete „Mercedes kommt" an Mommsen.

Die Zöllner ließen den Wagen wie verabredet unbehelligt passieren. Als er sich den beiden jungen Kripo-Beamten näherte, staunten sie nicht schlecht. Sie waren darauf vorbereitet, dass Macko stark verändert aussehen würde, aber der Mann am Steuer ähnelte ihm nicht im Entferntesten – das war der rechtmäßige Besitzer des Autos, das war Dr. Fabian Reesner!

Ratlos schauten sie sich an. Sie wussten, das Reesner noch gestern in Travemünde gesehen worden war, er konnte also gar nicht mit der Fähre gekommen sein.

„Los! Melden!“ Die Stimme des Langen überschlug sich fast hysterisch.

Den Befehl, dem Mercedes zu folgen, hätte Mommsen sich sparen können, denn die Kollegen hatten sich schon direkt dahintergeklemmt. Vielmehr hätte er den Langen und Tommy anweisen müssen, die Passagiere ohne Auto zu prüfen.

Aber darauf kam er erst später. Zu spät.

Dr. Reesner steuerte sein Auto gemächlich in seine Parkbucht in der Tiefgarage. Gelassen schaute er die Kripo-Beamten an, die den Wagen umringten.

„Tach, meine Herren. Was kann ich für Sie tun?“

Diese Arroganz verschlug Jan Mommsen für einen Moment die Sprache. Seine Hoffnung lag nun nur noch in der Durchsuchung des Wagens, zerschlug sich aber sogleich. Sie hätten das Auto sicher zerlegen können und nichts gefunden. Dr. Reesner erklärte freimütig, warum sein Fahrzeug nun ohne ihn zurückkomme: Er habe eilig per Flugzeug zurückgemusst und einen zufällig dort getroffenen Bekannten gebeten, das Auto mitzubringen.

„Wie, bitte, heißt Ihr Bekannter?“

„Dorrmann, Herr Horst Dorrmann.“

„Und wo ist er jetzt?“

Achselzucken. „Keine Ahnung. Wohl zu Hause.“

Zwei zivile Polizeiautos transportierten die Kripo-Beamten dann nach Lübeck. Immer wieder knurrte

Mommsen mit zusammengebissenen Zähnen. Der Lange meinte, von seinem Chef etwas wie „krieg ich schon noch“ zu hören.

Als die Recherche am Flughafen ergab, dass vor zwei Tagen ein Herr Dr. Fabian Reesner tatsächlich mit Lufthansa von Tallin nach Hamburg geflogen war, hätte der kleinste Funken Jan Mommsen zur Explosion gebracht.

Am nächsten Morgen hatte er sich nur geringfügig beruhigt, als Harald Helmer ihn anrief. Der kam aber nicht gleich zu Wort, da Mommsen erst seinen Frust loswerden musste.

Als Helmer gehört hatte, was geschehen war und was Reesner nach Mommsens Meinung alles bevorstand, kam er auf seine Nichte zu sprechen. „Ich war um acht Uhr mit Tina verabredet, aber sie ist nicht gekommen. Das ist so gar nicht ihre Art, sie ist sonst absolut zuverlässig. Wir wollten ein paar Tage nach Dresden, sie hatte noch Resturlaub“, sprudelte es jetzt aus Helmer heraus. „Ich hab schon alles versucht, beim *Lübecker Morgen* ist sie nicht, hat ja Urlaub. Zu Hause geht keiner ans Telefon, in Oles Wohnung auch nicht – sie wohnt ja jetzt bei ihrem Freund, der ist beruflich in London. Ich hab's auch auf ihrem Handy versucht, vergeblich. Ole habe ich noch nicht benachrichtigt, der kann ja sicher doch nicht helfen. Ich habe die Stadt nach ihrem Cooper abgesucht, der steht an der Ecke Mühlenberg und Rose, da stellt sie ihn sonst auch ab, aber heute wäre sie damit ja wie verabredet zum Fähranleger gekommen.“ Harald Helmer hatte sich atemlos geredet und holte tief Luft.

„Verdammter Mist, Harald, das hört sich nicht gut an! Ich werd versuchen, ob wir ihr Handy orten können, dann sehen wir weiter."

*

Sie ist noch immer von ihrem Traum gefesselt, und langsam wird ihr klar, warum sie ihn geträumt hat.

Onkel Harald erwähnte Hannelore Riegers Rolle als erste Cellistin in der Camerata Holsatia, weil Tina mehr über Maja erfahren wollte. Als das Orchester in Scharbeutz aufgetreten war, hatte sie die erste Cellistin nach dem Konzert um ein Interview gebeten – Irina Basten. Diese reagierte erstaunt, fühlte sich aber offensichtlich auch geschmeichelt. Bei Prosecco kamen sie ins Gespräch und verstanden sich sofort. Aus dem Interview wurde eine Studie über Hannelore Rieger.

„Ich wäre gern mit ihr befreundet gewesen", hatte Irina gesagt, „aber es blieb immer eine Distanz, die ich nicht erklären, schon gar nicht überwinden konnte."

Kurz vor ihrem Tod hatte Hannelore Rieger ihr angeboten, am ersten Pult zu spielen. Das war das einzige Mal, dass sie vertraulich wurde. Irina berichtete, Maja habe einen Mann wiedergesehen, den sie zutiefst hasste, was ihren Nerven so zusetzte, dass sie sich die Stimmführerschaft bei den Celli nicht mehr zutraute. Damals wollte der Orchesterchef eines der Cello-Konzerte Haydns aufführen und bot Hannelore Rieger den Solo-Part an, die unerhört heftig ablehnte und dann wortlos die Probe verließ. Das war das letzte Mal, dass Irina sie sah. Das war auch der Moment gewesen, als Tina die richtige Spur fand. Die Spur, die sie nicht mehr verfolgen konnte. Hätte sie doch Onkel Harald nur gesagt, weshalb sie wirklich nach Dresden wollte!

Tina Menges starrt ins Dunkel. Ihr Onkel hat ihr zwar immer wieder geraten, die Finger vom Fall Maja zu lassen, aber das, was sie in Dresden herauszufinden erwartete, hätte auch er interessant gefunden. Schließlich konnte er selbst nicht von der Geschichte lassen, die ja mittlerweile nicht mehr seine Sache, sondern die von Jan Mommsen war. Onkel Harald hatte ihr von seinen Recherchen im Internet erzählt und davon, dass er dort von der Existenz dieses Dr. Reesner erfahren hatte, der hier in Travemünde Golf spielte und mit der Zicke Plotz zusammen gewesen ist. „Zicke" hat er nicht gesagt, das ist Tinas Zusatz.

Sie ist sicher, in Dresden hätte sie herausgefunden, warum Hannelore Riegers Vater verhaftet wurde. Jemand muss ihn an die Stasi verpfiffen haben! Seine Freilassung bezahlte Hannelore wahrscheinlich mit dem Beginn ihrer Maja-Karriere. Grund genug, Rachegefühle zu empfinden. Nicht nur ihrem Kunden im Rosenhof verriet Maja, dass sie Rache nehmen wolle, sondern auch der anderen Cello-Spielerin in der Camerata Holsatia. Rache an einem Kerl, der wieder aufgetaucht sei. Kurz darauf war sie eine Wasserleiche.

Nun ist es nicht mehr zu der Dresden-Reise gekommen. Stattdessen hockt sie hier in diesem verdammt finsteren Verlies! Wie lange ist sie schon gefangen? Sie ist voller Hoffnung, dass Onkel Harald sie vermisst und alles menschenmögliche unternimmt, sie wiederzufinden.

Garantiert hat dieser Macko sie hierhergebracht, sie ahnt auch, warum. Ein Bauchgefühl, denn nichts Plausibles spricht dafür.

Macko selbst war ja wie vom Erdboden verschluckt

gewesen. Das Verlies muss ein ziemlich gutes Versteck sein, sonst hätte man sie bestimmt längst gefunden.

Als der zivile Polizeiwagen auf den großen Hof der Dorrmann-Villa in Pötenitz fuhr, bewegte sich an einem Fenster im Erdgeschoss fast unmerklich der Vorhang. Nur der Lange hatte es bemerkt, dem aber keine Bedeutung beigemessen.

Frau Dorrmann erkannte ihn und Tommy als angebliche Kunden, die schon einmal hier gewesen waren. Sie wirkte ungerührt, als Mommsen ihr den Haftbefehl für Herrn Horst Dorrmann zeigte. Der Durchsuchungsbefehl schien sie aber dann doch nervös zu machen.

„Sie sind doch die Besitzerin dieses Anwesens, nicht wahr?“ Nicken folgte.

„Ist Ihr Mann hier?“ Sie verneinte.

„Wo ist er denn?“ Sie antwortete, er sei in Polen. Auf die Frage, wann er wiederkommen würde, erntete man nur Schulterzucken.

Eine zähe Gegnerin, war Mommsens Einschätzung. Das bestätigte Frau Dorrmann auch gleich, indem sie blaffte, eine Hausdurchsuchung ließe sie nur in Gegenwart ihres Anwalts zu. Mommsen überlegte. Er brauchte nicht nachzugeben, wenn Gefahr in Verzug war. Seinem Kompromissvorschlag, die Räume nur in ihrer Gegenwart zu betreten, stimmte sie sofort zu. Sie musste sich also sehr sicher fühlen.

Das Haus war luxuriös eingerichtet, entbehrte aber jeglicher privaten Atmosphäre. Selbst der große Salon im Erdgeschoss hatte trotz des breiten, offenen Kamins und der üppigen roten Ledersessel den Charme einer Flughafen-VIP-Lounge. Der Kamin war innen noch immer makellos weiß getüncht, hier hatte offenbar noch kein Feuer gebrannt. Sicher eine der sauteuren elektrischen Kaminfeuer-Attrappen.

Der Keller war ein großzügiger Wellness-Bereich, der mit jedem Fünf-Sterne-Hotel mithalten konnte. Im Erdgeschoss befand sich das Büro von Frau Dorrmann, in dem Tommy und der Lange schon einmal gesessen hatten. Das Zimmer, in dem das Treffen der Donnervögel mit den Hells Angels stattgefunden hatte, wirkte wie ein kleiner Seminarraum. Ansonsten gab es im Parterre noch eine geräumige Bar, die Küche und Wirtschaftsräume, im ersten Stock mehr oder weniger gleich eingerichtete Hotelzimmer. Vor den Fenstern hingen dicke Vorhänge, möbliert waren die Räume oben lediglich mit je einem breiten Bett und ein paar Stühlen, alle verfügten über großzügige Badezimmer. Sehr zweckmäßig, fand Mommsen.

Er achtete bei allen Zimmern darauf, ob es Hohlräume gab, in denen sich vielleicht jemand verstecken könnte. Einmal stellte er im Abstand zwischen zwei Türen auf dem Flur und der Länge der Innenwände einen Unterschied von etwa einem halben Meter fest. Es war ein Kamin, wie die Überprüfung auf allen Etagen bestätigte.

Im ausgebauten Dachgeschoss befanden sich die – *getrennten* – Räumlichkeiten von Frau Dorrmann und Macko, wie man unschwer an der Kleidung in den einzigen Kleiderschränken des Hauses erkennen konnte.

Von Mackos Zimmer führte eine Tür in sein Büro. Es war ersichtlich, dass hier seit geraumer Zeit nicht gearbeitet worden war. Der Lange und Tommy machten sich sofort über den Computer her. In Sachen Technik waren sie ihrem Chef überlegen, und der überließ ihnen dieses Feld nur zu gern.

Doch ihre Gesichter wurden immer länger. Wer hier Spuren verwischt hatte, verstand sein Geschäft. Aktenordner gab es nicht. So sollte es ja in elektronischen Büros sein, obwohl zumeist das Gegenteil der Fall war. Sogar im Notizblock auf dem Schreibtisch waren so viele Seiten vernichtet worden, dass nicht der geringste Abdruck von zuvor Geschriebenem sichtbar war. Der Computer hatte Halterungen für zwei Festplatten, von denen nur eine belegt war. Und auf der hatte man nur das Betriebssystem Windows Vista installiert. Darüber hinaus enthielt sie keinerlei abgelegte private Daten.

Auch mit ihrem Aufspürprogramm für Löschreste konnten Tommy und der Lange nichts finden. Lediglich an den Halterungen konnten sie sehen, dass der Computer mit zwei Festplatten gelaufen sein musste. Die zweite, auf der sich wohl alle wichtigen Daten befanden, hatte Macko offenbar mitgenommen.

Drei weitere Räume auf dieser Ebene waren absolut leer. Darüber lag der Spitzboden, den das Team über eine ausziehbare Leiter durch eine Bodenklappe erreichen konnte. Der Lange drückte sich vor dem Aufstieg. Ihn hatte ein Luftzug irritiert, als er auf den Flur hinausgetreten war, und er hatte eine Vermutung, was das gewesen sein könnte. Frau Dorrmann protestierte, als er nach unten gehen wollte. Das sei gegen die Abmachung. Er beruhigte sie, er müsse nur mal, und die Besuchertoilette unten kenne er ja schon. Sie gab nach. Unten ging er schnurstracks in den Salon und sah die Veränderung sofort: Die Kaminfeuer-Attrappe stand nicht mehr so gerade ausgerichtet wie zuvor.

Hatte Macko sich im Kaminschacht versteckt und war beim Ausstieg dagegengestoßen? Verrußt war der Kamin ja nicht. Wo war der Kerl jetzt? Der Lange erinnerte sich an den Luftzug und ging in die Eingangshalle zurück. Dort, die Kellertür! Hatten sie die nicht ganz geschlossen, als sie vorhin wieder heraufgekommen waren? Er stieß sie ganz auf.

Der Keller war dunkel. War da nicht ein Geräusch? Er betätigte den Lichtschalter. Nichts, alles blieb dunkel. Jemand musste die Sicherung herausgedreht haben. Langsam ging der Beamte die Steintreppe hinunter, rutschte aus, konnte sich aber gerade noch abfangen. Ein erneuter Luftzug, ziemlich heftig, und ein klappendes Geräusch, ganz in der Nähe. Eine Tür oder ein Fenster! Der Lange rannte los. Gleich darauf prallte er gegen etwas Blechernes. Die Knie gaben nach, er sackte zusammen. Das war kein Schlag, sondern ein Rohr, war sein letzter Gedanke, bevor die Welt zu rotieren begann.

Nur mühsam verbargen Mommsen und Tommy ihre Enttäuschung. Die Suche war ergebnislos verlaufen. Frau Dorrmanns Pokergesicht verriet ihre Genugtuung nicht. Als sie in die Eingangshalle zurückkamen, stand der Lange, sich den Kopf reibend, an der noch offenen Kellertür. Er sah aus wie ein Boxer nach einem Niederschlag. Stockend berichtete er und schloss damit, dass er nicht sicher sei, ob er im Aufwachen noch ein Motorrad gehört oder ob das Geräusch nur geträumt hatte.

Mommsen kommentierte den Bericht nicht, schüttelte nur den Kopf, dann rannte er nach draußen. Tatsächlich stand die vorher noch geschlossene Garagentür nun offen, und es stank stark nach Abgasen.

Frau Dorrmanns Gesicht war jetzt eine starre Maske. „Ich beantworte nichts mehr", zischte sie, noch bevor er eine Frage stellen konnte.

Mommsen überlegte. Ihre Behinderung der Strafverfolgung reichte, um sie in U-Haft zu bringen. In Freiheit könnte sie jedoch Fehler machen und würde die Beamten möglicherweise zu Macko führen.

„Wie Sie wollen", sagte er scheinbar ruhig. „Aber Sie müssen wissen, dass Sie Ihren Wohnort nicht ohne Erlaubnis des Untersuchungsrichters verlassen dürfen und dass Sie sich regelmäßig bei uns melden müssen. Die Einzelheiten bekommen Sie schriftlich. Das wär's erst mal."

Auf der Rückfahrt war Mommsen äußerst wortkarg. Der Lange saß hinten und kühlte seine Beule mit einem Tuch mit Eiswürfeln aus Frau Dorrmanns Kühlschrank, die sie ihm großzügigerweise überlassen hatte. Er druckste eine Weile herum und räusperte sich, bevor er murmelte: „Tut mir leid, Jan."

Mommsen sah weiter geradeaus, eine Hand am Lenkrad, mit der anderen die Nasenspitze fest im Griff. „Sei froh, dass du nicht mehr bei der Schutzpolizei bist", knurrte er. „Stell dir vor, du müsstest jetzt 'ne Dienstmütze tragen."

Harald Helmer war verzweifelt. Drei Tage war seine Nichte jetzt schon verschwunden, und immer noch kein Lebenszeichen. Jan Mommsens Bericht, dass Macko ihnen knapp entwischt sei, trug auch nicht gerade zur Aufhellung seiner Stimmung bei. Macko – Helmer war nun sicher, dass dieser Typ hinter Tinas Verschwinden steckte. Der und seine Donnervögel, die sich seit Kurzem rar machten. Zunächst hatte Helmer systematisch nach Tina gesucht, all ihre Freunde und Bekannten angesprochen oder angerufen, die er kannte. Inzwischen irrte er von Panik erfasst durch Travemünde.

Gerade kam er von der Außenmole zurück, doch Ex-Seemann und Angler Willy Münt war nicht dort gewesen, und wo der wohnte, wusste Helmer nicht. Frustriert kehrte er in den Rosenhof zurück. Wie gerädert fühlte er sich, wollte sich ein wenig ausruhen, aber es gelang ihm nicht. Schon war er wieder auf dem Sprung, als sein Telefon läutete.

Sein Puls raste, als er die Stimme erkannte.

„Harald? Hier spricht Horst Dorrmann, weißt schon, der Macko."

Helmer holte tief Luft. Wo war bloß seine frühere Gelassenheit? Er räusperte sich. „Macko?"

Zunächst kam keine Antwort. Nur das schwere Atmen am anderen Ende war zu hören, dann ein Hüsteln. „Deine Nichte, weißt schon, also ... der geht's gut."

Helmer hatte sich wieder gefasst und hielt sich an die alte Regel: Schweigen irritiert den Anrufer.

„Bist du noch da?" In Mackos Stimme schwang Verunsicherung.

„Ja, ich höre." Harald versuchte, so ungerührt wie möglich zu klingen.

Das Geräusch, das Macko von sich gab, war eine Mischung aus Röcheln und Räuspern. „Äh, keine Angst, es passiert ihr nichts."

Helmer sagte wieder kein Wort.

„Nur ... also ... sie kommt aber nur zu meinen Bedingungen frei."

Helmer schwieg eisern, hielt das Mikrofon des Telefons zu, um sich durch sein heftiges Atmen nicht zu verraten.

„Äh ... hörst du mich?"

Helmer atmete langsam aus. „Ja."

Macko verlor die Selbstbeherrschung. „Ich hab schon einen Prozess am Hals, in Lüneburg! Pillepalle, geht da nur um Immobilien, aber einen Mord – nee, mein Lieber, den lass ich mir nicht anhängen!" Er hatte immer schneller geredet und holte tief Luft. „Also deine Nichte, die lass ich gehen, wenn du mir 'nen Flug nach Belgrad organisierst. Wenn ich dort bin, und keiner hinter mir her ist – aber nur dann –, sag ich dir, wo ihr sie findet."

„Macko, was zum Teufel soll das?", fragte Helmer ruhig.

Stille. Da war es mit seiner Ruhe endgültig vorbei. „Warum willst du abhauen, wenn du mit dem Mord nichts zu tun hast?", rief er. Wieder Stille. Einen Moment lang dachte er, die Leitung sei tot.

Dann war Mackos Stimme wieder zu hören, fast hysterisch. „Du kriegst mich nicht rum! Ich geh dir nicht auf den Leim! Bin doch nicht verrückt! Zwei Tage geb ich euch. Bis dahin müsst ihr alles klar machen. Noch mal: freien Flug nach Belgrad, keine Verfolgung, und ihr könnt die Kleine haben. Wenn nicht ... geht's ihr schlecht, dann krepiert sie nämlich *jämmerlich*. Also, zwei Tage, dann ruf ich dich wieder an. Eine Fangschaltung könnt ihr euch sparen. Alle miesen Tricks könnt ihr euch sparen. Wenn ihr mich linkt, erfahrt ihr nie, wo sie ist! Dann habt ihr sie auf dem Gewissen!"

Jetzt war die Leitung wirklich tot.

Unzählige Gedanken stürmten auf Harald Helmer ein, bevor sein Verstand wieder zu arbeiten begann. Jan! Er musste sofort Mommsen anrufen. Als er ihn endlich erreichte, dauerte es eine Weile, ehe Tinas Onkel sich deutlich ausdrücken konnte. Beiden war klar, dass auf einer höheren Ebene darüber entschieden werden würde, ob man Mackos Forderung nachkomme.

„Ich kümmere mich um alles und mache entsprechend Druck, Harald, da verlass dich drauf", versprach Mommsen, aber er war ganz und gar nicht so zuversichtlich, wie er vorgab.

Als Erstes schickte er zehn seiner zuverlässigsten Leute los, um Travemünde und Umgebung nach möglichen Verstecken abzusuchen. Vor allem die Donnervögel sollten sie genau unter die Lupe nehmen.

*

Alle Brötchen sind aufgegessen, in der einen Flasche ist noch ein Rest Mineralwasser. Ohne Essen kann man zwei Wochen überleben, hat Tina irgendwo gelesen; ohne Flüssigkeitszufuhr wesentlich kürzer. Sie ist selbst erstaunt, dass dieser Gedanke sie nicht in Panik versetzt. Eine an Fatalismus grenzende Gelassenheit hat sie ergriffen. Hunger verspürt sie nicht, sicherlich, weil alte, trockene Brötchen nicht gerade gaumenkitzelnde Wirkung haben.

Im Wachzustand ist sie ziemlich gefasst. Sie analysiert ihre Lage kühl und nüchtern. Dass sie gesucht wird, ist ihr klar und gibt ihr Halt; dass sie bald gefunden wird, kann sie nur hoffen. Doch im Schlaf brechen ihre rationalen Schutzwälle zusammen. Dann entwickelt sie in ihren Träumen Horrorszenarien, aus denen sie schweißgebadet und zitternd erwacht.

Von außen dringen nur noch die dumpfen Töne der Fähren und manchmal auch des Nebelhorns in das Gefängnis. Als Therapie redet sie mal laut, mal leise, mit sich selbst, rezitiert Gedichtausschnitte aus der Schulzeit, pfeift oder schimpft vor sich hin, bis sie außer Atem ist. Von allein in Höhlen oder Gruben eingeschlossenen Menschen hat sie gelesen, dass diese so die Lungentätigkeit normal halten konnten. Nur das Singen hat sie schnell wieder aufgegeben, sie bricht dabei in Tränen aus – erklären kann sie sich diese Reaktion aber nicht.

Gerade redet sie wieder vor sich hin, als sie abrupt abbricht. Sie hört ein leises Kratzen, wie auf Metall.

Dann ... Ist es das Geräusch eines Schlüssels? Sie hält den Atem an. Ein leichter Luftzug trifft sie. Zum ersten Mal, seit sie hier ist! Und gleichzeitig – ganz deutlich – hört sie das Knarren und Quietschen rostiger Türangeln.

Eine Eisentür schlägt polternd zu, irgendjemand atmet schwer. Alle Muskeln an ihrem Körper sind angespannt. Sie hält die Luft an, solange sie kann, und atmet dann geräuschvoll aus.

„Na, wie geht's?"

Eine belegte Männerstimme, die ihr bekannt vorkommt. Plötzlich wird der Raum mit grellem Licht geflutet. Tina muss die Hände vor die Augen schlagen, es schmerzt nach der langen Zeit im Dunkeln. Zwischen den Fingern hindurch blinzelt sie kurz, bevor sie die Augen wieder ganz bedecken muss.

Immer wieder versucht sie es, immer länger erträgt sie die Helligkeit. Steht dort in der linken Ecke ein Mann? Sie erkennt Umrisse. Die Person kommt auf sie zu. Wieder verkrampft Tina. Jemand steht neben ihr, das Licht fällt auf ihn. Langsam nimmt sie die Hände von den Augen und erstarrt.

Macko! Irgendwie wirkt er verändert, aber kein Zweifel, das ist er! Sie setzt sich auf. Er beäugt sie, sie mustert ihn.

„War's schlimm?"

Der fast fürsorgliche Ton seiner Stimme verblüfft sie. Sie nickt.

Er blickt auf ihre Vorräte. „Ich hab was zu essen mitgebracht."

Wieder nickt sie. Eben noch hat sie laut ins Leere geredet, jetzt bekommt sie keinen Ton heraus. Sie beäugt ihn. Unter einem Arm hält er ein zusammengerolltes Paket, in der anderen Hand mehrere Aldi-Tüten. Er geht zur Tür zurück, aber gegen das Licht kann sie nicht erkennen, was er dort tut. Dann sieht sie, dass er neben der Tür den Packen entrollt und auf den Boden legt. Ein Schlafsack? Eine Luftmatratze? Für sie? Doch bald erkennt sie, dass er sich an der gegenüberliegenden Wand installiert.

Angst macht ihr das nicht. Ihr Verstand arbeitet wieder normal, und sie beurteilt die Lage sachlich. Ihre Lage und seine Lage. Er scheint auf der Flucht zu sein und sucht hier Unterschlupf. Dass er sie töten will, kann sie sich nicht vorstellen, das hätte er auch schon eher tun können. Aber als Geisel – als Geisel könnte er sie benutzen!

Kriminalhauptkommissar Jan Mommsen hasste Mützen, doch zur Tarnung waren sie ab und zu unerlässlich. Die Ballonmütze hatte er tief ins Gesicht gezogen. Sie hielten drei Autos Abstand zum Wagen von Dr. Reesner, den sie schon eine Weile verfolgten. „Das BKA will, dass wir seine Bewegungen dokumentieren“, hatte der Chef gesagt. Noch 'n Bericht, hatte Mommsen gedacht, es aber nicht ausgesprochen. Die A 1 zwischen Lübeck und Hamburg war stark befahren. Das Kreuz Bargteheide lag gerade hinter ihnen. Vor Hamburg würde nichts passieren, da war Mommsen völlig sicher.

„Chef!“, rief Tommy am Steuer, „der fährt hier raus!“

Es war die Ausfahrt zur Raststätte Budikate. Sofort war Mommsen hellwach. „Halt hier vorn, Tommy, am Anfang des Parkplatzes!“

Reesner suchte offensichtlich jemanden, denn er fuhr mittlerweile sehr langsam und sah sich fortwährend um. In einer Parklücke neben einem Lieferwagen, einem Mercedes Sprinter, stand ein korpulenter Mann und winkte ihm. Reesner parkte und stieg aus. Sie begrüßten sich per Handschlag.

„Der hat dafür gesorgt, dass der Parkplatz frei bleibt, wetten?“, knurrte Tommy.

Mommsen nickte und strich sich über die Nasenspitze. Der Dicke schloss den Lieferwagen ab, und die beiden gingen hinüber zum Restaurantgebäude.

„Sieh mal einer an“, brummte Mommsen und wies auf den Kastenwagen mit Hamburger Nummer. „MSS-Seetransporte, Admiralitätsstraße in Hamburg. Vor drei Jahren hießen sie ‚Confi-Trans-Reederei‘ und saßen an der Untertrave in Lübeck. Sie hatten einen Prozess am Hals wegen illegaler Verklappung von Schadstoffen und haben dann umfirmiert. Ob ihre Seetransporte jetzt koscher sind, bezweifle ich mal.“

Mommsen überlegte kurz. „Hör zu, Tommy, jetzt kommst du ins Spiel. Dich kennt er nicht. Aber geh nicht zu nah an ihn ran, und nimm das Spielzeug mit.“

Das „Spielzeug“ sah aus wie ein MP3-Player mit Ohrstöpseln, war aber ein Richtmikrofon, mit dem man auf zehn Meter Entfernung genau mithören konnte – sogar auf fünfzehn Meter, wenn es keine starken Nebengeräusche gab.

Tommy folgte den ungleichen Gestalten, dem langen, schlanken Dr. Reesner und seinem bulligen, zwei Köpfe kleineren Begleiter. Drinnen holte sich jeder der beiden einen Kaffee, dann zogen sie sich in eine Ecke hinter einen bepflanzten Raumteiler zurück. Tommy platzierte sich mit einer Cola und der BILD drei Tische weiter. Sehen konnte er sie nicht, aber sehr deutlich hören.

Mit unverbindlichen Vorreden hielten sich die beiden nicht auf. Offenbar kannten sie sich gut, auch wenn über Privates nicht gesprochen wurde.

Die nächste Sendung habe nur knapp zwei Tonnen einschließlich Verpackung und komme per Binnenschiff aus Magdeburg. „Die Verpackung besteht aus Zinkblei", erklärte Reesner gerade. „Außenrum ist Holz. Es sind vier Teile, die können so, wie sie sind, versenkt werden."

„Nur zwei Tonnen", murrte der Dicke, „da lohnt ja das Auslaufen nicht. Das sind hin und zurück an die zweihundert Seemeilen."

„Das ist egal", erwiderte Reesner. „Ich zahle wie immer nicht nach Gewicht, sondern die Reise."

In diesem Moment klingelte ein Handy. Reesner fluchte und eilte aufgeregt zur offenen Terrassentür.

Tommy stellte hastig seinen „MP3-Player" auf die neue Entfernung ein und fing gerade noch Reesners verärgerte Stimme ein.

„Hotte, Mann, du weißt doch genau, dass du mich nicht anrufen sollst! Was ist los, verdammt noch mal?"

Tommy hörte sogar die Stimme aus dem Handy, konnte aber nicht verstehen, was gesagt wurde.

„Abhauen kommt nicht in Frage", zischte Reesner. „Du wirst die Kleine bewachen. ... Wieso zu nah dran? Je näher, desto größer die Chance, dass das Versteck nicht gefunden wird!"

Wieder redete der andere, dieser Hotte, eine Weile, bis Reesner die Geduld verlor. „Halt dich gefälligst an die Anweisungen, sonst lass ich dich hopsgehen! Du weißt, was das heißt." Er legte auf, atmete ein paar Mal tief durch und ging mit rotem Kopf zu dem Dicken zurück.

Nachdem der Doktor sich beruhigt hatte, wurden noch die letzten Details der Verschiffung geklärt.

„Die Sendung kommt in einer Woche mit dem belgischen Binnenschiff ‚Louisette', Heimathafen Antwerpen. Die Frachtpapiere sind auf Röntgengeräte für Hull in England ausgestellt. Bis dahin lässt du deine „Erna II" nach dem Verklappen fahren, wie gewohnt."

Reesner sah offenbar zur Uhr. „Ich muss los", sagte er.

Tommy rannte zurück zu Mommsen, bevor Reesner den Rasthof verließ. In wenigen Sätzen erklärte er seinem Chef, was er in Erfahrung gebracht hatte.

Mommsen hatte Tommys Bericht nicht einmal unterbrochen, nur hin und wieder genickt. „Zwei Jahre Knast haben ihn also noch nicht geheilt", murmelte er.

„Zinkblei-Verpackung, das deutet doch auf radioaktives Material", erklärte er auf Tommys fragenden Blick hin. „Der ist immer noch im selben Geschäft. Genauso wie Herr Martin Siegfried Schulze. Da steht's: MSS – Martin Siegfried Schulze." Er deutete auf den abfahrenden Lieferwagen.

„Und dieser Hotte? Wer ist das?"

„Hotte? Der Name ist heute nicht mehr üblich, ein Spitzname für Horst. Und wir wissen, wer sich dahinter verbirgt, stimmt's?"

Die Fahrt habe sich gelohnt, meinte er. Leider müsse

man es den Hamburger Kollegen überlassen, die „Louisette“ und die „Erna II“ an die Kette zu legen, aber Dr. Reesner hätte sich einen weiteren Punkt in seinem Register verdient.

Inzwischen waren die beiden Belauschten bei ihren Fahrzeugen angekommen und verabschiedeten sich. Der Dicke in seinem Sprinter fuhr nach Hamburg. Dr. Reesner fuhr bei der Anschlussstelle Ahrensburg in Richtung Lübeck ab, die beiden Beamten folgten ihm in gebührendem Abstand.

*

Die erste Nacht in Mackos Gegenwart machte Tina kein Auge zu. Er hatte ihr etwas zu essen gegeben: abgepackte Sandwiches mit Pute, Tomatenscheiben und Salatblättern, und kalten Zitronentee aus dem Tetrapack. Unter den gegebenen Umständen war das für sie wie ein Dinner in einem Sterne-Restaurant.

Als er sich sein Lager neben der Tür eingerichtet hatte, löschte er das Licht. Das Rascheln deutete darauf hin, dass er sich zum Schlafen auszog. Schmerzlich wurde der jungen Frau bewusst, wie groß ihr hygienischer Nachholbedarf war. Ihre Ängste und Willensanstrengungen hatten das verdrängt. Kurz darauf hörte sie nur noch sein Schnarchen, das die ganze Nacht über anhielt.

Als Macko am nächsten Morgen aufstand und dann das Licht anknipste, stellte sie sich schlafend. Sie traute sich nicht, ihn anzusprechen. Die Tür fiel zu, und sie wartete auf das Geräusch des Schlüssels. Es blieb aus. Hatte er seine Sachen mitgenommen? Feststellen konnte sie das nicht, denn es war wieder völlig dunkel. Jetzt endlich überkam sie der Schlaf.

Ein traumhaftes Hotel hatte Ole da ausgesucht! Sie genossen ein fürstliches Frühstück auf der Terrasse. Vom blauen Meer zog eine leichte Brise zu ihnen herauf.

Sie lehnte sich genüsslich zurück und schloss die Augen. Hatte der Kellner eine Kanne frisch aufgebrühten Kaffees hingestellt? Der Duft strömte durch ihre Nasenflügel. Sie öffnete die Augen und wollte zum Tisch schauen, aber das grelle Sonnenlicht blendete sie. Wo war nur ihre Sonnenbrille abgeblieben? Sie blinzelte. Mit einer Hand bedeckte sie die Augen, mit der anderen taste sie nahezu blind um sich – auf dem rauen Zementfußboden! Das Licht kam von der funzeligen Neonleuchte über der Tür. Grausam war die Rückkehr aus dem Hotel am Meer ins Verließ.

Macko war zurückgekommen.

Wie lange er weg gewesen war, konnte sie nicht sagen. Er hockte an seinem Platz neben der Tür und hantierte dort herum, den Rücken ihr zugewandt. Wenigstens ein Element ihres schönen Traums entsprach der Wirklichkeit: Es roch nach ... Kaffee!

Langsam gewöhnten sich ihre Augen an die helle Umgebung. Macko schlurfte zu ihr herüber, stellte ein Brett neben Tinas Matratze ab, holte seinen zusammengerollten Schlafsack und setzte sich im Schneidersitz darauf, direkt vor ihr. Auf dem Brett standen zwei Pappbecher, daneben lagen sechs Croissants auf einer Art Serviette. Croissants! Kaffee!

„Lang zu!"

Sie richtete sich auf, nickte, wollte sich bedanken, bekam aber keinen Ton heraus. All ihre Stimmübungen in der Einsamkeit wirkten im Moment nicht. Sie hüstelte. „Wie ..." Räuspern. „Wie spät ist es?"

Er schaute auf die Uhr. „Halb fünf."

Hatte sie so lange geschlafen? „Abends?"

Er lachte kurz auf. „Nee, morgens."

Dann konnte sie nur sehr kurz geschlafen haben. Und er konnte nicht lange weg gewesen sein.

„Und ... wo gibt's so früh Kaffee und Croissants?"

Wieder lachte er. „Geheimtipp."

Einen Augenblick lang zögerte sie. „Und wo ... wo sind wir hier?"

Diesmal lachte er nicht, sondern sah sie nachdenklich an. „Noch 'n Geheimtipp." Er nahm ein Croissant und einen der beiden Becher. Mit einer Geste lud er sie ein, sich ebenfalls zu bedienen.

Der Kaffee war schwarz und nur lauwarm, schmeckte aber einfach köstlich. Obwohl das Croissant nicht mehr ganz frisch zu sein schien, mundete es ihr dennoch vorzüglich, nach den faden Brötchen. Schweigend frühstückten sie. Er bestand darauf, dass sie wie er drei Croissants aß.

Im Licht der Neonleuchte, das seitlich von hinten auf ihn fiel, konnte sie undeutlich erkennen, wie er sich verändert hatte. Dass es ihm offenbar nicht gut ging, zeigten nicht nur die besonders tiefen, dunklen Schatten unter den Augen. Sein Vollbart war verschwunden; der einst geschwungene Mund und das rundliche Kinn wirkten schlaff, irgendwie faltig. Das Haar trug er länger als früher, nach hinten gekämmt. Den genauen Farbton konnte sie nicht bestimmen. Er hatte einen schwarzen Rolli unter der schwarzen Lederjacke an, und schwarze Jeans. Die Nikes hatten dieselbe Farbe. Seine Gesten wirkten fahrig, sogar zittrig. Er schien um Jahre gealtert.

Sie war bei ihrem zweiten Croissant. Er hatte sein drittes bereits gegessen und zupfte sich schnalzend Reste aus den Zähnen.

„Vor mir ... also, du brauchst keine Angst haben."

Kauend nickte sie und hoffte inständig, dass er die Wahrheit sagte.

„Ich tu dir nichts. Nur ... also frei kommst du erst ..."

Ihre Kaubewegungen stoppten.

„Also nur, wenn die anderen die Bedingungen erfüllen", fuhr er fort.

Welche Bedingungen er meinte, verriet er nicht. Ihn danach zu fragen, das traute sie sich nicht. Wer „die anderen" waren, konnte sie sich denken. Sie würgte an dem Bissen im Mund.

Er könne jetzt nur noch nachts hier raus, meinte er, und müsse jetzt am Tag schlafen. Sie solle sich daran nicht stören. Vielleicht sei ja bald alles vorbei.

Kriminalhauptkommissar Jan Mommsen schäumte vor Wut. Sein Chef hatte ihm mitgeteilt – auf Verlangen des BKAs, hatte er gesagt –, dass Dr. Reesner nicht weiter überwacht werden sollte. Den hätten sie jetzt selbst unter Kontrolle, die Lübecker würden dabei nur stören.

Mommsen hatte Mühe gehabt, sich einigermaßen zurückhaltend dazu zu äußern. Die Entführung von Tina Menges schien die Wiesbadener nicht sonderlich zu interessieren. Auch die Jagd nach Horst Dorrmann war anscheinend zweitrangig. Dessen Forderung nach freiem Geleit sei nun weitergereicht, die Entscheidung liege jetzt beim Kanzleramt und beim Bundesnachrichtendienst.

„Beim BND?"

Harald Helmer war erstaunt, als Mommsen ihm das erzählte. „Was haben die denn bitte damit zu tun?"

Mommsen lachte auf. „Das hab ich mich auch gefragt.

Der Chef sagt, die klären das mit den serbischen Stellen in Belgrad. Das Kanzleramt koordiniert die Geheimdienste, deshalb wurden die auch informiert."

Helmer schüttelte besorgt den Kopf. „Hoffentlich beeilen die sich. Schließlich geht es hier doch nicht um Lösegeld!"

Mommsen nickte. „Uns bleibt nichts anderes übrig, als abzuwarten und die Suche voranzutreiben."

Der Suchtrupp war um acht Kollegen und zwei Kolleginnen von der Schutzpolizei erweitert worden, morgen sollte ein Hundeführer dazustoßen. Mommsens Chef hatte darauf gedrungen, dass sie das Rotlichtmilieu in Lübeck durchforsteten, obwohl er und Helmer überzeugt waren, dass Tina dort nicht zu finden war. Das von Tommy in der Autobahn-Raststätte Budikate abgehörte Telefonat hatte eindeutig darauf hingewiesen.

„Das ist reine Zeitverschwendung", wetterte Mommsen. „Außer neuen Zwangsprostituierten haben wir nichts aufgegabelt. Die werden aus dem Verkehr gezogen, und nächste Woche sind neue da! Übrigens, ich hab den Langen mit drei Mann zur Dorrmann-Villa nach Pötenitz geschickt. Er hat vorhin angerufen: Dort tut sich nichts, außer dass sie herausgefunden haben, dass von dem Keller, in dem er sich den Kopf gestoßen hat, ein Gang bis in die Garage führt. Durch den muss Macko uns neulich durch die Lappen gegangen sein. Das ist alles. Er sagt, sie wollen trotzdem in der Gegend suchen. Frau Dorrmann, meinte er, sah nicht danach aus, als wollte sie mir einen schönen Gruß bestellen."

Harald Helmer rang sich ein Lächeln ab. „Das kann ich mir denken."

Sie gingen am Passathafen entlang. Ein frischer Nordostwind kündigte den rauen Herbst an. Vor der Segler-Messe blieben sie stehen und schauten zu den Speedboots hinüber, die im Windschatten der „Passat" lagen. Die meisten anderen Boote waren bereits im Winterlager.

„Von Mackos Vereinsbrüdern ist nichts zu sehen", brummelte Helmer.

„Oder zu hören", ergänzte Mommsen. Sein Handy dudelte. Er hörte nur zu, fragte nichts. „Ich komm. Versucht schon mal, den Eingang freizulegen", ordnete er an und schaltete ab.

„Das war der Lange", sagte er dann zu Helmer. „Sie sind von Frau Dorrmann aus zur Siedlung Rosenhagen gefahren. Erinnerst du dich? Das liegt oberhalb von dem Anlegesteg – da, wo Macko mit den zwei Düsseldorferinnen verschwunden ist. Das war auch ein klarer Fall von Entführung, wenn du mich fragst. Aber da es keine Anklage gab, war da nichts zu machen. Also, dort haben unsere Leute jedenfalls so 'ne Art Bunkereingang gefunden, wahrscheinlich aus dem Zweiten Weltkrieg, total zugewachsen, aber die Zweige sind zum Teil abgebrochen, sagt der Lange."

Mommsen hatte seinen Wagen auf dem Festland stehen gelassen. Wieder bot Helmer ihm an, ihn hinzufahren.

„Bunker", brummelte Tinas Onkel, als sie die Mecklenburger Landstraße in Richtung Pötenitz entlangfuhren. „Bunker – das ist 'ne Möglichkeit."

Mommsen stimmte ihm zu. „Davon muss es doch einige geben in dieser Gegend. Bloß – wer kennt sich da heute noch aus?“

In Rosenhagen führte ein Feldweg nach links zu einem kleinen Wäldchen. Dort, wo ein Bach aus dem Unterholz ins Freie trat, waren der Lange und seine Begleiter dabei, das Gestrüpp beiseitezuräumen, was wegen der dichten Brombeer-Ranken nicht ohne Fluchen vonstattenging.

Endlich hatten sie eine Bresche geschlagen, durch die ein Mann ungehindert hinunterkonnte. Vertiefungen in der Böschung deuteten darauf hin, dass jemand über weichen Boden gelaufen war.

Eine Metalltür wie ein Schiffs-Schott wurde sichtbar. Mit Mühe zog der Lange den Hebel herum, der kurz darauf quietschend nachgab.

„Sichern!“, befahl Mommsen den Beamten.

Sie zogen ihre Dienstwaffen. Auch der Lange griff ins Halfter unter seiner Windjacke. Mit Mühe ließ die Tür sich nach außen öffnen. Nichts rührte sich. Die Türöffnung war ein schwarzes Loch.

Fast eine halbe Minute verstrich. Eine halbe Minute, wie eine halbe Ewigkeit. Unschlüssig schaute der Lange sich um.

„Lampe!“, forderte Mommsen angespannt.

Ein Polizist reichte ihm eine Taschenlampe, und Jan Mommsen gesellte sich zu dem Langen. Vom Eingang aus leuchtete er in den Innenraum. Die gegenüberliegende Wand war nur drei Meter entfernt. Mommsen und der Lange schauten sich an, dann schlug der Jüngere die Augen nieder.

Hat der Lange Schiss?, fragte Mommsen sich. Beherzt betrat er den Bunkerraum und leuchtete alle Ecken aus. Niemand. An einer Seite entdeckten sie Spuren eines Nachtlagers mit einem Kerzenrest und zwei leeren Konservendosen. Deprimiert verließen sie den Bunker, und der Lange schloss die Tür.

„Fehlanzeige!", rief Mommsen laut.

„Den muss ein Penner mal als Quartier benutzt haben", ergänzte der Lange, „schon eine Weile her." Er hielt sich angeekelt die Nase zu.

Auf dem Rückweg zum Rosenhof schwieg Mommsen und bedachte die Kollegen mit düsteren Blicken.

Helmer tröstete ihn, obwohl er in dem Moment selbst gern jemanden gehabt hätte, der ihm Trost spendete. „Der Bunker da draußen kann nicht der einzige hier sein. Im Krieg muss es hier eine ganze Menge davon gegeben haben. Küstenschutz und so. Aber wo finden wir jemanden, der noch weiß, wo die waren?"

Mommsen nickte. „Das weiß ich leider auch nicht. Aber wenn Macko einen Bunker kennt, dann kennen seine Donnervögel den bestimmt auch."

Helmer seufzte. „Siehst ja, die sind verschwunden, wie vom Erdboden verschluckt."

Mommsen schüttelte den Kopf. „Nicht ganz, da gibt es doch noch unsere beiden Motorradkünstler im Marienkrankenhaus, den Wiedermeier und den Ehrich. Die werd ich mir gleich mal vorknöpfen."

*

Tina Menges langte ordenlich zu. Macko hatte von seinem Nachtausflug zwei warme Salamipizzen, zwei Becher Milchkaffee und ein paar Bananen mitgebracht. Sie wollte wissen, wo er zu dieser Stunde solche Köstlichkeiten herbekam, doch er murrte nur: „Geheimtipp."

Er wirkte entspannter als zuvor, sogar gepflegter. Statt des schwarzen Rollis trug er jetzt ein dunkel kariertes, flauschig aussehendes Hemd unter der schwarzen Lederjacke. Wo mochte er die Nacht zugebracht haben? Etwa bei sich daheim, in Pötenitz? Das wäre dreist, aber sie traute es ihm zu. Tina fragte nicht nach, denn sie wusste, er würde nicht antworten. Stattdessen rang sie mit sich, ob sie ihm die Frage stellen sollte, die sie die ganze Zeit während seiner Abwesenheit beschäftigt hatte.

„Wie ... wie steht's ... also, ich meine, mit den Bedingungen, die Sie der Polizei gestellt haben", brachte sie endlich heraus.

Macko stutzte, hielt einen Moment mit dem Kauen inne, und als er hinuntergeschluckt hatte, ballte er die rechte Hand zur Faust. „Heute Nacht weiß ich mehr."

Seine Anspannung übertrug sich auf Tina. Beide schwiegen. Sie konnte nichts mehr essen.

Auch er aß nur noch lustlos und stopfte die Essensreste danach wortlos in eine Plastiktüte. Dann setzte er sich neben sie auf den aufgerollten Schlafsack.

„Mach dir keine Sorgen, wird schon werden", sagte er fast fürsorglich.

Wie ein großer Bruder, fand sie. „Bist du sicher?"

Er wiegte den Kopf. „Sicher nicht, aber ... Siehst du, die können gar nicht anders, wenn sie dich freibekommen wollen. Sie wissen, dass das nur geht, wenn sie meine Forderungen erfüllen."

Und plötzlich brach der Damm. Sein Mitteilungsdrang wirkte beinahe zwanghaft. Er plauderte all seine Pläne aus: dass er nach Serbien auswandern würde, was er dort anfangen wolle, dass er natürlich nicht in Belgrad bleiben könne, dass in dem Land keiner gefangen gehalten würde, der die richtigen Verbindungen habe – und die habe er ja, und er freue sich auf das neue Leben. Er schwärmte von der Schönheit des Landes, der Freundlichkeit der Menschen und dem guten Klima.

„Und deine Frau?"

Fast irritiert reagierte er auf ihre Frage. „Die kommt schon klar", sagte er wie nebenbei.

„Und dein Motorbootverein?"

Mit gleichgültigem Gesicht machte er eine wegwerfende Bewegung über die Schulter. „Abgehakt."

Tina dachte an die Dinge, die noch nicht abgehakt waren: die Todesumstände seiner Vorgänger als Vereinsvorsitzender zum Beispiel.

Macko hingegen begann wieder, den Charme des Balkans zu preisen, den er schon als Junge, noch von der DDR aus, kennengelernt hatte. Stolz berichtete er, dass er als vorbildlicher Junger Pionier zur Teilnahme an einem sozialistischen Jugendlager im damaligen Jugoslawien auserwählt worden war. Dort habe er eine tiefe, noch bestehende Freundschaft geschlossen. Nachdenklich schwieg er dann minutenlang.

„Eine sehr tiefe Freundschaft", murmelte er, als er aufstand, um sein Nachtlager vorzubereiten.

Nicht nur sein Schnarchen hielt Tina die ganze Nacht wach. Zu viele Gedanken schossen ihr durch den Kopf. Immer wieder zwang sie sich, an einen positiven Ausgang ihrer Entführung zu glauben, stets kehrten aber die Zweifel zurück. Realistisch betrachtet, barg die Situation viele Risiken. Ihr war klar, dass die staatlichen Stellen, die seine Flucht zulassen sollten, Macko selbstverständlich fassen wollten.

Ob sie damit warteten, bis sie frei sein würde, war die große Frage, auf die sie keine Antwort fand. Unruhig warf sie sich auf der Matratze hin und her. Wenn sie, meist nur für kurze Momente, einschlummerte, träumte sie derart beängstigende Szenarien, dass ihr der bange Wachzustand lieber war.

Ein aufgeregter Ole Marquardt rief an. Mehrfach hatte er versucht, Tina zu erreichen und machte sich große Sorgen. „Sie geht nicht an ihr Handy, zu Hause erreiche ich sie auch nicht, und in der Redaktion hat man mir gesagt, sie habe Urlaub. Da stimmt doch was nicht!"

Helmer musste Tinas Freund nun wohl oder übel die Wahrheit sagen, auch wenn er ihn lieber geschont hätte. „Ole, bleib jetzt ganz ruhig. Tina wurde entführt." Er schilderte die Situation so behutsam wie möglich.

„Warum hast du mich nicht gleich benachrichtigt?", rief Ole aufgebracht.

„Wie hätte ich dich denn erreichen können? Ich weiß nicht, wo du wohnst, hab nicht mal deine Handy-Nummer.

Außerdem ...“, Harald zögerte einen Moment, „ich glaub nicht, dass du hier helfen kannst. Die Suchaktion läuft, die Behörden sind eingeschaltet, alles führt sicher zu –“

„Das seh ich anders“, unterbrach Ole ihn, „ich komme!“ Er legte auf, ohne eine Antwort abzuwarten.

Nachdenklich schaute Helmer auf das Telefon in seiner Hand. Verständlich, dachte er. „Verständlich“, wiederholte er laut und dachte dabei an seine eigene erste Reaktion – er wäre auch fast in Panik ausgebrochen. Hoffentlich behielt Ole die Nerven. Vielleicht war schon alles vorbei, Tina unversehrt und längst wieder in Freiheit, bevor ihr Freund hier eintraf. Von einem Moment auf den nächsten konnte er in London sicher nicht alles hinschmeißen und herkommen.

Was Helmer Sorgen bereitete, war jedoch, was er Macko sagen sollte, wenn der anrief. BND und Kanzleramt hatten noch nichts entschieden – zumindest hatten er und Mommsen noch nichts gehört.

Der achtjährige Schäferhund Zack war ein „erfahrener Beamter“, wie sein Führer, Polizeiobermeister Hartwig Bommer, ihn vorstellte. Harald Helmer hatte in der Wohnung seiner Nichte einen noch nicht gewaschenen Pulli im Wäschekorb gefunden. Den musste Zack von Zeit zu Zeit beschnuppern, und dann sollte er dem Geruch folgen. Probehalber war es zunächst zu Tinas Cooper am Mühlenberg gegangen, dort hatte Zack brav angeschlagen. Unermüdlich schnüffelte er nun Wege und Gebüsche auf dem Priwall ab, ohne Ergebnis. Immer häufiger musste sein Führer ihm den Pullover unter die Nase halten.

Gespannt folgte Helmer, gab auch ab und zu Tipps, wo man noch suchen könnte. Einmal nur, an einer Bank gegenüber dem Fischereihafen, schien Zack ein wenig anzusprechen. Er umkreiste sie mehrmals, erforschte auch das Gebüsch dahinter, verlor dann aber das Interesse an dieser Stelle.

„Kann Ihre Nichte sich hier aufgehalten haben?“, fragte der Hundeführer.

„Kann sie, ja, das wär möglich“, meinte Helmer. „Ich selbst hab mal mit ihr dort weiter hinten auf einer Bank gesessen.“

Als sie die Bank gegenüber dem Skandinavienkai erreichten, verhielt sich der Hund genauso wie kurz zuvor, schlug aber nicht wirklich an.

„Vielleicht ist das nur eine ganz schwache Spur“, erklärte der Polizeiobermeister, „die vom Wetter über diese lange Zeit fast ausgelöscht wurde.“

Stunden später, nachdem sie kreuz und quer auf dem Priwall umhergelaufen waren, gaben sie auf.

„Zack braucht jetzt ein bisschen Ruhe. Morgen ist ja auch noch ein Tag.“

Harald Helmer kommentierte das nicht. Ein neuer Tag hieß auch, dass ihnen so langsam die Zeit davonlief.

Kripo-Oberkommissar Jan Mommsen kam gerade noch rechtzeitig ins Lübecker Marienkrankenhaus. Der Oberarzt, den er von seinem ersten Besuch dort kannte, hatte frei, aber die Stationsschwester erinnerte sich an ihn, sodass Mommsen sich lange Erklärungen sparen konnte.

„Zwei Stunden später wäre Herr Ehrich entlassen

worden“, sagte sie. Er sei gerade bei der Abschlussuntersuchung und solle anschließend zum Anlegen eines neuen Gehgipses. Dazwischen könne man ihn aber im Nebenraum des Stationszimmers verhören.

„Befragen“, korrigierte Mommsen sie, und beide grinsten.

Herr Wiedermeier läge auf seinem Zimmer, allerdings einem anderen als vorher. „Die zwei haben sich derart gestritten, dass wir sie trennen mussten“, erklärte die Stationsschwester.

Wie erwartet, ergab die Befragung von Wiedermeier nichts Brauchbares. Auf dem Priwall kannte er sich nach eigenen Angaben überhaupt nicht aus. Als Junge sei er dort mal zum Baden gewesen, dann nie mehr. Von einem Bunker habe er nie etwas gehört. Wiedermeier wirkte matt und kraftlos. Mit seinem komplizierten Gestell aus Draht und Binden für den linken Arm gab er ein Bild des Jammers ab. Er sei jetzt trocken, hatte die Stationsschwester gesagt, aber noch nicht über den Berg. Mommsen begriff, dass er von ihm nichts erwarten konnte und ließ ihn in Ruhe.

Ehrich hingegen schaltete sofort auf Abwehr, als er ins Krankenzimmer trat. Mommsen ließ sich davon nicht beeindrucken, stellte keine Fragen, sondern monologisierte wie beiläufig vor sich hin. Da seien zwei Motorradgeschichten: der Zusammenstoß auf der Schwartauer Landstraße und der tödliche Unfall von Herrn Meißner, beide müssten ja Folgen haben. Ebenso der Vorfall in der Trave-Mündung mit drei Toten, dito die Erpressung des Herrn Stollner oder Svensson – nicht zu vergessen die

Drogen- und Prostitutionsvorwürfe, die Verwicklung in die Rocker-Szene der Hells Angels und Bandidos, gleichfalls die Entführung von zwei Düsseldorferinnen.

„Und da hab ich längst nicht alles aufgezählt", sagte Mommsen und schaute Ehrich eindringlich an, „aber es reicht allemal, um Sie gleich hier und heute vom Krankenhaus ins Untersuchungsgefängnis transportieren zu lassen."

Mommsen ließ diese Bemerkung erst einmal wirken, stand dann auf und schaute lange aus dem Fenster. Einmal wandte er sich kurz um und sah, dass seine Drohung offenbar die erwünschte Wirkung erzielt hatte. Die Aussicht auf Knast im Moment der ersehnten Entlassung aus dem Krankenhaus war wohl für den Patienten zu viel des Guten. Mommsen blickte wieder aus dem Fenster und sprach dann in demselben Tonfall wie vorher weiter.

Er könne sich aber auch vorstellen, dass man ihn, Ehrich, erst einmal in Ruhe ließe, vielleicht habe er ja nur mit den weniger schwerwiegenden Dingen zu tun gehabt. Unter Umständen könne er gleich nach Hause.

„Und diese Umstände", Mommsen wandte sich Ehrich zu, der blass und sehr nachdenklich zu ihm aufschaute, „die hängen von einer für Sie absolut harmlosen Auskunft ab: Wo ist Mackos unterirdischer Bunker?" Die Frage stellte er jetzt mit großem Nachdruck.

An Ehrichs Reaktion erkannte er sofort, dass er sich ebenso nach dem Verbleib des Nibelungen-Schatzes hätte erkundigen können.

Völlig verständnislos blickte der ihn an, den Mund weit offen. „Bunker? Was für'n Bunker?" Kopfschüttelnd fuhr er fort: „Ich weiß nichts von 'nem Bunker." Nachdenklich kratzte er sich am Kinn. Dann schien ihm etwas einzufallen. „Ist eine Weile her, da hat Macko mal was von 'nem Keller gefaselt, da ging's um die Frage, ob wir ein Vereinsheim haben wollten. Aber davon war dann nie mehr die Rede." Er zuckte ein paar Mal mit den Schultern. „Bunker? Echt, nee!"

Mommsen wurde klar, dass er sich den Krankenhausbesuch hätte sparen können. Wieder nichts! Resigniert fuhr er zurück in sein Büro.

Die zwei Tage seit Mackos Anruf waren vergangen. Seit Stunden saß Harald Helmer neben seinem Telefon. Das Handy lag griffbereit, obwohl Macko diese Nummer eigentlich nicht kennen konnte. Weder zum Nachmittagskaffee noch zum Abendbrot hatte Helmer das Appartement verlassen. Er traute sich nicht einmal, auf die Toilette zu gehen – falls er dann einen Anruf auf dem Festnetz verpasste. Doch das Telefon wollte nicht klingeln. Er hatte Jan Mommsen gebeten, auf eine Fangschaltung zu verzichten.

Der stimmte ihm zwar zu, dass diese wahrscheinlich zwecklos sei, da der Anruf sicher von einer öffentlichen Telefonzelle käme und der Anrufer längst über alle Berge wäre, bevor man diese erreiche. „Aber du kennst ja den Chef", hatte er Helmer erklärt, „der macht ein Theater, wenn wir diese blöde Routine nicht einhalten. Dann kann er wenigstens behaupten, wir hätten alles Menschenmögliche versucht. – Falls was schiefgeht", hatte Jan hinzugesetzt und die Fangschaltung veranlasst.

Seit zwei Tagen ging Helmer nun alle positiven und negativen Eventualitäten im Geiste durch. Ihm war klar, was alles passieren konnte. Doch es durfte einfach nichts danebengehen! Und seit heute Nachmittag formulierte er immer wieder neu, wie er Macko so schonend wie möglich beibringen wollte, dass dieser sich noch gedulden müsse, weil die Genehmigung für die freie Ausreise noch auf sich warten ließe. Er wollte ihm aber versichern, dass alles nach Mackos Wünschen ablaufen werde. Immer wieder stellte Helmer sich auch vor, wie Tina zumute war und fragte sich, wie sie wohl mit ihrer Gefangenschaft fertigwurde. Für ihn war sie mehr als eine Nichte, eher wie eine Tochter. Sie war ein patentes Mädchen, lebensfroh und optimistisch, aber wie lange würde sie durchhalten? Unvorstellbar, wenn ihr etwas zustoßen sollte!

Als es klingelte, schreckte er hoch. Es war stockdunkel. Er musste im Sessel eingenickt sein, es dauerte einen Moment, bis er sich orientiert hatte. War das Klingeln vom Telefon oder vom Handy gekommen? Vom Telefon.

Macko sagte nur: „Ich höre."

Helmer musste sich räuspern. „Hör zu, Macko, die sind noch nicht ganz –"

Doch Horst wollte einfach nicht zuhören. „Ihr Schweine! Das wird Folgen haben!", schrie er nur. Im nächsten Moment war die Leitung tot.

Helmer machte Licht und sah auf die Uhr. Viertel vor zwölf. Verzweifelt schüttelte er den Kopf, es gelang ihm nur mit Mühe, die Tränen zurückzuhalten. Wieder klingelte das Telefon.

Es war Mommsen. „Telefonzelle am Strandbahnhof Travemünde", meinte er genervt. „Ich hab einen Mann hingeschickt, pro forma, damit der Alte Ruhe gibt."

Der in Zivil gekleidete Hundeführer wartete ungeduldig auf die Autofähre, denn dort drüben auf der Priwall-Seite brauchten sie heute länger als gewöhnlich. Obwohl die Saison vorbei war, wurde die Autoschlange schnell länger. Auch die Zahl der wartenden Fußgänger wuchs. Irgendjemand unter ihnen machte seiner Ungeduld Luft, und andere Passanten stimmten sogleich in das Gezeter mit ein. Plötzlich zog Zack an der Leine und zwängte sich zwischen zwei Frauen hindurch. Der Hundeführer hatte Mühe, dem Tier zu folgen, das ein bestimmtes Ziel im Visier hatte.

Zack schnüffelte bereits an der Tasche eines älteren Mannes und begann zu bellen. Die Fähre hatte zwischenzeitlich angelegt, das Gedränge zwischen aussteigenden Fußgängern, Radfahrern sowie den ungeduldig Wartenden nahm zu. Die von Bord fahrenden Autos machten es ihnen nicht leichter, da die Fußsteige sehr eng waren. Der Angebellte nannte Zack unwirsch eine „olle Töle" und schob sich an den Wartenden vorbei auf die Fähre.

Der Hundeführer schaute sich hilflos um. Er wollte auf keinen Fall Aufsehen erregen, den eigentlich nun Verdächtigen nicht kopfscheu machen. Andererseits konnte er den Kerl mit der Tasche nicht entwischen lassen.

Als einer der Letzten betrat der Hundeführer die Fähre und behielt den Mann mit der Tasche im Auge, der ganz vorn links an der Landeklappe stand.

Während der kurzen Überfahrt arbeitete er sich mit

dem Hund zwischen den dreispurig aufgereihten Autos vor, wurde aber von dem Fahrer einer Nobelkarosse aufgehalten und beschimpft, weil er den Außenspiegel von dessen Wagen gestreift hatte. Der Decksmann der Fähre mischte sich ein und forderte den „Hundehalter" lautstark auf, doch bitte auf dem Fußsteig zu bleiben. Schon legten sie an, die Landeklappe wurde hinuntergelassen, und alle drängten von Bord, der Mann mit der Tasche als Erster. Der Hundeführer kam auf dem rechten Fußsteig nur langsam voran. Als er endlich festen Boden unter den Füßen hatte, konnte er wegen der startenden Fahrzeuge nicht auf die linke Seite wechseln. Dort musste er mit ansehen, wie der Mann mit Tasche schließlich im Durcheinander verschwand.

Die Autos waren bald alle von Bord, das Gewühl lichtete sich, und er staunte nicht schlecht, als er den Typen ein paar Meter weiter mit Kriminalhauptkommissar a. D. Harald Helmer reden sah. Wie verabredet, hatte der auf den Hundeführer gewartet und winkte ihn nun heran, als er ihn erkannte. Der Mann hatte gerade etwas aus der Tasche gezogen und zeigte es dem Ex-Kripobeamten.

Wie besessen zog Zack an der Leine und sprang kurz darauf an dem Fremden hoch, der ein Halstuch in die Höhe hielt. Knurrend gehorchte Zack den barschen Befehlen seines Herrchens und setzte sich.

Harald Helmer klärte die Situation auf. „Herr Münt ist ein guter Bekannter meiner Nichte und hat mir ein Halstuch von ihr gebracht, das sie kürzlich in einem Café vergessen haben muss."

„Joa, also ick hev mi dacht, se kümmt mal anne Mole

vörbi, wenn ick bien Angeln bin, awers ..." Willy Münt murmelte etwas davon, dass er schon eher gekommen wäre, wenn er von der Entführung gewusst hätte.

„Dat arme Frollein!" Offenbar ratlos zog er die Schultern hoch und schaute den immer noch knurrenden Zack scheel an.

„Du hast deine Sache also gut gemacht", lobte Helmer und kraulte den Hund hinter den Ohren. Den besänftigten die Streicheleinheiten so weit, dass er mit dem Schwanz wedelte und Helmers Hand zu lecken versuchte.

„Aber gut, dass wir uns treffen, Herr Münt, ich hab Sie schon gesucht. Sie sind doch hier aufgewachsen. Das weiß ich aus dem Interview im *Lübecker Morgen*, das meine Nichte mit Ihnen geführt hat."

Willy Münt schien vor Stolz sofort ein paar Zentimeter zu wachsen.

„Damals nach dem Krieg, da standen hier in der Gegend doch jede Menge Bunker leer, von der Wehrmacht. Ist ja lange her, aber können Sie sich erinnern, wo die waren? Gibt es davon noch welche? Die sind sicher nicht alle gesprengt worden." Helmer wagte einen hoffnungsvollen Blick.

Münt kratzte sich am Hinterkopf und dachte nach. „Mannomann!", platzte es dann aus ihm heraus.

Zack schaute ihn so erwartungsvoll an wie Helmer. „Ick weer ja man noch to lütt domols. Un de groten Schungs hev mi nich mitspeeln loaten."

Eine erneute Denkpause mit Ohrläppchenzupfen folgte. Ein Nachbarsjunge, nur ein paar Jahre älter, habe ihm von den Abenteuerspielen in den Bunkern erzählt. Der Fiede

Kunze wohne noch in Travemünde, aber er hätte den länger nicht gesehen. Es hieße, er sei krank. Willy Münt versprach, ihn aufzuspüren und zu befragen.

„Kloar, dat mok ick. För dat Frollein."

*

Tina Menges merkte gleich, dass mit Macko etwas nicht stimmte, als er zurückkam. Er machte sich wortlos an seinem Schlafplatz zu schaffen. Packte er? Wollte er abhauen? Er löschte das Licht, die Tür klappte, Stille.

Ein Schlüsselgeräusch hatte sie nicht gehört. Würde er jemandem sagen, wo man sie finden konnte? – Unsinn! So blöd war er sicher nicht. Er würde ihr Versteck erst verraten, wenn er in Sicherheit war. Irgendwo in Serbien, in der Obhut dieser „tiefen Freundschaft“, wie er es genannt hatte. Selbst wenn er jetzt endgültig gegangen war, würde es dauern, ehe sie jemand befreite.

Tina wusste nicht, warum, doch sie mochte nicht glauben, dass Macko so sang- und klanglos abhauen würde, ohne ihr auch nur ein Wort über ihren Aufenthaltsort zu sagen. Sie hatte keinen Grund, ihn auch nur annähernd sympathisch zu finden, und er hatte keinen Anlass, nett zu ihr zu sein. Aber die wenigen Male, die sie hier unten zusammengehockt, gegessen und geredet hatten, genügten, um eine Atmosphäre zu schaffen, die nicht unbedingt aus Vertraulichkeit, aber vielleicht aus der Notgemeinschaft heraus entsprang.

Klar, sie war seine Gefangene, seine Geisel, die Voraussetzung und der Preis für seine Flucht. Er war ein Gejagter, in gewisser Weise saßen sie also im selben Boot. Wenn er unterging, war das auch ihr Ende. Es schauderte sie. Diesen Gedanken mochte sie nicht weiterspinnen. Oft genug hatte sie aber gehört und gelesen, dass Entführer und Gefangene – vor allem, wenn ihr Zusammensein länger dauerte – ein Vertrauensverhältnis entwickelten, dass die Geiseln manchmal sogar Verständnis für die Lage ihrer Kidnapper empfanden. Unbegreiflich war ihr allerdings die Nachricht von einer befreiten Frau gewesen, die im Prozess gegen ihren Entführer als Entlastungszeugin aufgetreten war und dann gestand, dass sie sich unsterblich in ihn verliebt habe. Nun, diese Gefahr bestand für Tina nicht, da war sie sich sicher.

Ein Geräusch ließ sie aufschrecken. Ein ungewöhnliches Geräusch, das sie noch nicht gehört hatte. Ein schweres Plumpsen, mehrere Male hintereinander, dazu ein leises Quietschen. Dann ging die Tür auf.

Schwer atmend, fast keuchend, schob Macko – das musste er sein, sie konnte ihn aber nicht erkennen – etwas in den dunklen Raum. Ein klappendes Geräusch, das sie nicht erklären konnte, die Tür wurde wieder verschlossen – dann Stille. Er war gleich wieder gegangen.

Sie schnupperte.

Benzin, Öl, ganz deutlich. Er musste sein Motorrad hierhergebracht haben. Das Plumpsen war das Geräusch der Reifen auf Stufen gewesen, das Quietschen wohl die Handbremse. Schade, dass sie nicht mitgezählt hatte. Aber was hätte das gebracht? Dass sie sich in einem Keller befand, war ihr ohnehin klar. Wenn Macko sein Motorrad hier versteckte, hieß das, er wollte es nicht mehr benutzen. Er wollte fort.

Ole Marquardt war jetzt schon dreimal am Passathafen auf- und abgelaufen. Es wurde dunkel, aber er mochte nicht aufgeben. Irgendwo hier musste Tina versteckt sein!

Ihm wurde ganz übel bei dem Gedanken, was sie ausstehen mochte. Seit seinem Telefonat mit ihrem Onkel, seitdem er wusste, dass sie verschwunden war, spürte er einen unangenehmen Druck in der Magengegend.

Er hatte sich zum Essen zwingen müssen, am Nachmittag war er mit der Maschine der Ryanair in Lübeck-Blankensee gelandet und gleich mit dem Taxi nach Travemünde gekommen. Harald hatte ihn über den Stand der Dinge informiert. Als er Tinas Freund erzählte, wie Macko auf die Verzögerungen reagiert hatte, erhöhte sich Oles Magendruck noch. Deshalb hatte er Harald Helmers Einladung zum Abendessen im Rosenhof nicht annehmen können. Nach dem Essen wollten sie sich treffen, um nach dem Angler Ausschau zu halten, mit dem Tina sich mehrmals getroffen hatte und der sich bis dahin erkundigen wollte, wo es in Travemünde Bunker gab.

Tatenlos abwarten konnte Ole nicht. Das hielten seine Nerven nicht aus. Zum vierten Mal hetzte er von der Slip-Anlage bis zum Liegeplatz der „Passat“. Hier hielt er inne, lehnte sich ans Geländer und versuchte, mit Atemübungen den inneren Druck zu lindern. Unter ihm bewegten sich die Rennboote nur leicht im Windschatten des Viermasters. Ohne die Segelboote und Motorjachten, die sie sonst einrahmten, wirkten sie unnatürlich groß. Drüben auf der anderen Seite war es ruhig geworden. Welch ein Unterschied zu dem Gewusel in der Saison. Die Seglermesse war dunkel. Hatte sie Ruhetag, oder schloss sie ganz außerhalb der Saison? Nur noch hinten an der Slip holten sie eine Jacht aus dem Wasser. Und an der Baugrube neben der Bootshalle standen zwei Arbeiter.

Langsam ging er zurück; das heißt, er wollte langsam gehen, verfiel aber bald wieder in den Eilschritt von vorhin. An der Baugrube blieb er stehen. Einer der zwei Arbeiter stand oben, der andere glättete unten eine Stelle auf dem Boden mit der Schaufel.

„Anbau für die Bootshalle?“, fragte Ole den Obenstehenden. Der brummte etwas, das durchaus Zustimmung bedeuten konnte.

„Aber mit Keller“, stellte Ole das Offensichtliche fest.

„Siehste ja“, bestätigte der Arbeiter.

„Und die Halle hat keinen?“

„Nö.“

„Und das da, ist das kein Keller?“ Ole deutete auf ein Stück dunkelgraue Betonfläche unter der hinteren Ecke der Halle.

„Das? Hm.“ Der Arbeiter kratzte sich am Kinn. „Das ... das muss ein Rest von irgendwas von früher sein. Die Halle hat kein’ Keller. Weiß ich genau.“ Er schien Ole zum ersten Mal bewusst anzuschauen. „Sagen Sie ... sind Sie vom Bauamt?“

Ole schüttelte den Kopf. „Nein, nein. Interessiert mich nur so. Schönen Dank für die Auskunft.“ Mit kurzem Gruß wandte er sich zum Gehen.

„Da nich für“, grummelte der Arbeiter und schaute ihm misstrauisch nach.

„Die Bootshalle hat tatsächlich keinen Keller“, grübelte Harald Helmer, als Ole ihm auf der Fähre von der Begegnung erzählte. „Das weiß ich vom Hafenmeister. Aber die Betonfläche, von der du sprichst – seltsam, die hab ich noch nicht gesehen. Unter der Halle, meinst du?"

„Ja, nicht ganz, wie sagt man?" Ole überlegte. „Zum Teil unterkellert, so was gibt's doch, nicht wahr?"

„Schon, bloß ... wenn das zur Halle gehörte, dann wüsste der Hafenmeister das bestimmt."

Sie klingelten an dem kleinen Häuschen in der Jahrmarktstraße, doch Willy Münt war nicht zu Hause. „Der is bein Angeln auffe Mole", informierte seine Frau sie.

Der Ex-Seemann hatte heute reichlich Konkurrenz. Sieben Angler zählte Harald Helmer schon aus der Ferne. Alle beäugten sie argwöhnisch, bis sie sahen, dass die Ankommenden kein Angelgeschirr trugen. Willy Münt war der letzte von ihnen, er hatte sich am weitesten draußen postiert. Sie begrüßten sich, und Helmer stellte Ole vor. Münt kam gleich zur Sache und erzählte, dass er noch nichts über die Bunker herausgefunden hatte. Den Fiede Kunze habe er nicht fragen können. Der sei im Krankenhaus und erst gestern operiert worden, eine ziemlich große Sache, Magen und Darm. Aber sobald er Besuch empfangen dürfe, würde er hingehen. Er habe auch noch mal nachgedacht. Genau könnte er sich nicht erinnern, er sei ja noch ein Kind gewesen, nicht einmal zur Schule gegangen, aber es müsse hier damals viele größere und kleinere Bunker gegeben haben. Die Bootshalle am Passathafen? – Die sei gebaut worden, als er noch ein Junge war. Ob dort vorher etwas gestanden habe, könne er aber nicht sagen.

Sehr nachdenklich machten Ole und Tinas Onkel sich auf den Rückweg. „Die Zeit rennt uns weg", murmelte Helmer. Ole ballte die Fäuste.

*

Macko war zurück. Er vermied es, Tina anzusehen, und kramte in seinen Sachen. Was er dabei murmelte, klang nicht gerade freundlich. Das Wort „Schweine“ war das Einzige, das sie verstand.

Sie kämpfte lange mit sich, ehe sie sich einen Ruck gab. „Läuft es nicht gut?“

Er schaute zu ihr herüber, schien den Kopf zu schütteln und drehte sich gleich wieder weg. Eine Weile war es still. Mit dem Kramen hatte er aufgehört. Seinen zusammengerollten Schlafsack unterm Arm, kam er schließlich zu ihr und hockte sich hin. „Läuft gar nicht gut.“

Er ließ sich über die Inkompetenz von Behörden aus. So lange könne es doch nicht dauern, einen Flug für ihn nach Belgrad zu buchen. Er verlange immerhin nur das und nicht eine Riesensumme wie andere Entführer.

Tina wollte ihm nicht erklären, dass die begleitende Überwachung schon einige Vorbereitungen erfordere. Stattdessen suchte sie krampfhaft nach besänftigenden Begründungen. „Ich kenn mich ja mit solchen Vorgängen nicht aus. Den Flug zu buchen ist wohl das Geringste, aber die Erlaubnis dafür zu kriegen, damit sind doch sicher mehrere Stellen befasst. Das macht die Polizei bestimmt nicht selbst. So, wie ich Behörden kenne, geht das ein paar Mal hin und her. Und jeder will, dass der andere entscheidet. Mut gehört nicht zum Profil von Ämtern.“

Sie versuchte, eine gemeinsame Ebene der Betrachtung zu finden, auch wenn sie gegen ihre eigene Überzeugung argumentierte.

Eine Weile redeten sie so, und bald beruhigte Macko sich. Er schaute auf seine Uhr, sagte ihr aber nicht, wie spät es war. „Ist gleich so weit. Dann hol ich uns beiden was zu essen."

Willy Münt wartete im Flur der Chirurgie des Priwall-Krankenhauses. „Die Ärzte sind alle im OP", hatte die Stationsschwester ihm gesagt. Sie dürfe nicht entscheiden, ob Herr Kunze schon Besuch empfangen könne. Er sei noch immer auf der Intensivstation, außer seiner Frau durfte bislang niemand zu ihm, sein Zustand war immer noch recht kritisch.

Münt lief im Flur auf und ab, setzte sich, ging wieder hin und her, setzte sich abermals. So ging das nun schon über eine Stunde lang, und dabei schaute er ständig zur Korridoruhr. Dort am Ende des Flurs musste der Operationssaal sein. Bei seinem Auf und Ab kam er der Stelle allmählich näher, wo das Schild „Kein Zutritt für Besucher" hing. Hin und wieder sah er dort Leute in grüner Kleidung hineingehen oder herauskommen. Wegen des Mundschutzes und der Haube konnte er Männlein und Weiblein kaum unterscheiden. Er selbst hatte glücklicherweise keine Krankenhauserfahrung. Das war ihm bisher erspart geblieben.

Umso größer war daher seine Scheu, sein Unbehagen in dieser Situation. Wie mochte es um Fiede Kunze stehen? Der war nur fünf Jahre älter als er, das war nicht viel. Und nun ging es ihm so schlecht. Ob er durchkam? Was, wenn er starb, bevor er ihn wegen der Bunker fragen konnte? – Nicht auszudenken! Das Frollein musste gerettet werden!

Er war wieder einmal am OP-Schild angelangt, als hinter der Tür große Aufregung entstand. Außer den Grünkitteln kamen aus einem Seitengang blau Gekleidete gelaufen und verschwanden hinter der OP-Tür, gleich darauf herrschte wieder Ruhe. Münt verstand die Kleiderordnung nicht, aber irgendeine besondere Bedeutung musste sie haben. Die anderen Schwestern und Pfleger trugen doch Weiß.

Über dem Seitengang sah er ein weiteres Schild, auf dem stand: „Intensiv-Station". Hatte die Stationsschwester nicht gesagt, Fiede liege dort? Willy Münt schaute sich um. Weit und breit war niemand zu sehen. Was, wenn er ...? Ganz kurz nur. Er konnte ja sagen, er habe sich verlaufen. Es kostete all seinen Mut, aber für das Frollein musste er es tun. Drei Zimmer hintereinander, die Türen dazwischen weit offen, zwei Betten in jedem, nur drei waren belegt. Ihm grauste beim Anblick der Patienten mit Schläuchen und Kabeln, mit tickenden, brummenden und flackernden Apparaten um sie herum. Wer von ihnen mochte Fiede sein? Seine Nervosität sank allmählich. Ja, der im ersten Zimmer, das war er! Vorsichtig ging er an das Bett heran.

„Wat mokst du denn hier?" Fiede Kunzes Stimme war schwach, aber deutlich genug.

Willy Münt kam gleich zur Sache und fragte nach den Bunkern.

„Mann, du hest Froagen", flüsterte Fiede und schloss die Augen.

Vor Ungeduld wechselte Münt von einem Bein auf das andere. Schlief Fiede jetzt? Was das zu viel für ihn?

Als Kunze die Augen wieder öffnete, verzog er den Mund zu einem gequälten Grinsen. Er hatte nachgedacht, und sein Gedächtnis funktionierte offenbar gut. Mit der Stadtseite fing er an. Die Mole sei damals kürzer gewesen, an der Spitze habe ein Bunker gestanden. Da seien sie aber nie hingekommen, da waren die englischen Besatzer. Mehrere kleine Bunker in Richtung Stadt mussten wohl eher befestigte Posten gewesen sein, die waren alle oberirdisch. Unterirdische Bunker gab es nur auf dem Priwall, nur zwei – einen bei der Kaserne, dem heutigen Priwall-Krankenhaus, und einen beim heutigen Passathafen, ungefähr da, wo jetzt die große Bootshalle stand. Der war der beste, weil die Engländer dort nicht hinkamen.

„Mann, dat wer 'n Gaudi domols." Fiede schloss wieder die Augen und lächelte in seliger Erinnerung. Bald zeigten seine tiefen Atemzüge, dass er schlief.

Als Willy Münt auf den Flur hinaustrat, begegnete ihm nur ein junger Zivi, der ihn misstrauisch ansah, aber nicht ansprach. Draußen sog er tief die frische Luft ein. Unvorstellbar, wie die Leute dort den Krankenhaus-Geruch aushielten! Er verließ die Straße und nahm einen Waldweg. Wenn er schon auf dem Priwall war, konnte er ja gleich mal gucken, ob von dem Bunker noch was zu sehen war, dort, wo Fiede als Junge angeblich so einen Spaß gehabt hatte. Er konnte sich nicht erinnern, schon jemals hiergewesen zu sein. Die hohen Buchen waren damals bestimmt kleiner, als Fiede und seine Bande hier umhertobten. Münt überquerte eine kleine Stichstraße, die nach rechts zum Strand führte. Der angelegte Weg endete hier, aber ein Trampelpfad führte weiter durch die Büsche zum Passathafen. Er gelangte auf eine offene, unebene Fläche mit Wohnwagen und Jachten auf Bootsanhängern. Vorn rechts waren drei der vier Mastspitzen der „Passat“ über den Bäumen zu erkennen.

Die graue Wand geradeaus musste die Rückwand der Bootshalle sein, davor erregte ein halb verfallener Schuppen seine Aufmerksamkeit, der windschief zwischen den Büschen stand. Von diesem Abstellplatz konnte man ihn nicht erreichen, Brombeerranken machten es unmöglich, sich durch die Büsche zu zwängen. Münt entdeckte eine Lücke in der Hecke an der anderen Seite.

Als er sie erreichte, stutzte er. Das war doch eine Reifenspur, eine einfache Spur, breiter als von einem Fahrradreifen oder Moped – von einem Motorrad!

Die Spur führte zur Tür der Bude und verschwand dahinter. War das ein Versteck der Donnervögel? Wurde das Frollein hier gefangen gehalten? Sein Atem ging vor Aufregung schneller. Die rostige Klinke ließ sich herunterdrücken, aber die Tür war verschlossen, gab auch seinem Rütteln nicht nach. Zwischen der rauen Holzwand und Holunderbüschen schob er sich um die Ecke der Hütte. Er nutzte einen Spalt zwischen zwei geborstenen Brettern, um hineinzuspähen. Erkennen konnte er zunächst nichts. Auch als seine Augen sich an das Dunkel im Inneren vor sich gewöhnt hatten, sah er nur, dass der Schuppen leer war. Doch dort in der Ecke, was war das? Stufen, bemooste Betonstufen, führten nach unten. Angespannt hielt er die Luft an. Ein Bunker! Ein unterirdischer Bunker!

Er zögerte keinen Moment und rannte los.

Endlich! Harald Helmers Erleichterung war so groß, dass es ihm erst einmal die Sprache verschlug. Für einen Moment wusste Kriminalhauptkommissar Jan Mommsen nicht, ob sein Ex-Chef noch am Apparat war.

„Bist noch dran? – Gut. Also, die Meldung kam gerade eben durch. Macko darf fliegen. Hat er sich wieder bei dir gemeldet?"

Helmer verneinte. Es war sechzehn Uhr zwanzig. Macko würde frühestens am späten Abend anrufen, vielleicht erst gegen Mitternacht. Übermorgen würde der Flieger gehen, sechs Uhr fünfzehn ab Hamburg-Fuhlsbüttel, mit der Airline Gerrux.

„Gerrux?", hakte Tinas Onkel nach. „Nie gehört."

„Ich auch nicht", gestand Mommsen und buchstabierte den Namen, „muss 'ne serbische Gesellschaft sein. Immerhin Direktflug, dauert zwei Stunden fünfundvierzig. Da kann er beim Umsteigen nicht verloren gehen."

Helmer war es im Moment nicht so wichtig, ob Macko entwischte oder einkassiert wurde. Entscheidend war, dass er Tinas Versteck verriet und dass sie unversehrt befreit wurde. Sie verabredeten sich für neunzehn Uhr im Rosenhof.

„Ach, übrigens", warf Mommsen noch ein, „der Tommy – weißt schon, der kleinere von meinen Lieblingsschülern –, der hat den Dr. Reesner heute Morgen in Lübeck gesehen. Auf der Terrasse vom ‚Senator-Hotel' an der Untertrave. Allein, und er war eifrig am Telefonieren. Ich hab den Tommy auf ihn angesetzt. Mit dem Richtmikrofon", setzte er hinzu.

„Ich dachte, das BKA will nicht, dass ihr euch einmischt",

erinnerte Helmer sich.

„Schon. Aber der hat bei mir noch 'ne Rechnung offen. Und die Herren aus Wiesbaden, die können mich ... weißt schon. Als ich denen die Sache mit der Verklappung von Atom-Material meldete, da kam nicht das kleinste Wörtchen Dank oder Anerkennung. Nix, absolut nix." Er konnte Helmers nachsichtiges Lächeln und Kopfschütteln nicht sehen, dem sofort einfiel, dass seine Liebe zum BKA auch nicht sonderlich innig gewesen war.

Kurz darauf rief Ole an, der aufgeregt klang. Er sei auf dem Priwall und habe hinter dem Krankenhaus eine verfallene Hütte entdeckt, darin sei eine schmierige Treppe. „Das muss ein Bunker sein, da geh ich jede Wette ein!"

„Ich komme."

Helmer spurtete zum Ausgang der Pflegestation des Rosenhofs und war nur Minuten später bei Ole. Selbst im Halbdunkel sah er, dass dieser sich ohne Rücksicht auf seine Kleidung durchs Gestrüpp gezwängt und durch den Matsch gestapft war. Er war noch blasser als gestern.

„Gut, dass du an die Taschenlampe gedacht hast", sagte Harald Helmer heiser. „Ich hab meine drüben im Auto."

Schon seit vormittags um zehn hatte Ole kreuz und quer durch den Priwall gestöbert. Auch ohne die Taschenlampe sah Helmer, dass die Hütte schon lange nicht mehr benutzt worden war, kleine Bäume durch das zerborstene Holzdach wuchsen und eine Wand fast völlig fehlte.

Dennoch kamen sie wegen des Gestrüpps nur mühsam zu der Stelle, wo tatsächlich eine steile Betontreppe hinabführte. Dass sie aus Beton war, konnte man nur erahnen, denn sie war dick mit Moos und verfaulten Blättern bedeckt. Selbst unten, wo eine Tür zu vermuten war, hatte sich so viel Humus gebildet, dass mannshohe Birkenschösslinge die Sicht verstellten.

Helmer schüttelte den Kopf. Hier war die Situation noch aussichtsloser als neulich am kleinen Bunker bei der Siedlung Rosenhagen. „Ole, hier ist seit Jahren kein Mensch gewesen."

„Wieso?" Tinas Freund klang gereizt. „Ist doch ein perfektes Versteck, oder?"

Harald Helmer konnte ihn gut verstehen. Geduldig wies er auf die spurenlosen Stufen hin, deutete auf die abgeknickten Zweigspitzen auf dem Weg durch das Gestrüpp, die sie im Schein der Taschenlampe deutlich sehen konnten; sie waren alle frisch, von ihnen selbst gerade eben erst gebrochen.

Mit zusammengekniffenen Lippen ließ Ole die Belehrung über sich ergehen. Um seinen Frust abzubauen, stieg er die Treppe hinab, rutschte aus, konnte sich gerade noch abfangen und zwängte sich durch die Schösslinge.

Eine Weile blieb er verschwunden, sodass Helmer schon unruhig wurde.

Als er wieder auftauchte, schüttelte Ole frustriert den Kopf. „Da ist nicht mal eine Tür", murmelte er oben. „Ich hab nichts gesehen, aber du hast völlig recht. Da ist niemand. Und es stinkt infernalisch." Niedergeschlagen folgte er Harald.

Im Foyer des Rosenhofs kam die diensthabende Dame von der Rezeption auf sie zu. „Herr Helmer, ein Herr Münt war hier und hat nach Ihnen gefragt", säuselte sie mit einem missbilligenden Blick auf Oles Äußeres.

„Hat er mir eine Nachricht hinterlassen?“ Helmer spürte sein Herz bis zum Hals klopfen.

„Nein, ich weiß nicht, was er wollte. Er wirkte ratlos und ist sofort wieder gegangen.“

Kriminalmeister Thomas Korte, von seinen Kollegen nur Tommy genannt, konnte sich zwar nicht unsichtbar machen, aber er hatte die Fähigkeit, sich höchst unauffällig zu bewegen. Zum Beschatten ideal geeignet, befand sein Chef Jan Mommsen und hatte Tommy mit dem Richtmikrofon losgeschickt, das wie ein MP3-Player aussah.

Dr. Reesner saß zwar nicht mehr auf der Terrasse des Senator-Hotels, das gleich neben der Lübecker Musik- und Kongresshalle an der Untertrave lag, aber Tommy entdeckte ihn gleich darauf am großen Fenster im Café des Hotels. Ihm war es draußen sicherlich zu kalt geworden. Der September gebärdete sich heute recht herbstlich, inzwischen mit tiefen Wolken und einer feucht-frischen Brise, die die Trave hinaufstrich. Reesner telefonierte nicht mehr, sondern blickte auf den Fluss hinunter und schaute immer wieder ungeduldig zur Uhr.

Tommy setzte sich fünf Tische weiter in die Nähe der Bar, bestellte einen Cappuccino und schrieb geschäftig in seinen buchgroßen Kalender, der wie das Auftragsbuch eines Handelsvertreters aussah. Dass er ein einfaches Sudoku löste, sah nur die Kellnerin. Der „MP3-Player“ lag vor ihm auf dem Tisch und war so genau eingestellt, dass Tommy sogar das nervöse Räuspern hörte, wenn Dr. Reesner wieder einmal zur Uhr schaute. Aus dem Augenwinkel konnte der stille Beobachter ihn sehen, ohne den Kopf zu wenden. An der Bar saßen zwei Männer, die wortlos in den großen Spiegel starrten. Waren das die BKA-Leute, von denen Mommsen gesprochen hatte? Mühsam unterdrückte er ein Grinsen und vertiefte sich in sein Zahlenrätsel.

Weitere Gäste befanden sich nicht im Café. Tommy bemerkte, wie einer der Männer an der Bar den anderen anstieß und mit einer Kopfbewegung auf den Spiegel wies. Ein Mann mit einer eleganten Reisetasche und einem leichten Sommermantel über dem Arm war von der Rezeption aus eingetreten und ging schnurstracks auf Dr. Reesner zu. Der Fremde war ebenfalls hochgewachsen, hatte einen kurzen Igel-Haarschnitt und trug eine randlose Brille.

Sie begrüßten sich auf Englisch. Dr. Reesner sprach den Neuankömmling als „Vaclav" an, der wiederum nannte ihn „Fabian". Sie kannten sich demnach also näher.

Tommy, der auf seine Schulenglisch-Qualitäten, erworben auf der Lübecker Oberschule zum Dom, recht stolz war, konnte feststellen, dass beide flüssig, aber mit starkem Akzent sprachen.

Dr. Reesner sagte, dass Vaclav noch eine halbe Stunde Zeit habe, bis die anderen kämen. Das Treffen werde auch nur höchstens eine Stunde dauern; sein Zimmer sei Nr. 364. Die Ladung werde übermorgen im Hamburger Hafen auf die „Erna II" umgeladen. Es sei übrigens eine gute Idee von Vaclav gewesen, ein belgisches Binnenschiff zu wählen. Die „Louisette" sei über jeden Verdacht erhaben.

Vaclav erwiderte nur knapp: „Fine" und ging zur Rezeption, um seinen Zimmerschlüssel zu holen.

Tommy hatte alles brav mitgeschrieben, anstatt Sudoku-Zahlen einzutragen. Ein Blick zu den zweien an der Bar ließ ihn beinahe laut auflachen. Nicht nur er selbst hatte Kopfhörerstöpsel in den Ohren. Jetzt sah er, dass die beiden offenbar ebenfalls mitlauschten, sich allerdings ein Stöpsel-Paar teilten.

Viel Neues konnte Tommy nicht erfahren, das Wichtigste hatte er schon im Rasthof Budikate mitgehört. Dieser Vaclav war offenbar der Absender der radioaktiven Fracht, die verklappt werden sollte. Gerade wollte Tommy seinen Chef anrufen, als er sah, dass Dr. Reesner sein Handy herausholte und eine Nummer wählte. Ein Blick zur Bar bestätigte ihm, dass die beiden auch wieder auf Empfang gingen.

Reesner musste lange warten. Nervös trommelte er mit den Fingerspitzen auf die Tischplatte. „Hör mal, Hotte, wenn du mich nicht richtig verstehen kannst, dann geh vor die Tür und mach hier nicht den Kannitverstan!"

Inzwischen wusste Tommy, dass mit Hotte, wie Reesner den Gesprächspartner anredete, Horst Mackensen alias Dorrmann – kurz: Macko – gemeint war. Das Trommeln auf dem Tisch wurde heftiger, bis die Verbindung offenbar besser, Dr. Reesners Ton jedoch nicht freundlicher wurde. Zunächst ließ er Macko kaum zu Wort kommen. „Hör zu, Hotte, morgen überwachst du das Verladen im Hamburger Hafen. Aber du darfst dich dabei nicht sehen lassen! Du stellst das Auto ins Parkhaus auf der Reeperbahn und fährst mit der U-Bahn weiter. Wenn alles glattgelaufen ist, darfst du mich ausnahmsweise anrufen. Und auch, wenn es Probleme geben sollte."

Nun sprach anscheinend Macko zum ersten Mal längere Zeit, denn Reesner hörte nur zu, wobei das Fingertrommeln immer ungeduldiger wurde. Dann platzte er so unbeherrscht los, dass man auf die Richtmikrofone hätte verzichten können.

„Sag mal, was fällt dir denn ein? Hast du völlig den Verstand verloren? Hast wohl vergessen, was für dich auf dem Spiel steht, was? Du weißt doch, ich kann dich problemlos hopsgehen lassen!"

Wieder gelang es Macko, ein paar Worte zu sagen, und wieder konnte Dr. Reesner sich nur mühsam beherrschen.

„Das könnte dir so passen! Aussteigen? – Du weißt doch genau, dass es für dich kein Aussteigen mehr gibt. Du hast nun genug Scheiß gebaut – meine Geduld mit dir ist am Ende! Damit das klar ist, entweder du spurst oder ..." Er beendete den Satz nicht mehr, aber dafür das Gespräch.

*

Tina Menges schreckte auf. Sie hatte nicht geschlafen, nur gedöst. Macko hockte auf seiner Luftmatratze neben der Tür. Das Geräusch, das sie geweckt hatte – war es das Dudeln eines Handys gewesen? Sie sah, wie er in seine Hosentasche griff und sein Handy herausholte. Kurz nachdem er das Gespräch entgegengenommen hatte, fluchte er leise. Klar, hier im Keller oder Bunker musste der andere nur sehr undeutlich zu verstehen sein.

Sie hörte, wie Macko sich beklagte, er könne nichts verstehen. Er stand auf und öffnete die Tür, blieb aber dort stehen. Eine ganze Weile hörte er nur zu. Als er kurz sprach, klang seine Stimme gepresst. „Das ist nicht mehr meine Sache, Fabian! Darum musst du dich selbst kümmern." Wieder hörte er lange nur zu. „Ich bleib dabei, das geht mich nichts mehr an. Mich kannst du vergessen. Ich steig aus. Bin bald weg, ganz und gar, und mich findet keiner. Du schon gar nicht!"

Als er kurz darauf zurückkam, schloss er die Tür wieder. Offenbar kämpfte er mit seiner Wut, seine Gesten und die Körperhaltung verrieten es.

Er schaute zu Tina herüber und versuchte, seinen Frust vor ihr zu verbergen, indem er sich auf seinem Schlafplatz niederließ, wo er lange regungslos hockte.

Wie lange, wusste Tina nicht, denn sie schlief erschöpft ein. Als sie erwachte, machte er sich gerade an seiner Maschine zu schaffen. Er schob sie vor die geöffnete Tür, wo er sie startete. Auspuffschwaden drangen in ihr Verlies. Ihr wurde speiübel.

Anscheinend führte er das Motorrad im ersten Gang die Treppe hinauf. Sie traute sich nicht, sich zu rühren. Oben stellte er den Motor ab und kam wieder herunter.

„Ich bring dir was zu essen mit“, knurrte er und zog sein Handy aus der Tasche. Aber anstatt zu wählen, schüttelte er den Kopf. „Von dem erzähl ich dir noch“, meinte er und deutete auf das Handy. „Das wird dich interessieren. Dich und die Bullen.“

Weg war er. Sie hörte noch den Schlüssel im Schloss und das Starten der Maschine, dann wurde es still. Seltsam, dachte sie, er war doch selbst Polizist gewesen und jetzt nannte er seine Ex-Kollegen abwertend „Bullen“. Und wer war dieser Fabian? Reesner!

Endlich! Harald Helmer nahm ab. Jan Mommsen und Ole Marquardt hielten den Atem an.

Harald lauschte kurz und nickte dann. Es war Macko.

Mommsen schaute zur Uhr. Halb zehn.

Viel früher als erwartet.

Helmer gab Macko die nötigen Informationen über den Flug, der inzwischen genehmigt worden war. Er buchstabierte. „G – E – Doppel-R – U – X ... Ich hab vorher auch noch nie davon gehört, Macko ... Ja, deine Bedingungen sind akzeptiert, das hat man uns versichert. Mehr kann ich dir auch nicht sagen ... Ja, der Flugschein liegt am Schalter. In Ordnung?“

Fassungslos starrte er den Hörer in seiner Hand an. Macko hatte aufgelegt. „Der muss hier irgendwo sein“, rief Ole aufgeregt, „den müssen wir doch kriegen!“

Sie hatten Mühe, ihn zu beruhigen.

„Von wo er angerufen hat, werden wir gleich erfahren", meinte Mommsen lakonisch. Tatsächlich klingelte kurz darauf sein Handy. „Okay, Jungs, fahrt hin." Er legte auf. „Grevesmühlen, eine Öffentliche am Bahnhof", lautete seine trockene Bilanz.

„Und nun, was machen wir nun?" Ole flennte fast.

Mommsen zuckte mit den Schultern.

„Den Herrn Münt suchen", schlug Helmer vor. „Der hat sicher was Wichtiges, sonst wäre er hier nicht in den Rosenhof gekommen. Zu blöd, dass wir seine Telefonnummer nicht haben."

In dem Moment klingelte Mommsens Handy wieder. Es war Tommy aus dem Senator-Hotel.

„Die Sitzung unserer Freunde hier ist zu Ende. Die zwei Skandinavier sind zu ihrem Wagen gegangen, Volvo, schwedisches Kennzeichen. Reesner und dieser Vaclav sind mitgegangen. Sieht so aus, dass einer von den beiden BKA-Leuten hier den Skandinaviern folgen wird und der andere sich um Dr. Reesner und Vaclav kümmern soll. Andere Neuigkeiten habe ich nicht."

„Okay, Tommy, danke. Mach Feierabend", entschied Mommsen und beendete das Gespräch.

Zu dritt setzten sie mit der Autofähre zur Altstadt über. Im Häuschen der Münts in der Jahrmarktstraße war alles dunkel. Auf ihr Klingeln hin geschah lange nichts, dann ging das Licht im Flur an.

„Wer ist da?" Frau Münt legte die Türkette vor, ließ die Tür aber geschlossen.

Helmer bat um Entschuldigung für die späte Störung,

erklärte sein Anliegen und betonte zweimal, dass ihr Mann ihn im Rosenhof habe sprechen wollen, aber nicht erreicht habe. Es müsse sich um etwas *äußerst* Wichtiges handeln.

Die Tür blieb zu.

„Davon hat Willy mir nichts erzählt. Er ist auch nicht da, er ist beim Angeln, wie immer auffe Mole", antwortete sie aus dem sicheren Hausinneren.

„Vielen Dank, Frau Münt", Helmer verabschiedete sich.

Mommsen schlug vor, seinen Wagen zu nehmen, doch Helmer wollte nicht das Risiko eingehen, Willy Münt zu verpassen. Zügigen Schrittes gingen sie die Vorderreihe entlang und waren auf der Höhe des Kaufhauses Matzen, als Mommsens Handy ertönte.

„Ich denk, du machst Feierabend."

Tommy antwortete ganz aufgeregt: „Nachdem die beiden Skandinavier abgereist waren, hat der Reesner sein Mercedes-Coupé aus der Tiefgarage geholt und ist losgefahren. Da ich in die gleiche Richtung musste, bin ich ihm bis nach Travemünde gefolgt. Jetzt steht der Mercedes auf der Priwallfähre und wird gleich übersetzen."

„Prima, Tommy! Großes Lob für Ungehorsam! Fahr rüber und schau, was er vorhat."

Die drei berieten kurz, was zu tun sei. Helmer wollte unbedingt Willy Münt sprechen, doch Mommsen zog es zur Priwallfähre. Ole empfahl, sich zu trennen, und so ging Mommsen zurück; die beiden anderen eilten weiter zur Mole.

Ehe Tommy sich in die Wartespur der Priwallfähre einreihen konnte, hatte sie schon abgelegt. Um diese Tageszeit war nur eine in Betrieb, und es würde eine Weile dauern, bevor er übersetzen konnte. Er stieg aus und ging nach links bis hinter den Kiosk, um später sehen zu können, wohin Dr. Reesner fuhr.

Da die Mecklenburger Landstraße auf dem Priwall sehr gut einsehbar war, erkannte Tommy, dass das Coupé weder nach links noch nach rechts abbog. Wohin mochte er fahren? Hatte es überhaupt noch Zweck, ihm zu folgen? Wenn er weiter nach Mecklenburg fuhr, hatte er ihn verloren. Oder wollte er nach Pötenitz zur Dorrmann-Villa?

Gedankenverloren und unschlüssig ging er zurück zu seinem Wagen. Ein Schreck durchfuhr ihn, als die Tür von innen geöffnet wurde.

„Fahrlässiges Verlassen des Dienstfahrzeugs!“, tönte es ihm vom Beifahrersitz entgegen. Es war Jan Mommsen. Erleichterung und Unbehagen zugleich stellten sich bei Tommy ein.

„Steig ein und setz dich! Hättest zumindest den Schlüssel abziehen können“, setzte sein Chef schon weniger streng und breit grinsend hinzu.

„Reesner ist längst weg“, brummte Tommy, ohne auf den Einwand einzugehen.

„Macht nichts, wir fahren rüber“, entschied Mommsen.

Es dauerte eine gute Viertelstunde, ehe sie am Priwall anlegten. Sie parkten in der Straße „Alte Werft“ gleich hinter dem Rosenhof, sodass sie den um diese Zeit ohnehin spärlichen Verkehr auf der Mecklenburger Landstraße genau im Blick hatten.

„Gehen wir unserer Lieblingsbeschäftigung nach: Warten", sagte Mommsen. „Pass gut auf!" Er lehnte sich zurück und schloss die Augen.

Einmal hörten sie ein Motorrad aufheulen, aber es kam nicht bei ihnen vorbei. Es musste vorher angehalten haben oder abgebogen sein.

Harald und Ole trafen Willy Münt am Anfang der Mole. Er war auf dem Nachhauseweg. Als er sie im Schein der Laterne erkannte, beschleunigte er die Schritte, und schon bevor er sie erreichte, sprudelte es aus ihm heraus: „Achter de Bootshalle, dor is 'n Schuppen, un dor is 'ne Treppe in'n Keller oder so, un ook een Spur vonnen Krad. Ick hev dat seen." Er sei bei Fiede Kunze im Krankenhaus gewesen, sogar unerlaubt in die Intensivstation gegangen – hier lächelte er schelmisch-stolz –, und Fiede habe ihm gerade noch von diesem Bunker erzählt, bevor er ohnmächtig geworden sei, oder vielleicht auch nur eingeschlafen

Willy Münt redete die ganze Zeit auf dem Weg bis zur Autofähre, wo ihre Wege sich trennten. All seine Beobachtungen gab er zum Besten, seine Begegnungen mit dem „Frollein" und auch, was sie alles besprochen hatten. Am liebsten hätte er sie zum Priwall begleitet, aber Helmer konnte Ihn gerade noch davon abbringen.

Harald Helmer und Ole Marquardt warteten auf die Fähre. Nieselregen hatte eingesetzt – der böige Ostwind trieb ihn in das Wartehäuschen, sodass sie Schutz im überdachten Durchgang neben dem Kiosk suchten.

Die Verkäuferin schloss gerade, als ein Mann von der Auto-Wartespur herüberkam. „Ist hier vorhin ein silbergraues Mercedes-Coupé rübergefahren?“, fragte er sie höflich.

„Sie sind gut!“, erwiderte sie spöttisch. „Hier fahren den ganzen Tag Autos rüber. Wenn ich mir die alle merken sollte, müsste ich soo einen Kopf haben.“ Sie breitete lachend die Arme aus. „Aber ich kann Ihnen noch was verkaufen. Was darf’s denn sein?“

Der Mann lehnte mit einer Handbewegung ab und ging zu seinem Opel Astra zurück.

Helmer hatte genau zugehört. „BKA“, flüsterte er jetzt.

Ole schaute ihn verständnislos an, hielt aber den Mund.

Die Fähre legte an. Nur ein Lübecker Krankenwagen und ein VW-Bus mit ostholsteinischer Nummer fuhren herunter. In der geschützten Nische unter dem seitlichen Ruderhaus der Fähre rief Harald Helmer seinen Ex-Kollegen Mommsen an. „Einer unserer Wiesbadener Freunde ist auf der Fähre, in einem Astra, dunkelblau.“

Mommsen nannte ihm noch seinen Standort.

„Gehen wir jetzt zu dem Bunker?“ Ole platzte fast vor Ungeduld.

Helmer nickte.

*

Die Tür ging wieder auf. Überrascht schaute Tina nach oben. Das Motorrad hatte sie nicht kommen hören. Oder hatte er es woanders abgestellt? Hatte sie so fest geschlafen, dass sie selbst das Plumpsen der Reifen auf den Stufen nicht wahrgenommen hatte? – Nein, es war nicht zu sehen, und es stank auch nicht nach Öl und Sprit.

Macko war wie verwandelt. Seine angespannte Haltung war einer Lockerheit gewichen, die sie hier im Keller noch nicht an ihm beobachtet hatte. Was pfiff und summte er da, während er sich an den mitgebrachten Tüten zu schaffen machte? Die Melodie kannte sie doch. Wie ging das noch? Jetzt sang er sogar leise vor sich hin. Richtig: „Völker, hört die Signale“. Sie konnte sich ein Lächeln nicht verkneifen. Im Geschichtsunterricht an der Lübecker Ernestinen-Schule hatten sie den Pauker immer auf hundertachtzig gebracht, wenn sie am Ende der Stunde beim Rausgehen die Internationale pfiffen oder summten. Das war ihre kleine Retourkutsche gewesen für sein ewiges Herumreiten auf der FDGO, der Freiheitlich-demokratischen Grundordnung.

„... erkämpft das Menschenrecht“, schloss Macko seine Gesangsvorstellung; weiter vor sich hinsummend, kam er mit dem Brett herüber, das ihnen als Tisch diente.

Das Essen übertraf alles bisher von ihm Gebotene.

Als sie beim Käse mit Weintrauben und Ciabatta angekommen waren, traute Tina sich, nach dem Wetter draußen zu fragen.

„Frisch, fast herbstlich“, nuschelte er kauend.

„Aber so akklimatisiere ich mich schon ein bisschen. Denn in Serbien werde ich in den Bergen leben, und da wird es um diese Zeit auch schon ganz schön rau." Grinsend zupfte er sich Essensreste aus den Zähnen.

„Fällt es nicht schwer, so alles hinter sich zu lassen?", fragte Tina. „Freunde, Frau, Verein, nun, die neue Existenz?"

Macko machte eine wegwerfende Handbewegung. „Freunde? – Pah, eine Bande von Banausen. Frau? – Hm, das ist, äh, war eine Zweckverbindung. Hat ihren Zweck nun erfüllt. Verein? – Nur Tarnung. Und Existenz? – Mein neues Leben beginnt erst." Selbstgerecht nickte er vor sich hin.

Tina rang mit sich. Sollte sie die Frage stellen? Was, wenn sein Redefluss dann versiegte? Sie riskierte es. „Und dieser Fabian? Das ist doch Dr. Reesner, nicht wahr?"

Einen Moment stutzte er, dann nickte er, sein Grinsen wurde immer breiter, und das Nicken energischer. „Ja, das ist er, der Herr Doktor. Ein feiner Doktor!" Das spuckte er beinahe aus. „Der Herr hat ausgeherrscht. Der fliegt auf. Hab dir doch gesagt, von dem erzähl ich dir noch, weil dich das als Journalistin interessieren wird – und natürlich die Bullen. Der hat nämlich schon mal Knast gekriegt, wegen Nukem, also Atommüll und so. Die Finger davon lassen kann er trotzdem nicht. Hält sich für klüger als die Polizei. Hält sich sowieso für klüger als der Rest der Welt, der Herr. Meint, er kann mit mir machen was er will. Hat sich aber mächtig geirrt, der Herr."

Macko sprach immer schneller, es sprudelte aus ihm heraus; er hielt nur inne, wenn er schmatzend seine

Lippen befeuchtete. Sein Gesicht wurde puterrot, bis er nach Luft rang. Er musste innehalten. Sein Atem ging wie nach einem anstrengenden Lauf.

Tina fragte sich, welche Macht Reesner über Macko besaß, dass er ihn derart ausnutzen konnte. Aber sie schwieg. Hoffentlich redete er gleich weiter.

Bald atmete er gleichmäßiger. Eine Weile nickte er nachdenklich, ehe er weitersprach. „Ich soll den Knecht für den machen. Der denkt, er hat mich in der Hand, aber Pustekuchen! Schluss damit! Im Gegenteil, jetzt hab *ich* ihn in der Hand, denn ich bin weg, endgültig weg." Er schaute Tina an, schien sie aber nicht zu sehen, sondern fast durch sie hindurchzustarren. „Dieser Opportunist! Seinen Doktor und alles, das hat er alles auf Staatskosten gekriegt, dafür war die DDR ihm gut genug. Aber dann ist er ab, rüber in den Westen, ließ es sich gut gehen, der Herr. Aber er wollte, dass es ihm noch besser geht."

Einen Moment hing Macko seinen Gedanken nach. „Als ich ihn hier nach der Wende traf, bin ich auf ihn reingefallen. Klar, selbst schuld. Haben ja ganz schön auf den Putz gehauen. Aber das war alles Pillepalle gegen die Sache mit der Rieger."

Tina war wie elektrisiert. Ihre Nackenhaare sträubten sich. Sie hatte Mühe, unbewegt dazusitzen.

Er blickte sie an. „Das hat dich ja mächtig interessiert, nicht wahr?"

Tina hoffte, dass ihr Nicken gleichmütig wirkte.

„Muss ja für Journalisten reizvoll sein, so 'n Fall", fuhr er fort. „Was aufklären, was die Polizei nicht geschafft hat, nicht wahr?"

Wieder nickte sie.

Spöttisch lachte er kurz auf. „Der Hammer war ja, dass dein Onkel ausgerechnet mich nach Warnemünde schickte, um was über die Maja rauszukriegen. Na ja, geschenkt. Nicht dass du denkst, ich hab sie auf dem Gewissen, kein Stück. Aber so, wie die Dinge für mich standen, durfte ich nichts Brauchbares rauskriegen. Übrigens, sie hat tatsächlich in Warnemünde als Lockvogel für die Stasi gearbeitet."

„Ich weiß."

„Ach? Wie hast du das rausgekriegt?"

Sie überlegte einen Augenblick. „Durch Gloria, Majas Kollegin am Hotel „Neptun"."

Macko schob die Unterlippe vor und zog die Schultern hoch. „Gloria? Gloria? – Sagt mir nichts. Und wie Maja ausgerechnet bei der Stasi landete, ist mir bis heute ein Rätsel. Ich hatte nicht mal mitgekriegt, dass sie in Travemünde war. Erst als dieser Reesner auftauchte, wurde mir das klar. Er kannte mich von früher. Leider." Mackensen schwieg nachdenklich.

Tina hätte zu gern gefragt, warum er das bedauerte, zog es aber dann doch vor, den Mund zu halten und abzuwarten, was er noch verraten würde.

„Wär vieles anders gelaufen, wenn der Kerl nicht auf der Bühne erschienen wäre. Ach was, hätte, wäre, könnte – geschenkt, bringt nichts. Anfangs ging's noch, aber als er und Maja sich getroffen hatten, wurde es wirklich eng. Sie kannten sich wohl von früher, ich glaub aus Dresden, und sie muss für ihn echt gefährlich gewesen sein. ‚Die muss weg, die muss weg', lag er mir dauernd in den Ohren.

Aber Mord? – Nee, mit mir nicht. Ich hab ja viel Scheiß gebaut, aber so was? Er drohte mir mit allem Möglichen. War nicht einfach für mich. Er übte heftig Druck aus, echt. Wir machten da mit der Maja auf 'ner Motorjacht rum, gehörte unserem Vorstand."

Tina war versucht, den Namen „Ulrich Meißner" zu nennen und einzuwerfen, dass der bei einem sehr mysteriösen Motorradunfall ums Leben gekommen war, dass die Jacht, die Macko erwähnt hatte, „Urika" hieß und jetzt „Eliza IV", doch sie wollte seinen Redefluss nicht unterbrechen.

„Maja war mit an Bord", fuhr Macko fort. „Kipp ihr was in den Sekt, dann fällt's dir leichter, hat Reesner zu mir gesagt. Dann sollte ich sie erwürgen und über Bord gehen lassen, aber ich weigerte mich. Da hat er kurzerhand eine Kordel aus der Tasche gezogen und es selbst gemacht, der feine Herr. Er, der sich sonst die Finger nie schmutzig macht, obwohl seine Geschäfte ganz schön schmutzig sind!" Macko sah Tina eindringlich an, stand auf und ging ein paar Schritte auf und ab. Direkt vor ihr blieb er stehen. „Unglaublich, nicht wahr? So 'ne Geschichte glaubt man nicht, oder? *Du* glaubst mir nicht."

Tina rührte sich nicht.

„Kann ich verstehen. Würde ich auch nicht tun. Bloß – ich kann's beweisen." Er ging zu seiner Schlafstelle hinüber und kam mit einem durchsichtigen Plastikbeutel zurück, den er hochhielt. „Hier, die Schnur. Da sind hundertprozentig Hautpartikel von ihr und von ihm dran. Er musste damals heftig ziehen. Er weiß nicht, dass ich die Kordel hab. Denkt, sie ging mit über Bord."

Aufgelöst schlurfte er wieder im Raum auf und ab, knibbelte an seinen Lippen. Schließlich legte er den Beutel neben die Essensreste. „Das gibst du den Bullen. Die wissen schon, was damit zu tun is'. Mich braucht man dann nicht mehr als Zeugen. Bin weg, unauffindbar, für immer. Jetzt geht der Herr Doktor hops. Glaubt, er ist sicher, der Kerl. Keine Zeugen. Klar, der Ulrich Meißner, der dabei war, der lebt nicht mehr. Der Seemann, der Rudergänger, der hat nichts gesehen und ist obendrein verschwunden."

Tina lag die Frage auf der Zunge, ob Dr. Reesner für den Motorradunfall verantwortlich sei, ob er das Bremsgestänge angesägt habe. Aber er machte sich doch die Finger nie schmutzig, hatte Macko vorhin erst gesagt. Oder ging auch das auf sein Konto?

Als ob er Gedanken lesen konnte, nahm er selbst das Thema auf. „Der Unfall, bei dem der Meißner ums Leben kam, der hat uns ganz schön geschockt. Und ich glaub heut noch nicht, dass der 'ne defekte Maschine fuhr. Das war ein echter Freak. Der schraubte selbst. Legte ein Krad auseinander und setzte es wieder zusammen. Defektes Bremsgestänge? – Niemals. Beweisen kann ich's ja nicht, aber immerhin ist der Herr Doktor so einen Zeugen losgeworden. Blieb nur noch ich. Aber von mir wusste er, dass ich ihn nicht verpfeifen konnte. Denkt er immer noch. Doch er irrt sich." Abermals reagierte er sich mit Auf- und Abgehen ab.

Tina verkniff sich die Frage, warum Dr. Reesner den Macko in der Hand hatte. „Und der Herr Hasten?", hakte sie stattdessen nach.

Er blieb stehen. „Hasten? Bernhard Hasten?“

Kopfschütteln folgte. „Einen Moment lang hab ich das damals auch gedacht. Wurde ja Ulrich Meißners Nachfolger. Nee, die verstanden sich zu gut, der Bernhard und der Ulrich. Also, das kann nur der Herr Doktor gewesen sein. Aber, wie gesagt, beweisen kann ich das nicht.“

Nachdenklich schwieg er eine Weile, kratzte sich am Kinn. „Das war eine echt dumme Geschichte da in der Mündung der Trave. Mir hatten sie nicht erzählt, was sie da planten. Na, nichts zu machen. Passiert ist passiert.“

Er wandte sich ab und ging zu seiner Schlafstelle. Fragen über Fragen schossen Tina durch den Kopf. Zu gern hätte sie gewusst, wie sie entführt worden war. Doch Mackos Körpersprache zeigte, dass es besser war, ihn jetzt in Ruhe zu lassen. Sie sah, wie er drüben einen Koffer schloss. Ging er jetzt endgültig?

Noch einmal kam er herüber, legte eine Tüte neben ihren Platz. „Mehr als genug zu essen, bis du hier rauskommst. Dauert nicht mehr lange.“ Er schaute sie an und begann zu lachen. „Da wirst du ’ne Menge zu erzählen haben, meinste nicht?“ Sie nickte. „Oder noch besser, du schreibst ein Buch drüber.“ Er schaute sich um. „Licht lass ich an. Die Tür schließ ich nicht ab. Apropos Abschließen: Der Schlüssel zum Schloss an deiner Kette, der liegt hier neben der Tür. Wenn sie dich hier finden, brauchen sie nicht erst einen Klempner zu holen, um dich zu befreien.“ Er schaute um sich, deutete nach unten. „Übrigens, da sind auch dein Notebook und dein Handy. Ja, das wär’s. – Ich wünsch dir was.“

Tina musste schlucken. „Ich dir auch.“

Seine erfolgreiche Flucht war schließlich die Voraussetzung für ihre Befreiung.

Er blieb mit dem Koffer in der Hand am Türrahmen stehen. „Weißt du, ich bin ja nicht gläubig oder so. Aber jetzt, jetzt glaub ich an meine Wiedergeburt."

Das Schließen der Tür war kaum zu hören.

Ole wurde ungeduldig. Ihm dauerte das Palaver zwischen Mommsen und Tinas Onkel zu lange. Warum gingen sie nicht einfach zu diesem verdammten Bunker und holten Tina raus?

Tommy unterbrach die Beratung und wies nach rechts. Langsam fuhr der dunkelblaue Opel Astra mit den BKA-Beamten vorbei, auf die Fähre zu. Auf dem Vorplatz des Fährhauses wendete er und kam noch langsamer zurück. Vor dem Wagen mit Tommy, Mommsen, Helmer und Ole hielt er kurz, blickte unschlüssig zu ihnen herüber und setzte seine Fahrt fort. Sie schauten ihm nach. Weiter hinten war er gerade in die Straße zur Seefahrtschule eingebogen, als das silbergraue Mercedes-Coupé aus der Richtung Pötenitz anrollte und gleich auf den Parkplatz des Priwall-Krankenhauses fuhr.

Der Opel kehrte nach einer Weile aus der Seitenstraße zurück und bog erst weiter hinten nach links in die Wochenendsiedlung beim Muschelweg ab.

Stille.

Auf der Mecklenburger Landstraße bewegte sich nichts außer den Bäumen im Wind. Der Nieselregen hatte aufgehört.

„Los!"

Sie hatten sich geeinigt, dass Helmer und Ole am Wasser entlang bis zur Bootshalle gehen sollten. Mommsen und Tommy wollten den Weg durch das Waldstück nehmen.

Dr. Fabian Reesner hatte das Jackett mit einer Windjacke vertauscht und eine dunkle Schirmmütze aufgesetzt. Mit einem Griff an den Gürtel vergewisserte er sich, dass er seine Waffe schnell ziehen konnte. Dann zog er den Reißverschluss hoch. Hinter dem Hauptgebäude des Krankenhauses fand er eine Lücke im Zaun. Am für den Winter geschlossenen Ferienlager vorbei arbeitete er sich langsam zum Seeweg vor. Er war hier schon gewesen, hatte aber nur eine vage Vorstellung, wie die Dinge wirklich zueinander lagen.

Langsam ging er nach links in den Dünenweg. Am Toilettenhaus prüfte er die Türen. Verschlossen. Hier konnte sich niemand versteckt haben. Er erreichte den erhöhten Platz über der Anlegestelle der Personenfähre, die um diese Jahreszeit nicht mehr fuhr, erst recht nicht um diese späte Stunde. Die Böen des Ostwindes peitschten durch Bäume und Büsche. Weit und breit keine Menschenseele. Nur jenseits der Trave, drüben an der Vorderreihe, waren Licht und Leben.

Wie sollte er Macko hier finden? Aber er musste ihn aufspüren, bevor der Kerl entwischte, bevor er sich aus seiner Abhängigkeit befreite. Und wenn Macko das gelang? – Nicht auszudenken! Reesner fröstelte. Es ging um seine Existenz. Unbegreiflich, was diesen Typen plötzlich so aufsässig machte. Bislang war er einfach zu kontrollieren gewesen.

Er versicherte sich noch mal, dass die Walther richtig im Gürtel steckte. Besser, wenn er sie nicht einsetzen müsste. Aber er würde nicht zögern.

Tina hatte nur kurz in die Proviantttüten geschaut, die Macko ihr hinterlassen hatte. Hungrig war sie ohnehin nicht mehr. Es war genug da, um mehrere Tage auszukommen.

Jetzt, da ihre Befreiung nahe war, hatte eine innere Unruhe sie ergriffen. Ihre Gedanken jagten wild durcheinander, Fragen über Fragen, doch keine Antworten. Ohne zeitliche Ordnung blitzten Erinnerungen in ihrem Gedächtnis auf, Ereignisse vor ihrer Entführung und solche der letzten Tage, als Macko diesen Keller mit ihr geteilt hatte. Immer wieder, in allen möglichen und unmöglichen Variationen, stellte sie sich ihn auf seiner Flucht vor, deren Gelingen die Voraussetzung für ihre Befreiung war. Sie malte sich aus, was alles passieren konnte, das ihn daran hinderte, ihr Verlies preiszugeben. Schließlich war nicht nur der Prozess in Lüneburg der Grund, warum man ihn sicher nicht entkommen lassen wollte. Und der Schlüssel? – Wenn sie den nur erreichen könnte! Aber wie? Nein. Bleib realistisch, Tina, sagte sie sich. Bis zur Tür waren es mindestens sechs Meter.

Es war unmöglich zu schaffen.

Jan Mommsen und Tommy schlichen leise fluchend durch das Waldstück. Der Ostwind schleuderte die Nässe von den Bäumen. Müssten sie nicht längst auf der Höhe der Bootshalle sein?

Da vorn lichtete sich das Gebüsch, dahinter erspähten sie einen schwachen Lichtschein.

„Verdammt!", fluchte Mommsen, „wir sind viel zu weit weg!"

Sie hatten eben einen asphaltierten Weg erreicht, an dem nur jede zweite Laterne schwach leuchtete. Dahinter erstreckte sich der Strand bis zum Wasser. Im Sommer war hier die Ausstellung der „Sand World" gewesen. Nach links ging es zur Anlegestelle der Personenfähre. Dort drüben, am Toilettenhäuschen, bewegte sich da nicht jemand? Sie drückten sich hinter die dünnen Birkenstämme. Beide griffen sie zu ihren Schulterhalftern unter den halb offenen Windjacken.

Mommsen merkte trotz des Windes, dass Tommy neben ihm erst die Luft anhielt und dann laut ausatmete. Entspannung, Entwarnung. Ein Müllbeutel hatte sich halb von der Tonne gelöst und flatterte mit jeder Bö hoch.

„Zurück oder vorne rum?", fragte Tommy.

„Hm." Mommsen überlegte. „Noch mal durch die nassen Büsche? – Nee!"

Harald Helmer musste anderthalb Schritte auf einen von Ole machen. Zwanzig Zentimeter kleiner und drei Jahrzehnte älter, dachte er, das macht sich jetzt bemerkbar. Die Fähre lag auf der Altstadtseite. Bis jetzt hatten sie nur zwei Personen entdeckt: den Kassierer der Fähre in seiner Bude und den Tankwart im Häuschen der Bootstankstelle, der wohl gerade mit seiner Abrechnung beschäftigt war. Der Weg am Wasser war menschenleer. Nicht einmal Angler waren zu sehen.

An der Ecke der Einfahrt des Passathafens verlangsamten sie die Schritte. Die Laternen am Kai gaben ein dürftiges Licht. Kein Mensch im gesamten Hafenareal. Oder bewegte sich da jemand am anderen Ende jenseits der Seglermesse? Nein, das war sicher nur ein Busch im Wind.

Der BKA-Mann hatte den Opel Astra durch die Sandlöcher des Muschelwegs und des Sanddornwegs manövriert und den asphaltierten Seeweg erreicht. Das Fahrverbotsschild beachtete er nicht, sondern wandte sich nach links in Richtung Travemünde. Wo zum Teufel war das verdammte Mercedes-Coupé abgeblieben? Er hielt an und griff nach dem Handy. Seinen Kollegen erreichte er, als der vom Flughafen Lübeck-Blankensee losfuhr, er war den beiden Skandinaviern bis dorthin gefolgt.

Ihren Volvo hatten die Beobachteten da abgestellt und waren mit einem Geschäftsflieger abgeflogen, Ziel unbekannt. Die Dame am Ryanair-Schalter hatte nur mit den Schultern gezuckt. Über die Privatflieger wisse sie nichts. Auskunft von der Flughafenleitung könne man erst am nächsten Morgen erwarten.

Sie verabredeten ein Treffen am Parkplatz unterhalb des Hotels „Maritim". Irgendwann würde Dr. Reesner dorthin zurückkehren.

Macko hatte den mannshohen Verschlag an der Rückwand des Toilettenhauses am Seeweg geöffnet, der ihm außerhalb der Saison als Versteck für seine Maschine diente. Im Sommer standen hier Müllcontainer. An

Nägeln hingen Ledermontur, Stiefel und der Helm. Das Emblem mit dem Blitz und dem Faustkeil hatte er schon entfernt. Dieser Unsinn lag hinter ihm. Lederoverall und Stiefel hatte er angezogen.

Vorsichtig trat er hinaus. Stille zwischen zwei Böen.

Plötzlich sträubten sich seine Nackenhaare. Er spürte, wie ihm ein Schauer über den Rücken lief. Schritte, vorn auf dem Weg! Schabende Schritte auf Sand über festem Untergrund, dem Treibsand auf dem asphaltierten Seeweg. Um die Ecke konnte er nicht schauen, wenn er nicht entdeckt werden wollte.

An der linken Ecke reichten dichte Büsche bis an die Seitenwand. Er lugte hindurch und entdeckte eine lange Gestalt auf dem Weg zur Anlegestelle. Diese Schulterhaltung! Der Mann blieb stehen und schaute sich um. Reesner! Was zum Teufel machte der denn hier?

Macko biss sich auf die Lippen. Beim Telefonat vorhin hatte er den Mund zu voll genommen. Für den kleinen Triumph hatte er eine unnötige Gefahr heraufbeschworen. Doch noch war nichts verloren, Dr. Reesner verschwand nach links oben zur kleinen Anhöhe.

Im Verschlag zurrte Macko den Koffer fest. Die Satteltaschen baute er ab. Die brauchte er nun nicht mehr. Er untersuchte sie gründlich. Sie durften nichts enthalten, was auf ihn hinwies. Schon wollte er den Helm aufsetzen, als er dasselbe unbehagliche Gefühl wie vorhin spürte. Bildete er sich das ein? Waren da wieder Schritte? Stimmen?

Er lugte vorsichtig hinaus. Tatsächlich, draußen hörte er Sand knirschen und leises Murmeln, das sich entfernte. Macko schlich sich etwas vor und spähte durch die Büsche. Was war denn hier los? – Mommsen, Jan Mommsen, und einer seiner Männer! Waren die auf der Jagd nach Reesner? Oder nach ihm? Oder nach beiden? Am Ende hatten sie das Versteck gefunden! Er überlegte, ob er zurück sollte, um Tina als Geisel zu benutzen. Dann musste er schnell handeln.

Dr. Fabian Reesner schaute zu den verlassenen Rennbooten hinunter. Rechts ragte die „Passat“ in den nassen Himmel. Auf der Wasserseite glänzten die Masten und Rahen regennass im schwachen Licht der Vorderreihe. Er überblickte die gesamte Hafenanlage, die völlig menschenleer war.

Wirklich? Da hinten an der Ecke, rechts von der Slip, standen da zwei Menschen? Sie bewegten sich nicht; vielleicht irrte er sich auch und sah bereits Gespenster. Nein, jetzt gingen sie an der Slip entlang! Schnell drückte er sich am Gebüsch nach links.

„Hast du das gesehen?“

„Was, Tommy? Wen? Wo?“

Tommy wies zur „Passat“ hin. „Dort, da war eben jemand. So ’n Langer! Also, sicher bin ich ja nicht, aber das könnte Reesner sein.“

Mommsen schaute Tommy an und murmelte: „Du kannst recht haben. Vom Krankenhaus bis hierher ist’s ja nicht weit. Komm!“ Als sie den Segelhafen erreichten, meinten sie, eine Gestalt im Gehölz links von der Seglermesse verschwinden zu sehen.

Macko war bereit. Er hatte sich entschieden, ohne Tina abzuhauen. Sie würde ihn nur an einer schnellen Flucht hindern, und nur auf diese kam es jetzt an. Bevor er seine Maschine hinausschob, sah er sich nach allen Seiten um. Das war doch nicht möglich! Das gab's doch nicht! Ein Auto auf dem Seeweg! Langsam kam es näher, ein Opel Astra mit einem Wiesbadener Kennzeichen. BKA? Wer kam denn jetzt noch? Weiter links kam der Wagen nicht weiter, mehrmals musste er beim Wenden vor- und zurücksetzen, um nicht im Strandsand stecken zu bleiben.

Macko wartete, bis der Opel verschwand. Er überlegte. Vorn am Priwallhafen entlang konnte er nicht fahren. Den Seeweg durfte er auch nicht mehr nehmen. Blieb die erste Abzweigung nach rechts durch den Wald zur Mecklenburger Landstraße, das war die einzige Möglichkeit, seine letzte Chance. Wenn er die Landstraße erreichte, konnte er einen Rennstart hinlegen, und hinter den Wochenendhäuschen, in den Kurven, da war er jedem Auto überlegen. Der Wind hatte die Regenwolken aufgerissen, und der Vollmond erhellte die Nacht.

Macko schob die Maschine auf den Seeweg und dann nach rechts bis zur Abbiegung durch das Waldstück. Erst hier schwang er sich auf das Motorrad und zurrte den Helm fest. Er drückte den Startknopf, der Motor begann zu stottern und verstummte sofort wieder. Verdammt! Gab die Batterie den Geist auf?

Er nahm den Finger vom Knopf und wartete. Zu lange durfte er hier nicht stehen. Wer wusste schon, wer als Nächster auftauchte? Wieder drückte er, wieder drehte die Maschine zu langsam hoch, startete aber. Erleichtert blähte er die Wangen auf. Gas geben! Dass der Motor jetzt bloß nicht wegstotterte! Lautes Aufheulen. Das war meilenweit zu hören, aber nicht zu vermeiden. Allmählich nahm er das Gas zurück. Ein Glück, der Motor lief gleichmäßig. Gang rein.

Bewegte sich da etwas im Busch rechts? Zur Hölle!

Reesner trat heraus, die Knarre in den Händen, die Arme direkt nach vorn ausgestreckt.

Vollgas und ab, das war die einzige Möglichkeit! Der Motor jaulte, das Vorderrad stieg hoch, Sand und Kies spritzten.

Ein Schuss bellte.

Als der zerfetzte Vorderreifen auf dem Boden aufsetzten, konnte Macko die Maschine nicht mehr halten, sie kippte zur Seite und rutschte einige Meter auf dem Boden nach vorn. Von Panik ergriffen, versuchte er aufzustehen, doch es gelang ihm nicht, denn sein rechtes Bein war unter der Maschine eingeklemmt. Als er aufblickte, stand Fabian Reesner über ihm.

„Reesner! Dr. Reesner!"

Macko erkannte Jan Mommsens Stimme. Sie kam von weiter rechts. Doch Reesner ließ sich nicht beirren, der Pistolenlauf blieb auf sein Opfer gerichtet.

„Halt!", schrie Mommsen.

Neben ihm ging Tommy auf die Knie und brachte Kimme und Korn der Dienstwaffe in Linie.

Zwei Schüsse aus Reesners Walther bellten durch die Nacht. Obwohl er sehen konnte, dass es reichte, drückte er noch ein drittes Mal ab.

„Schieß, Tommy, schieß doch endlich!"

Mommsens Stimme überschlug sich.

Reesners Pistole flog zu Boden. Zunächst spürte er nur Hitze in seiner Rechten. Fassungslos starrte er auf das Blut, was heruntertroff. Noch fühlte er keinen Schmerz. Auch Mommsens Hand auf der Schulter bemerkte er nicht.

Tommy, der beste Schütze der Polizeidirektion, hockte neben Macko und klappte dessen Helmvisier hoch. Mit dem Zeigefinger tastete er nach der Halsschlagader, sah sich dann nach Mommsen um und schüttelte stumm den Kopf. Behutsam schloss er die Lider des Toten.

Die Scheinwerfer des herannahenden Opel Astra beleuchteten die grausige Szene.

Harald Helmer und Ole standen an der offenen Baugrube neben der Bootshalle, als sie ein Motorrad aufheulen hörten und es viermal knallte.

„Fehlzündungen?", fragte Ole.

Tinas Onkel schüttelte den Kopf. „Schüsse! Von zwei verschiedenen Waffen!"

Auch Jahre nach seiner Pensionierung konnte er das mühelos feststellen. „Der letzte Schuss kam aus einer unserer Dienstwaffen. Los, wir müssen nachsehen, was passiert ist!"

Doch Ole blieb zurück. Die Schießerei interessierte ihn nicht, das war Sache der Polizei. Wenn Tina hier in einem Keller gefangen gehalten wurde, musste er sie finden und befreien! Er hatte auch schon eine Idee, wo er mit der Suche anfangen wollte.

*

Tina Menges döste. Oder schlief sie? Ging da nicht die Tür auf? Kam Macko etwa zurück?

Nein, wie in vielen ihrer Träumen der letzten Tage stand Ole in der Tür. Was für ein wunderbarer Traum! Aber irgendwie anders als sonst. Sie hob den Kopf.

Nein, sie war tatsächlich wach, sie träumte nicht, das war er wirklich!

„Ole!“

Schon kniete er neben ihr. Sie lachten und weinten gleichzeitig und hielten sich fest umschlungen.

„Ich bring dich jetzt nach Hause“, flüsterte Ole heiser und versuchte, sie hochzuheben, um sie hinauszutragen.

„Halt!“, rief Tina und deutete lachend auf ihr Bein. Die dicke Eisenkette rasselte. „Neben der Tür liegt der Schlüssel.“

Auch ohne Fesseln fiel es ihr schwer, zu laufen, ihre Beine waren kraftlos und steif. „Lass uns einen Moment stehen bleiben“, sagte sie zu Ole, der einen Arm um ihre Taille gelegt hatte.

„Tina?“ Ein Stück entfernt war die Stimme von Harald Helmer zu hören. „Tina?“

„Wir sind hier!“, rief Ole, als sie nur ein mattes Krächzen hervorbrachte.

Dankbar drückte Tina seine Hand und blickte in den inzwischen sternenklaren Himmel. Der Vollmond hätte schöner nicht sein können.

Neu erschienen:

„Strandkorbkrimis", Bd. 3
Lübecker Bucht/Hohwachter Bucht
Hrsg. Dietlind Kreber
mit Kurzgeschichten von Eva Almstädt,
Jürgen Vogler, Jobst Schlennstedt u. a.
978-3-944399-15-7
208 Seiten, 9,90 Euro

So unvermittelt, wie schweres Wetter über der Ostsee aufzieht und die Urlauber in die Strandkörbe scheucht, so blitzartig kann ein Mörder zuschlagen. Die treuliebende Ehefrau, der gepeinigte Hotelier oder die manchmal störrischen Einheimischen, sie alle können einen Urlaub an der Küste tödlich enden lassen. Zumindest in den Kurzkrimis dieser Anthologie, verfasst von einheimischen Krimiautoren, die Land und Leute bestens kennen.

Jugendbuch:

„Neues Leben auf dem Immenhof - Nicki und der Zauberschimmel"
Regina Schorrenberg
ISBN 978-3-944399-10-2
301 Seiten, 13,90 Euro
Lesealter ab 12 Jahren

Die Zwillinge Nicki und Becki sind echte Großstadtkinder und wenig begeistert, als sie erfahren, dass ihre Eltern das ländlich gelegene Gut Immenhof zu neuem Leben erwecken wollen.
Als Nicki im Moor einen alten Armreif findet und in Gefahr gerät, rettet ihr der aus dem Nichts auftauchende Schimmel Ona das Leben und wird zu ihrem ständigem Begleiter. Dann erfährt sie von dem verfluchten Ort im Sumpfgebiet und ist entschlossen, der geheimnisvollen Sage um den im Moor versunkenen Reiter auf den Grund zu gehen ...